CREATIVE 바른글씨교본

지적능력과 인성를 기르는 힘

파워 독 · 서 · 산

CREATIVE 바른글씨교본

지적능력과 인성를 기르는 힘
파워 독·서·산

초판인쇄일 | 2014년 4월 1일
초판발행일 | 2014년 4월 5일

지 은 이 | 권민수
펴 낸 이 | 배수현
디 자 인 | 박수정
제   작 | 송재호
홍   보 | 전기복

펴 낸 곳 | 가나북스 www.gnbooks.co.kr
출 판 등 록 | 제393-2009-000012호
전   화 | 031) 408-8811(代)
팩   스 | 031) 501-8811

ISBN 978-89-94664-62-0(03800)

지적능력과 인성을 기르는 힘

POWER 파워

독·서·산

권민수 權玟遂 지음

지은이 **권민수**

+　　　본명 권혁시權赫時. 1955년 12월 강원도 고성에서 태어났다. 서울과기대 경영학과를 졸업하고, 연세대 행정대학원 정책학 석사학위를 받았다. 교육부(문교부), 현대자동차, 국민건강보험공단(노조 정책실장), 세종호텔(관리담당 상무이사) 등에서의 직장생활과, 많은 사회활동을 통해 다양한 경험을 했다.

10여 년 전에 사단법인 대한글씨검정교육회의 이사장이 되었으며, (정조 임금이 흐트러진 글씨를 되돌려 바로 잡으려 하였던) '서체반정'書體反正의 정신과, 이에 대한 신념과 사명감으로 서書(글씨)에 관한 연구와 교육·지도에 힘쓰고 있다.

어린 시절, 왼손잡이였으나 글씨 쓰기와 식사만은 반드시 오른손으로 해야 한다는 아버지의 가르침에 따라 열심히 글씨연습을 했다. 그 때는 書如其人서여기인, '글씨가 곧 사람'이라는 말에 짐짓 의아해 하였다. 군복무를 마치고 나서야 비로소 자못 놀라운 가르침을 알아듣게 되었고, 그 심오한 뜻에 끌려 그때부터 매일 아침 저녁으로 좋은 글을 읽고 단 몇 줄이라도 그 의미를 마음에 새기며 정서正書·精書하고 있다.

그리하여 뜻하지 않게 천생이 악필일 수밖에 없었던 왼손잡이가 명필이 되었을 뿐 아니라, 인문학적 소양과 글쓰기 능력까지 덤으로 얻었다. 이런 모든 경험과 공부가 이 책을 구상하여 쓰는 데 초석이 되었고, 특히 정서正書(바른 글씨)의 중요성에 대한 깊은 인식은 그 원동력이었다.

기초를 다지고, 기본이 되게 하라!

교육의 기본·공부의 기초, 지력과 인성을 기르는 '독讀서書산算'

청소년, 학생들의 뇌기능이 날이 갈수록 저하되고 있다. 왜냐하면 스마트폰, 컴퓨터, TV 등에 몰두하여 두뇌활동을 정체·정지 상태에 빠뜨리기 때문이다. 게다가, 지적능력(지력·지능 intelligence)뿐 아니라 정신력과 인성人性마저 부실해지고 있다. 디지털·모바일의 역기능이 극심한 성적만능주의의 부작용과 합세하여 교육의 근본을 해치고, 근간을 뒤흔드는 격심한 위협에 처한 것이다. 왜 이렇게 되었는가? 디지털의 폐해에 더하여, 교육의 기본·기초를 무시한 탓도 자못 크다. 이른 바 '독讀서書산算'(낭독朗讀·정서正書·암산暗算)의 간단한 원칙을 소홀히 한 후유증이 무섭게 커져 가고 있는 것이다.

국가 백년대계百年大計의 교육이 이렇게 근본을 잃고 근간이 흔들리면 안 된다. **'기초를 다지고, 기본이 되게 하라'** 이 경구警句를 교육의 제1 계명으로 삼아야 할 이유가 바로 그것이며, (부연하건대) 교육의 기본·기초는 '독서산'이다. 이는 동서고금의 전통이자 교육의 아버지 페스탈로치가 확립한 교육방법의 일반론이다. 그런 원리에 따라 이십여 년 전까지만 해도 선생님들은 학생들에게 **'바르게 글씨 쓰고, 소리 내어 읽고, 셈하기'**를 철저히 가르쳤고, 교육의 금과옥조金科玉條로 여겨 반드시 실행하도록 하였다.

이 '독서산'의 중요성과, 위력은 일본의 교사 가게야마 히데오가 읽기·쓰기·셈하기를 반복 학습시킴으로써 '전국 학력테스트 10년 연속 1위', '최고 명문대학 전원 합격'을 이룬 놀라운 성과가 단적으로 입증한다. 가게야마는 특히 정갈한 글씨 쓰기가 '학습 효과'를 높이는 전제가 됨을 강조하였다. 그런데, 학습 능력은 물론 서여기인書如其人과 신언서판身言書判, 서체반정書體反正 등, 수많은 고언古言과 전통이 가르치는 바대로 인성에 바탕이 되는 '바른 글씨'(정서正書·精書)의 정의情意적 가치(affective value) 또한 아주 중요하다. 그래서 중국은 최근에 '글씨 쓰기'의 지도·학습을 의무화하였고, 일본에서는 '자맹字盲(악필)' 퇴치운동을 벌인지가 십년이 넘었다.

그런데도 우리는 이를 무시한 채 오로지 점수 따기, 성적 올리기에만 급급하니 아이러니가 아닐 수 없고, 안타깝기 그지없다. 그래서 누구든 (매일 또는 이틀에 한 번이라도) 짧은 시간이나마 차분한 마음으로 글을 읽고, 그 글의 요지를 정성껏 쓰게 했으면 하는 마음이 간절하였다. 그런 심정에서 이런저런 생각과 궁리 끝에 '바른 글씨' 쓰기를 기본 틀로 하여 '독서산'을 동시에 자습할 수 있는 책(교본)을 만들게 되었다. 삶의 지혜가 될 예화와 경구 등, 짧지만 좋은 글을 읽고 쓰면서 마음에 새기면 지력향상, 인성의 함양과 함께 자신감, 패기覇氣를 기르는 데도 많은 도움이 될 것이다.

2014년 3월 1일 권민수 權玟遂

글씨를 바르게 잘 써야 공부를 잘하고 인성도 좋아진다
강하고 부드러운 실력자, '전인적 인간'이 되게 하는 '독讀서書산算'

　'천재는 악필이다' 그러나 극소수가 그러할 뿐이다. 악성樂聖 베토벤이 악필로 알려져 있으나, 대다수의 천재들은 하나같이 명필이다. 전통적으로 서書(글씨)를 중시하였던 동아시아는 더 말할 나위없고, 셰익스피어, 레오나르도 다빈치, 괴테, 나폴레옹, 톨스토이 등등, 세계적인 천재들의 글씨를 보면 그 아름다움과 힘찬 필치筆致에 경탄하게 된다. '천재·위인은 명필', 이 등식等式만으로도 지적능력과 인격 형성에 글씨쓰기가 미치는 거의 절대적인 영향력을 짐작할 수 있지 않은가. 이야말로 **'서여기인書如其人, 글씨가 바로 그 사람과 같다'**는 선현의 놀라운 지혜의 말씀을 알아들어야만 하는 확실한 근거, 이유가 되기에 충분하다.

　얼마 전, 미국에서는 학교교육과 관련하여 글씨(hand writing)에 대한 뜨거운 논쟁이 벌어졌다. 글씨쓰기의 옹호론자들은 "손 글씨는 그저 글씨를 쓰는 기술 이상"이라고 주장하였다. '서여기인'과 일맥상통一脈相通하는 생각이다. 그래서 동양에서는 예로부터 '신身언言서書판判'을 인재등용의 기준으로 삼았고, 정조正祖 임금은 결연한 의지로 '서체반정'書體反正(흐트러지고 어지러워진 '글씨'를 되돌려 본래대로 바로잡는, 곧 '악필퇴치' 운동)을 일으켰던 것이다.

　미국의 글씨 논쟁 초기에 일간 시카고 리트뷴은 미국 인디애나, 워싱턴 대학과 캐나다 오타와 대학의 손 글씨에 관한 연구결과를 보도하였다. 그 요지는, '첫째, 손 글씨는 뇌 발달에 좋다. 둘째, 표현력·문장력을 키운다. 셋째, 기억력을 높인다. 넷째, 뇌신경 네트워크를 강화한다. 다섯째, 자신감을 키워 준다.'는 것이었다. 그 후, 캐나다 맥길 대학(건강센터)에서는 악필은 학습장애뿐 아니라, 자존감에도 영향을 미친다는 매우 충격적인 연구결과를 학계에 보고하였다.

　우리나라에서는 한별심리연구소(소장 최훈동)가 글씨쓰기에 대한 조사결과를 발표했는데, '글씨를 잘 쓰는 학생들이 대부분 학습태도와 성취도가 우수하고 책임감이 강한 반면 악필의 경우는 주의력이 산만하고 책임감이 떨어진다'는 것이다. (두 눈을 집중시킨) 부지런한 손놀림이 두뇌 발달에 크게 도움이 된다는 연구결과도 있다. "두뇌에서 가장 넓은 면적을 차지하는 것이 손을 관할하는 부위, 손가락의 움직임은 정교한 정보처리를 요구하기 때문이다"(서유헌 한국뇌연구원 원장)

　요컨대, **'글씨를 바르게 잘 써야 공부도 잘하고 인성도 좋아 진다'**는 것이다. 글씨교본의 서문序文을 쓰다 보니 은연중에 정서正書(바른 글씨) 옹호론을 넘어 예찬론으로 비약한 듯하다. 그래도 분명한 것은 이 모두가 진실이라는 점이다. 그러므로 바라건대, '글씨가 사람과 같다' 선뜻 마음에 와 닿는 말은 아니지만, 누구이든 그 깊은 뜻을 어렴풋이나마 알아들었다면, (앞으로는 변함없이) 정서正書·精書에 힘썼으면 한다. 이에 더하여 매일 좋은 글을 읽으며 그 뜻을 마음에 새기고 아주 짧은 자투리 시간, 단 몇 분만 속셈하기를 습관들이면 금상첨화錦上添花다. 그러면 필연코, '독서산'의 힘이 발휘되어 강하고 부드러운 실력자, '전인적全人的 인간'이 될 것이다.

////// **Contents**

실력을 키우려면
기초를 다지고, 기본이 되게 하라!
강하고 부드러운 실력자,
'전인적 인간'을 만드는 독讀서書산算

뿌리 깊은 나무는 흔들리지 않는다.

A deep-rooted tree is never shaken.

많이 보고 많이 겪고 많이 공부하는 것은 배움의 세 기둥이다.

벤저민 디즈레일리

기초가 튼실하여야 이룰 수 있고, 뛰기 전에 걷기부터 배워야 하며,
썩은 나무에는 조각할 수 없다.

지력과 인성을 기르는 힘

파워 독 · 서 · 산
– 읽기 · 쓰기 · 셈하기

Reading ·hand writhing ·mental arithmetic power

교육·교양의 기본이 '인성'人性 함양이고, 지적능력과 공부의 기초를 다지는 것이 '독讀서書산算', 곧 읽기·쓰기·셈하기라는 동서고금西東古今의 전통과 교육방법의 일반론에 따라 '바른 글씨'(정서正書) 쓰기를 바탕으로 이 교본을 만들었다(본문 98쪽 참조). 아울러 지능·지력을 키우는 '독서산'의 효과에 더하여, 감동적인 예화와 금언, 경구 등 좋은 글들을 읽고 쓰면서 그 뜻을 마음에 새겨 인성을 기르고 '삶의 지혜'도 터득하게 하였다.

교육의 핵심은 '주의력'注意力(집중력)이다(본문 218쪽 참조). 이를 기르는 데는 '독서산'이 가장 효과적이며 지능 발달에도 더없이 좋다. '독서산 효과'는 일본의 어느 교사가 지도한 학생들이 전국 학력테스트에서 10년 연속 1위를 차지하였고 거의 모두가 최고 명문대학에 입학한 '야마구치의 기적'이라 불리는 사례에서도 실증된다(본문 246쪽 참조).

정교한 정신작용을 하는 손과 입의 부지런한 움직임은 두뇌를 활성화하여 '공부의 삼위일체'인 사고력·기억력·표현력을 키우고, 이에 속셈이 더해지면 그 효과가 더 커진다. 특히 '정서'正書·精書(바른 글씨 쓰기)는 집중력과 뇌신경 네트워크를 강화시킬 뿐만 아니라, 인지력(知지), 평정심(情정), 자신감(意의) 등 '인성의 요소'를 극대화, 확장한다.

독讀 이 책 '읽기'의 글은 하루에 한 쪽씩 마음을 가다듬어 눈으로 정독精讀한 후, 정확한 발음으로 소리 내어 한두 번 더 되풀이해서 읽는 것이 효과적이다. 그럴 시간이 없다면 한 번만이라도 반드시 정신을 집중하여 읽어야 한다. 특별히 마음에 끌리는 '금언·경구'는 빠짐없이 외워서 틈틈이 음미하며 암송暗誦하도록 한다(본문 120쪽 참조).

서書 '쓰기'는 글씨의 기본이 되는 한글의 정서正書인 정자체正字體를 위주로 익히게 하였으며, '보조선' 위에 간결·명확한 글씨체로 '바른 글씨'를 쓰게 하였다. 그리하여 훨씬 더 쉽고 확실하게 글씨를 연습(연서練書)할 수 있다. 또한 한글 흘림체, 한자, 알파벳(영자), 아라비아숫자도 익히도록 하였다. 요령要領에 치우치는 것은 피해야 하지만, 글씨쓰기는 기능적 요소가 있으므로 본문의 '독서산'으로 들어가기에 앞서 '바른 글씨 자습법', '한글쓰기 기초' 등 쓰기요령(필법筆法)을 대강 터득하여야 한다.

한자漢字를 읽기는 하는데 잘 쓰지 못하는 자맹字盲이 많다. 그래서 책 하단에 '천자문' 千字文(한문 입문서이며, 동양 고전의 다이제스트이므로 반드시 공부하기 바란다. 본문 276쪽 참조) 한 구절씩을 쓰도록 하였다. 한자와 한문까지 익힐 시간적인 여유가 없는 경우에는 '읽기·쓰기'를 끝까지 다 마친 다음, '읽기'를 다시 반복(복습)하면서 한자 쓰기를 같이 하면 더 효과적일 것이다.

산算 '셈하기'는 읽기, 쓰기와 함께 지능발달, 지력향상에 효과가 크다. 이 교본에서는 지면이 한정되어 계산(암산暗算)문제를 충분하게 싣지 못하였다. 별도의 교재를 마련하여 매일 십분 정도 속셈하기(가감승제의 단순한 계산)를 보충하였으면 한다.

∷ '바른 글씨' 자습법 ∷

첫째, '독서산'(낭독·정서·암산)의 핵심인 '바른 글씨' 쓰기(hand writing)는 나이, 학력 등에 상관없이 가장 뛰어난 모범이 되는 글씨(체본體本)를 보고 그대로 그림 그리듯 따라서 쓰는 '임서' 臨書가 무엇보다 중요하다. 그렇게 '정서' 正書(바른 글씨)를 잘 익힌 후에야 비로소 자신만의 개성이 드러나는 좋은 필적의 개발과 멋진 속필도 가능해 진다. 제 멋대로 써서는 글씨가 전혀 늘지 않음을 유의해야 한다.

둘째, '필법' 筆法, 쓰는 요령(운필運筆, 결구結構 등)을 대강 터득하고 많이 써보아야 한다. 그렇다고 한 번에 많은 시간을 연습할 게 아니라, 매일 삼사십 분씩이라도 정서精書, 즉 정신을 집중하여 써야 한다. 너무 잘 쓰려 하지 말고 '정신 수양' 삼아서 진득하게 쓰기 공부를 하면 누구라도 글씨를 잘 쓸 수 있다(본문 152쪽 참조).

< 범례 > 기본 획 쓸 때; → 방향·삐침, ○ 멈춤·누름, --- 길이·각도

셋째, 글씨쓰기는 마음과 자세, 특히 '펜 잡는 법'(집필법執筆法)이 무엇보다 중요하다. 바른 자세로 책상 앞에 앉아서 마음을 차분하게 가라앉힌다. 그런 다음, 왼손을 가볍게 올려놓고 오른손으로 펜을 바르게 잡아야 하며, 팔에는 힘을 주지 말아야 한다.

펜은「그림」과 같이 엄지와 검지로 펜대의 아랫부분을 너무 힘주지 말고 잡아야 하며 중지로 가볍게 받쳐준다. 펜대와 눈과의 사이는 20cm이상으로 하고 펜과 지면의 각도는 대략 50도 내외로 비스듬히 하여야 한다.

필기구는 볼펜, 플러스펜, 만년필, 연필(샤프펜슬은 쓰지 않도록 한다) 등, 여러 가지 명칭에 상관없이 어떤 것을 사용해도 좋다. 다만 펜촉(필심筆芯)의 굵기가 0.7mm 이내인 '경필' 硬筆(단단한 소재로 된 펜촉)로 색깔은 검정 또는 청색이어야 한다.

✤ 수많은 연구·조사 결과, 대개 글씨를 잘 쓰지 못하면 공부도 못한다. 자신감 또한 바닥인 경우가 많다. 실재로 악필콤플렉스에 시달리는 이들이 아주 많은데, 서술시험을 치러야 하는 학생, 국가고시 응시자들이 더 심하다. (머리말에서도 밝혔듯이) 정서正書·精書의 여러 가지 중요성에도 불구하고 이를 무시한 결과다. 전에는 그렇지 않았다. 인재등용의 기준이 '신언서판' 身言書判이었고, 그중에서도 서書(글씨)를 특별히 중시하였다(본문 88, 98쪽 참조). 지금이라도 그러한 중요성을 확실하게 인식하고, 열심히 노력하여 글씨를 바르게 잘 쓸 수 있기를 바란다. 그리하여 '실력과 품격을 말해주는 PENCRAFT'를 마음껏 과시했으면 좋겠다.

:: 한글 정자正字 쓰기의 기초 ::

한글 모음에 맞는 자음의 글꼴(자형字形)

※ 모든 글꼴(결구結構)과 어울림, 그리고 필순을 잘 기억한 후에 글씨쓰기를 시작해야 보다 효과적이다.

1. 기역(ㄱ), 키읔(ㅋ)

기역	키읔	어울리는 모음 · 받침
ㄱ	ㅋ	ㅣ ㅏ ㅑ ㅓ ㅕ ㅐ ㅒ ㅔ ㅖ
ㄱ	ㅋ	받 침
ㄱ	ㅋ	ㅡ ㅗ ㅛ ㅜ ㅠ ㅟ ㅝ

2. 니은(ㄴ), 디귿(ㄷ), 리을(ㄹ), 티읕(ㅌ), 피읖(ㅍ)

니은	디귿	리을	티읕	피읖	어울리는 모음 · 받침
ㄴ	ㄷ	ㄹ	ㅌ	ㅍ	ㅣ ㅏ ㅑ
ㄴ	ㄷ	ㄹ	ㅌ	ㅍ	ㅓ ㅕ ㅐ ㅒ ㅔ ㅖ
ㄴ	ㄷ	ㄹ	ㅌ	ㅍ	ㅡ ㅗ ㅛ ㅜ ㅠ ㅟ ㅝ
ㄴ	ㄷ	ㄹ	ㅌ	ㅍ	받 침

3. 미음(ㅁ), 비읍(ㅂ), 이응(ㅇ), 히읗(ㅎ)

미음	비읍	이응	히읗	어울리는 모음 · 받침
ㅁ	ㅂ	ㅇ	ㅎ	전체 공통

4. 시옷(ㅅ), 지읒(ㅈ), 치읓(ㅊ)

시옷	지읒	치읓	어울리는 모음 · 받침
ㅅ	ㅈ	ㅊ	ㅣ ㅏ ㅑ ㅐ ㅒ
ㅅ	ㅈ	ㅊ	ㅓ ㅕ ㅔ ㅖ
ㅅ	ㅈ	ㅊ	ㅡ ㅗ ㅛ ㅜ ㅠ ㅟ ㅝ 받침

1. 기본 점·획 쓰기

– **세로 획** : 펜(연필)을 오른쪽으로 눌러서 대고 바로 내려 긋는다.

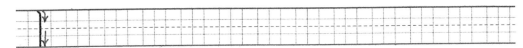

– **가로 획** : 일부러 모양을 내려하지 말고 단번에 긋고, 끝에서 하향하여 멈춘다.

(모든 가로 획은 5도 가량 기울기로 우 상향하게 쓴다. 그래야 쓰기 편하며, 글씨가 안정감 있고 보기에도 좋다)

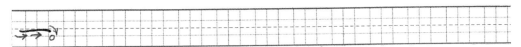

– **세운 점** : 오른쪽으로 빗대면서 짧게 찍어서 멈춘다.

– **삐 침** : 필력을 주어 가볍게 삐친다.

– **멈춘 점** : 오른쪽 아래로 둥글게 긋듯 하여 멈춘다.

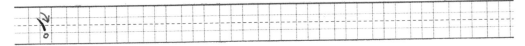

– **이 응** : 시계 바늘 반대 방향으로 한 번에 둥글게 마무리 한다.

2. 가로 모임 글자 쓰기 : 자음과 모음이 가로로 겹쳐진 글자는 자음이 세로 획의
   왼쪽 가운데가 되도록 쓴다.

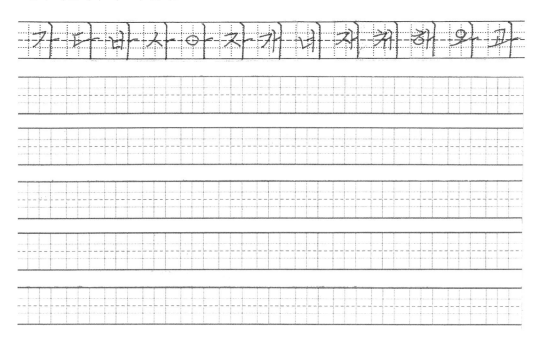

3. 세로 모임 글자 쓰기 : 받침이 없는 글자는 가로 획의 위쪽 가운데가 되도록 자음을 쓰고,
   받침이 있는 글자는 자음과 받침을 오른쪽에 맞춰서 쓴다.

4. 섞임 모임 글자 쓰기 : 가로 모임과 세로 모임 글자 외의 섞임 모임 글자는 가로·세로 모임 글자 쓰기의 기준에 따라 쓰며, 위의 모음과 받침을 오른쪽에 맞춘다.

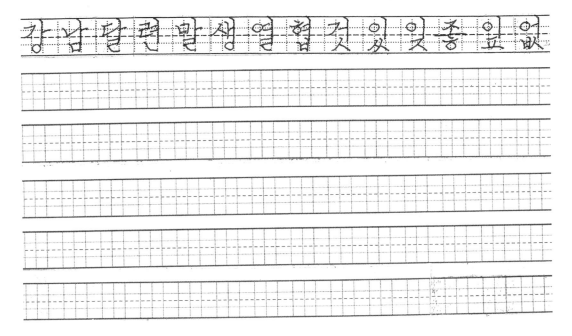

5. 겹자음 글자, 쌍받침 글자 쓰기

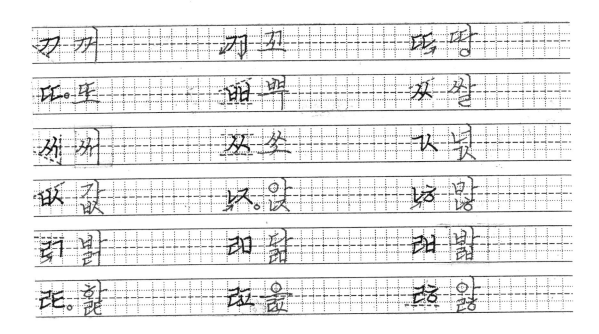

청춘은 '힘'이 솟아나는 샘이다.

젊은이들, 결코 좌절하거나 낙담해서는 안 된다. 무한한 힘을 지녔지 않은가.

그러니 더욱 강인한 정신으로 그 힘을 깨워 일으켜야만 한다.

그리고 진정한 실력자는 오로지 '정신'임을 알아야 한다. 절대로 나약한 육체의 노예가 돼서는 안 된다.

랄프 왈도 에머슨

Chapter 01

삶의 에너지,
자신감 키우기

자신감은 최고의 성공 비결이다.

토머스 에디슨

지력과 인성을 기르는 힘

파워 독 · 서 · 산
– 읽기 · 쓰기 · 셈하기
Reading·hand writhing·mental arithmetic power

01 | '나는 잘할 수 있다'는 생각만 하여라

>> '나는 할 수 있어'라는 생각을 마음속 깊이 새기면 무엇이든지 해낼 수 있다. 그러니 할 수 없다는 생각은 아예 하지 않는다. 오로지 '나는 잘할 수 있다'는 생각만 한다.

※ '플라시보효과' placebo effect(로버트 로젠탈), 'GIGO', '피그말리온효과', '역피해의식' inverse paranoid ; '믿음과 바람, 긍정의 생각'이 그대로 이루어지는 과학적·실증적으로 입증된 현상들이다.

윈스턴 처칠은 말더듬이었고 고등학교 졸업 때까지는 늘 꼴찌였다. 하지만 전혀 주눅 들지 않고 '나는 잘할 수 있다'는 신념으로 열심히 공부하며 매일 책을 읽었다. 좋은 글귀는 큰소리로 읽고 쓰기를 되풀이하면서 통째로 외워버렸다. 그런 자신감과 끊임없는 노력으로 처칠은 영국의 가장 위대한 수상이 되었다. 전쟁을 승리로 이끌었으며, 국민들에게 '희망'을 심어주고 '자신감'을 불러일으키는 많은 명연설을 남겼다. 훗날에는 '제2차 세계대전'이라는 책을 써서 노벨문학상을 받는 영광까지 차지하였다.

사람의 '마음가짐'이 인생을 결정짓는 중대한 사실을 잊어서는 안 된다. 모든 일은 할 수 있다는 '자신감'에서 출발한다. 그도 할 수 있고, 그녀도 할 수 있는데 왜 나라고 못하겠나? He can do it, She can do it, Why not me?(김태연 'TYK그룹' 회장)

:: 나에 대한 믿음이 꿈을 이루는 최고의 비결이다(랄프 왈도 에머슨).
:: 무엇이든 하고자 하는 사람은 이루지 못할 것이 없다(설원說苑).
　無不爲者 無一能成也 무불위자 무일능성야
:: 다른 누구인가가 할 수 있거나 이룰 수 있는 일이라면, 나 역시 그럴 수 있다(토머스 빌로드).

>> 한자쓰기(천자문千字文) | '한자 학습법'(부록, 247쪽)을 먼저 익힌 후에 글씨본(체본體本)을 보고 한 글자씩 정신을 집중하여 천천히 따라서 쓴다.(시간이 없거나, '천자문'을 깊이 있게 공부하기 위해서는 '읽기·쓰기·셈하기'를 끝까지 마친 다음, '읽기'를 반복하면서 한자쓰기를 같이 한다)

❖ 天地玄黃 하늘과 땅은 검고 누르며(역경易經에서 '태초'를 나타낸 말이다)

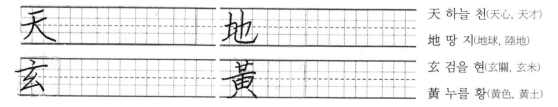

天 하늘 천(天心, 天才)
地 땅 지(地球, 陸地)
玄 검을 현(玄關, 玄米)
黃 누를 황(黃色, 黃土)

>> 한글 정자체 쓰기 매일 1쪽씩만 습자習字(글씨 쓰기 익히기)하여야 하며, 반드시 정신을 집중하여 한 글자씩 천천히 임서臨書(글씨본 보고 따라 쓰기)한다.

무엇이든 하고자 하는 사람은 이루지 못 할

것이 없다. 할 수 있다고 믿으면 그렇게 되

고, 할 수 없다고 믿는 사람도 그렇게 된다.

❖ **宇宙洪荒** 우주는 드넓고 크다.

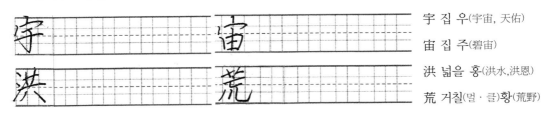

宇 집 우(宇宙, 天佑)

宙 집 주(碧宙)

洪 넓을 홍(洪水, 洪恩)

荒 거칠(멀·클)황(荒野)

02 | 잘할 수 있다'고 자신 있게 생각하고, 말하고, 행동한다.

>> '나는 할 수 있어'라고 마음속에 새겨 믿고 다짐하면 할수록 점점 더 자신감이 커진다. 이제부터 나는 끊임없이 '잘할 수 있다'고 자신 있게 생각하고, 말하고, 행동한다.

※ '자아이미지'(프레스코드 레키) "I can do it!", '자기암시'(에밀 쿠에) '나는 날마다 모든 면에서 점점 더 좋아지고 있다'; 마음을 한데 모아 되풀이하여 암송(중얼거림)하면 '자신감'이 강화된다.

어린 시절 학습지진아였던 토머스 에디슨이 각고의 노력으로 백열전구를 발명하였다. 이천 번의 실험, 끊임없는 도전 끝에 드디어 성공을 거두었던 것이다. 어느 기자가 수도 없이 실패를 거듭 했는데 그 심정이 어떠했는지를 묻자, 에디슨은 반문하듯 말하였다. "실패라니요? 나는 전구가 빛을 내지 못하는 이천 가지의 원리를 발견하였습니다" 그의 이 말에서는 실패까지도 값지게 여기는 강렬한 '긍정의 힘'이 솟구친다.

에디슨은 평생 학교공부라곤 석 달 정도밖에 못했지만, (그러나 도서관에서 몇 십 배의 더 많은 공부를 했다) '반드시 해낼 수 있다'는 자신감과 불굴의 의지가 남달랐다. 그래서 수많은 실패에도 결코 낙담하거나 포기하지 않았고, 열정을 다해 꾸준히 노력함으로써 발명왕 에디슨이 되었다.

:: **자신감은 언제든지 성공의 첫 번째 비결이 되었다**(마크 트웨인).

Self-confidence has always been the first secret of success.

:: **모든 것은 오직 마음이 만든다.** − 마음먹기에 달렸다(화엄경華嚴經). 一切唯心造 일체유심조

:: **나 자신을 믿어야 한다. 나는 고아원에 있을 때도, 음식을 얻기 위해 거리에 나섰을 때도 '나는 이 세상에서 가장 훌륭한 배우다'라고 나 자신에게 말했다**(찰리 채플린).

❖ **日月盈昃** 해와 달은 차고 기울며

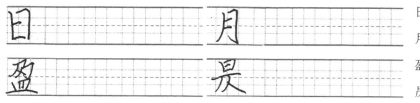

日 날(해) 일(日光, 日常)

月 달 월(月刊, 月給)

盈 찰 영(盈滿, 貫盈)

昃 기울 측(月昃, 下昃)

>> 매일 1쪽씩만 습자習字(글씨 쓰기 익히기)하여야 하며, 반드시 정신을 집중하여 한 글자씩 천천히 임서臨書(글씨본 보고 따라 쓰기)한다.

'나는 할 수 있어'라고 믿고 마음에 새겨 다

집할수록 점점 더 자신감이 커진다. 자신감

은 언제든지 성공의 첫 번째 비결이 되었다.

❖ 辰宿列張 별과 별은 벌려져 있다.

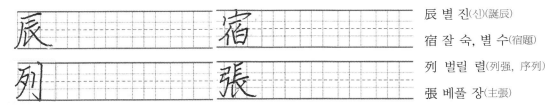

辰 별 진(신)(誕辰)

宿 잘 숙, 별 수(宿題)

列 벌릴 렬(列强, 序列)

張 베풀 장(主張)

03 | '내가 하는 일은 잘된다'는 긍정의 마음을 가져라

>> '내가 하는 일은 잘된다'는 좋은 생각만 너의 머릿속에 가득 차게 하여라. 그리하면 자연스레 네 마음은 반드시 성공을 거둘 수 있는 계획을 세우게 된다(데이비드 슈워츠, '리더의 자기암시법').

매일 노름으로 밤샘하는 사람을 누구인가가 (유대인들의 선생) 랍비에게 일러바쳤다. 그런데도 랍비는 별일 아니라는 듯 "걱정할 것 없네. 탈무드 공부와 하느님을 찬양하는 일도 그렇게 밤새워 할 수 있을 테니 말일세"라고 태연하게 말하였다(탈무드).

유대인들은 2천년이 넘게 나라 없는 서러움 속에서 수많은 어려움을 겪어왔다. 그런데도 다른 어느 민족보다 잘살 수 있게 된 것은 되도록 좋은 쪽만 보는 '긍정의 마음가짐' 때문이었다. 그런 '유대민족이 없었던들 인류의 발전이 천년은 늦어졌으리라'는 말이 있듯이 긍정의 힘은 세상을 바꿀 만큼 강력強力하다. 따라서 아무리 모진 시련과 역경도 긍정의 마음 앞에서는 무릎을 꿇을 수밖에 없고, 굳건한 의지와 노력만 뒤따른다면 꿈은 반드시 이루어진다.

> :: 무엇이 보이느냐가 문제가 아니라 무엇을 보느냐가 문제다(헨리 데이비드 소로우).
> :: 길을 가다가 돌을 만나면 나약한 사람은 그것을 걸림돌이라 하고 강인한 사람은 디딤돌이라고 말한다(토머스 칼라일).
> :: 가능한 것과 불가능한 것의 차이는 한 사람의 마음먹기에 달려 있다(토미 라소다).
> :: 할 수 있다고 믿는 사람은 그렇게 되고, 할 수 없다고 믿는 사람도 그렇게 된다(샤를 드골).

❖ **寒來暑往** 추위가 오면 더위는 가고

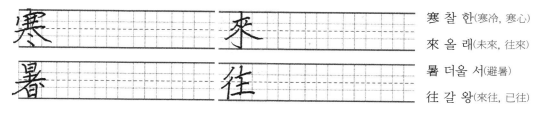

寒 찰 한(寒冷, 寒心)

來 올 래(未來, 往來)

暑 더울 서(避暑)

往 갈 왕(來往, 己往)

>> 매일 1쪽씩만 습자習字(글씨 쓰기 익히기)하여야 하며, 반드시 정신을 집중하여 한 글자씩 천천히 임서臨書(글씨본 보고 따라 쓰기)한다.

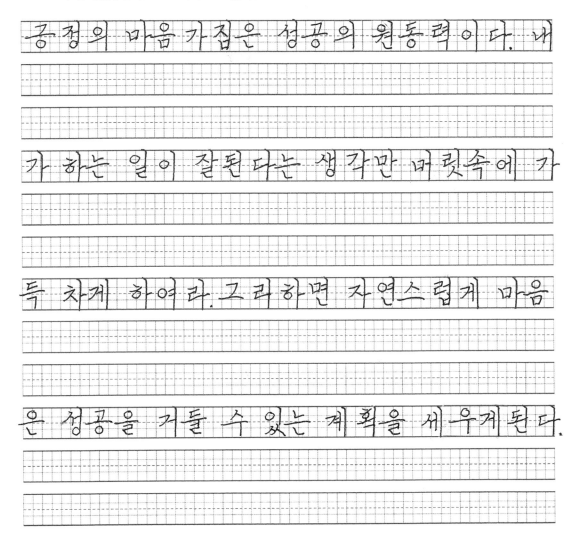

긍정의 마음가짐은 성공의 원동력이다. 내

가 하는 일이 잘된다는 생각만 머릿속에 가

득 차게 하여라. 그리하면 자연스럽게 마음

은 성공을 거둘 수 있는 계획을 세우게 된다.

❖ 秋收冬藏 가을에 거두어들여 겨울에는 감춰 둔다.

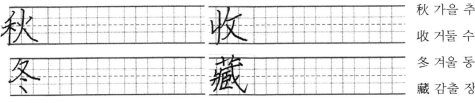

秋 가을 추(秋季, 秋收)

收 거둘 수(收支, 領收)

冬 겨울 동(冬眠, 冬至)

藏 감출 장(藏書, 貯藏)

04 | 자신감을 키우겠다는 목표설정, 태도·사고방식, 자기암시

>> 마음먹은 일을 잘해낼 수 있도록 자신감을 갖는다. 자신감은 마음가짐이다. 마음을 다잡아 자신 있게 생각하고, 자신 있게 말하고, 자신 있게 행동할수록 자신감은 더욱 더 커져간다.

자신감을 키우기 위해서는 먼저, 자신 있게 생각하고 말하며 행동하겠다는 흔들림 없는 목적 Intention을 정하고 의지를 다지면서 기필코 실행할 것임을 스스로에게 맹세하여야 한다. (확고한 목표설정, 실현의지)

그런 다음, 자신을 굳게 믿어 추호도 흐트러짐 없는 '마음가짐'으로 부정적이고 소극적이었던 생각Thinking과 행동Act들을 과감하게 바꾸어야 한다. (사고방식·태도의 변화)

끝으로, 자기가 대단한 자신감을 가진 사람이라고 스스로 암시Autosuggestion하고 마음속 깊이 새긴다. Self-image 그리고 실제로 그렇게 말하고 행동한다. (자기암시, 자아이미지)

:: (심리학에는 한 가지 방법이 있다) **이루고 싶은 모습을 마음속에 그리고 충분한 시간 동안 그 그림이 사라지지 않게 간직하고 있으면, 반드시 실현된다는 것이다**(윌리엄 제임스).

:: **자신의 생각이 말이 된다. 말은 행동이 된다. 행동은 습관이 되고, 습관은 성격이 된다. 그리고 성격이 자신의 운명이 된다**(프랭크 아웃로).

:: **나의 승리의 반은 주먹이었고, 반은 이기리라고 굳게 믿은 나의 '말'이었다**(무하마드 알리).

:: **용기 있는 사람이 되고 싶은가, 용기 있는 척하여라**(아리스토텔레스).

❖ **閏餘成歲** 윤달이 남아 해를 이루고

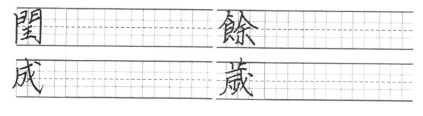

閏 윤달 윤(閏月)

餘 남을 여(餘裕, 殘餘)

成 이룰 성(成功, 成熟)

歲 해 세(歲月, 萬歲)

>> 매일 1쪽씩만 습자習字(글씨 쓰기 익히기)하여야 하며, 반드시 정신을 집중하여 한 글자씩 천천히 임서臨書(글씨본 보고 따라 쓰기)한다.

자신의 생각이 말이 된다. 말은 행동이 된

다. 행동은 습관이 되고, 습관은 성격이 된다.

그리고 성격이 자신의 운명이 된다.

❖ 律呂調陽 율(양陽)과 여(음陰)로 음양을 고르게 한다.

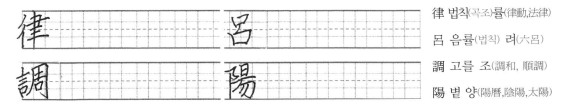

律 법칙(곡조)률(律動, 法律)

呂 음률(법칙) 려(六呂)

調 고를 조(調和, 順調)

陽 볕 양(陽曆, 陰陽, 太陽)

05 | 자신감을 키우는 방법, 1단계

>> '자신감을 키우는 방법'은 패기만만覇氣滿滿한 생각들을 말을 통하여 마음속에 끊임없이 채워 넣는 것이다. 그렇게 정신을 집중하여 지속·반복적으로 암송하면 긍정의 생각과 믿음이 마음속에 자리 잡아 자신감이 강화된다.

※ 이는 과학적·실증적으로 거듭 확인 되고 있는 '자아이미지'Self-image(프레스코드 레키), '자기암시' Autosuggestion(에밀 쿠에) '자성예언'Self-fulfilling prophecy(로버트 머튼) 등의 효과가 작용하여 이루어지는 현상이다.

>> 1단계 '생각을 가다듬어 바르고 넓은 마음가짐을 갖는다'

"나는 지금, 예전의 내가 아니다. 나는 나쁜 생각, 어리석은 생각은 절대로 하지 않는다. 좋은 생각만 하고, 양심에 따라 거리낌 없이 행동한다. 그리하여 내 마음속에는 패기가 가득차서 날이 갈수록 자신감이 점점 더 커져가고 있다. 나는 패기만만하여 근심 걱정, 두려움이 없다. 따라서 마음이 똑바로 서서 흔들리지 않는다. 나는 그렇게 마음이 바르고 굳건하여 어떤 어려움도 이겨낼 수 있는 강인함이 생겼고, 무엇이든 해낼 수 있는 자신감이 가득 차오르고 있다."

위와 같이 깊이 생각하고 굳게 다짐한 후 머리로 외우고 마음에 되새기며 2달 동안 매일 아침저녁으로 3번 이상 (중얼거리거나 큰 소리로) 암송한다.

:: **사람은 생각하는 대로 된다**(서양속담). We become what we think about.
:: **아메리카 인디언들은 어떤 말을 '만 번' 이상 되풀이하면 그 일은 반드시 이루어진다고 믿는다 한다. 이는 우리가 지혜의 말씀을 외우면 좋은 일이 생긴다는 사실과 일맥상통하는 것이다**(차동엽, '무지개 원리').

❖ **雲騰致雨** 구름이 날아올라 비를 이루고

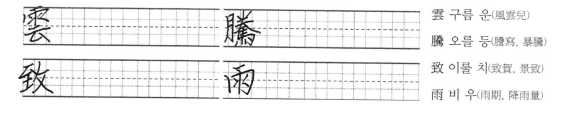

雲 구름 운(風雲兒)
騰 오를 등(騰寫, 暴騰)
致 이룰 치(致賀, 景致)
雨 비 우(雨期, 降雨量)

>> 매일 1쪽씩만 습자習字(글씨 쓰기 익히기)하여야 하며, 반드시 정신을 집중하여 한 글자씩 천천히 임서臨書(글씨본 보고 따라 쓰기)한다.

아메리카 인디언들은 어떤 말을 만 번 이상

되풀이하면 그 일은 반드시 이루어진다고

믿는다 한다. 이는 우리가 지혜의 말씀을 외

우면 좋은 일이 생긴다는 사실과 상통한다.

❖ **露結爲霜** 이슬이 맺혀 서리가 된다.

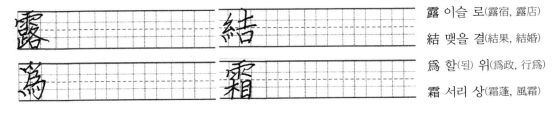

露 이슬 로(露宿, 露店)

結 맺을 결(結果, 結婚)

爲 할(될) 위(爲政, 行爲)

霜 서리 상(霜蓬, 風霜)

희망을 적고, 그 실현을 다짐하라

기록으로 남기면 구체적인 결과가 다가온다. 기록한 대로 이루어진다(헨리에트 클라우, '종이 위의 기적, 쓰면 이루어진다'). 목표를 글로 써서 적어놓고 주기적으로 '세부목표'를 기록하고 검토한다(브라이언트 트레이시, '성취심리'). 이에 더하여 써서 기록한 목표를 향해 정신을 한데모아 간절한 마음으로 성취를 염원하여야 한다.

이 시대의 '희망希望의 전도사'로 불리는 차동엽 신부는 저서 '희망의 귀환'에서 자신이 주로 쓰는 부정적인 말이나 문장을 빠짐없이 적은 다음, 그와 정반대인 긍정의 문장 10가지를 골라서 '나의 행복 10계명'을 정하고 읽기, 쓰기를 반복할 것을 강조하였다. 그 계명을 한 장의 종이에 써서 잘 보이는 곳에 붙여 놓고 매일 시간이 날 때마다 소리 내어 읽고, 가능하면 몇 번씩 써보는 노력을 꾸준히 하면 그 효과가 서서히 나타난다는 것이다.

같은 맥락에서, '어떻게 인생 목표를 이룰까?'(캐롤라인 밀러·마이클 프라슈 공저共著)라는 책은 세계적인 수영선수 마이클 펠프스가 아침에 일어나면 바로 볼 수 있게 침대 옆 탁자에 인생 목표의 목록을 써 붙인 일화를 소개한다. 이러한 수많은 실증적 사례들을 근거로 제시하면서 목표를 이루기 위해서는 확고한 '목적의식'을 갖고 반드시 목록을 작성, 실천하고 확인하면서 목표를 향해 나아갈 것을 주문한다. 특히 끊임없는 자기암시, 마인드컨트롤 등을 통하여 '성취의지'를 다져나아가야 함을 거듭하여 강조한다.

※ 망중한忙中閑 ; 바쁜 가운데서도 한가롭다.

Take time off(from one's busy life) and relax.

'바쁠수록 쉬어가라'는 말과 일맥상통한다.

1. **아라비아숫자 쓰기의 기초** : 아라비아숫자는 45~50도 가량 오른쪽으로 기우려서 비스듬히 써야 한다. 특히 숫자 4는 세로 획이 평행이 되어야 하고, 7은 윗부분(~)을 주의해야 하며, 숫자 8은 오른쪽 꼭지에서 시작하여 단번에 이어 쓰고, 아래의 원을 조금 크게 한다.

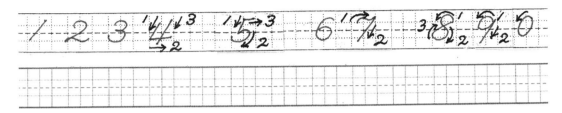

2. **알파벳 쓰기의 기초** : 체본을 잘 보고 써야 하며, 오른쪽으로 50도쯤 기우려서 쓴다. 요즘 필기에도 흔히 쓰이는 인쇄체보다 빨리 쓸(속필) 수 있는 서체이다(이탤릭체를 단순화하였다).

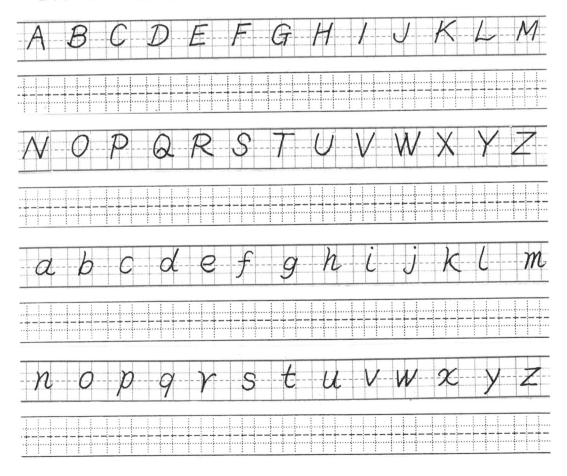

06 | 자신감을 키우는 방법, 2단계

>> 2단계 '나쁜 생각은 물리치고 좋은 생각만 한다'

"사람은 존귀하다. 한 사람 한 사람이 모두 소중한 '나'이다. 나는 그래서 나 자신을 귀하게 여기고 존중한다. 나는 이렇게 존귀한 만큼 가치가 있고 능력이 있다.

나는 또한 자신감이 넘치니 뜻하는 일을 반드시 이루리라 굳게 믿으며, 그렇게 자신 있게 말하고 행동한다. 나는 존엄하고 소중한 사람이다. 그러므로 크나큰 자부심을 갖고 나에게 나쁜 것은 물리치고 좋은 것만 받아들인다."

위와 같이 깊이 생각하고 굳게 다짐한 후 머리로 외우고 마음에 되새기며 2달 동안 매일 아침저녁으로 3번 이상 (중얼거리거나 큰 소리로) 암송한다.

> :: (사람의) **의지와 상상력이 부딪치면 언제나 상상력이 이긴다**(데이비드 로렌스).
> :: **자신이 성공하고 있는 모습을 상상하여 그 그림을 마음속에 새겨라. 자신이 실패하는 모습은 절대로 상상하지 말라**(노먼 빈센트 필, '적극적 사고방식').
> :: **사람들은** (내가) **운이 좋다고 말하지만, 훈련을 하면할수록 운이 좋아진다는 것을 나는 안다**(게리 플레이어).
> :: **자기의 한계는 자신에게 달려있다**(리처드 킬슨).

✤ **金生麗水** 금은 '여수'에서 나오고(운남성 지방으로 사금을 캐던 곳이다).

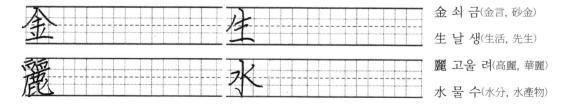

金 쇠 금(金言, 砂金)

生 날 생(生活, 先生)

麗 고울 려(高麗, 華麗)

水 물 수(水分, 水產物)

>> 매일 1쪽씩만 습자習字(글씨 쓰기 익히기)하여야 하며, 반드시 정신을 집중하여 한 글자씩 천천히 임서臨書(글씨본 보고 따라 쓰기)한다.

자신이 성공하고 있는 모습을 상상하여 그

그림을 마음속에 새겨라. 자신의 잘못으로

인하여 실패하는 모습을 일체 상상치 말라.

❖ **玉出崑岡** 구슬은 '곤강'에서 난다(형산荊山 남쪽에 있는 산山 이름이다.)

玉 구슬 옥(玉石, 珠玉)

出 날 출(出生, 搬出)

崑 뫼 곤(崑崙山)

岡 뫼 강(岡陵, 高陵)

07 | 자신감을 키우는 방법, 3 · 4단계

>> 3단계 '긍정의 생각, 믿음의 마음, 열린 마음으로 생각한다'

"나는 자신감이 넘친다. 그래서 비겁하지 않고 용감하다. 나는 그런 나 자신이 자랑스럽고 믿음직하다. 나는 그렇게 나를 믿는다. 나는 현명하다. 어떤 일이든 열심히 바르게 잘할 수 있다.

나는 나를 믿는다. 나는 재능과 창의력이 뛰어나다. 남들이 하지 못하는 것을 잘할 수 있다. 그래서 나는 더욱 더 소중하다. 좋은 것을 누려야 한다.

나는 마음이 넓고 열린 마음을 가졌다. 모든 사람을 다 받아들이고 그들을 존중하며 사랑한다. 나는 그래서 매력이 넘친다. 남들의 사랑을 받는다. 나도 그런 나를 사랑하며 늘 따뜻한 마음으로 대한다. 나는 사랑으로 생각하고 말하고 행동하며 살아간다."

위와 같이 깊이 생각하고 굳게 다짐한 후 머리로 외우고 마음에 되새기며 2달 동안 매일 아침저녁으로 3번 이상 (중얼거리거나 큰 소리로) 암송한다.

>> 4단계 '무심코 될 때까지 계속한다'

:: 뜻이 있는 곳에 길이 있다. Where there's a will, there's a way.
:: 어떤 일을 할 수 있고 해야 한다고 생각하면 길이 열리게 마련이다(에이브러햄 링컨).
:: 사람들은 자신이 믿는 모습처럼 된다. 어떤 일을 할 수 없다고 믿으면 그 생각 때문에 그 일을 할 수 없게 된다. 할 수 있다고 믿으면 설령 처음에는 능력이 없더라도 그 일을 이룰 수 있는 능력을 얻게 된다(마하트마 간디).

❖ 劍號巨闕 검은 '거궐'이 이름났고(월왕 구천句踐의 여섯 보검 중 하나다).

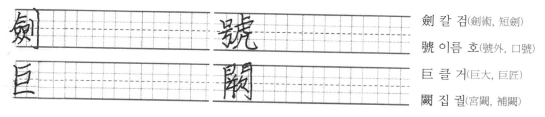

劍 칼 검(劍術, 短劍)

號 이름 호(號外, 口號)

巨 클 거(巨大, 巨匠)

闕 집 궐(宮闕, 補闕)

》 매일 1쪽씩만 습자習字(글씨 쓰기 익히기)하여야 하며, 반드시 정신을 집중하여 한 글자씩 천천
히 임서臨書(글씨본 보고 따라 쓰기)한다.

뜻이 있는 곳에 길이 있다. 어떤 일을 할 수

잊고 해야 한다고 생각하면 길이 열리게 마

련이다. 할 수 있다고 믿으면 능력이 없더라

도 그 일을 이룰 수 있는 능력을 얻게 된다.

❖ **珠稱夜光** 구슬은 '야광'이 일컬어진다(초왕楚王에게 바쳐진 진주이다).

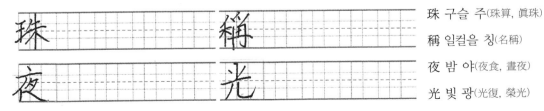

珠 구슬 주(珠算, 眞珠)

稱 일컬을 칭(名稱)

夜 밤 야(夜食, 晝夜)

光 빛 광(光復, 榮光)

Chapter 02

예의범절,
인간관계의 원리

어린이들의 공경하는 마음은 모든 선행의 근본이다.

키케로

지력과 인성을 기르는 힘

파워 독 · 서 · 산
– 읽기 · 쓰기 · 셈하기
Reading ·hand writhing ·mental arithmetic power

08 │ '벼는 익을수록 머리를 숙인다', 겸손해져라

>> 자신감이 넘치지만, 겸손해야만 한다. '겸손이 없다면 인생의 가장 기본적인 교훈도 배울 수
없다'(존 톰슨) 머리를 숙일 줄 알아야 모든 것을 받아들여 폭넓게, 제대로 잘 배울 수 있다.
그리하면 더욱 더 겸손해지며, 그것이 예禮의 밑바탕이다. '벼는 익을수록 고개를 숙인다'

미국 건국의 아버지(국부國父), 초대 대통령 조지 워싱턴은 훌륭한 정치가이고 전략가이며 군인이
었다. 대통령으로서 8년 동안 나라를 위해 일한 후, 연임을 바라는 국민의 뜻을 마다하고 미련 없이
은퇴하였다. 그런 그의 뒤를 이어 존 애덤스가 대통령이 되었으나, 취임하자마자 프랑스와 전쟁을 치
러야 하는 어려움에 처하게 된다. 애덤스는 워싱턴이야말로 가장 뛰어난 군사 전략가라고 생각하여
그에게 도움을 청하였다. 그런데, 워싱턴이 전임 대통령이었기 때문에 예우 문제로 큰 고민에 빠졌다.
하지만, 워싱턴은 이에 조금도 개의치 않고 참모총장(당시 중장)으로 현역에 복귀하여 프랑스의
위협으로부터 나라를 구해냈다. 이렇듯 참으로 위대한 인물들은 담대하고 의연할 뿐 아니라, 대단
히 관대하며 겸손한 인격을 갖춘 사람들이다.

:: 겸손이란 진리를 묵묵히 실천하는 것이다.
:: 진리는 길바닥의 돌처럼 흔해서 누구나 주울 수 있다. 그 진리라는 돌을 주우려면 몸을
굽혀야 하는데, 사람들이 못하는 것은 몸을 굽히는 것이다(퍼얼 셈 토프).
:: 뜻은 높이 갖되 몸을 낮춰야 하고, 담력은 크게 하되 마음은 소박해야 한다(근사록近思錄).
志宜高而身宜下 지의고이신의하 膽欲大而心欲小 담욕대이심욕소
:: 완전하게 될 수 없음을 알면서도 완전에 가까이 가려하는 사람은 겸허하다. 그래서 힘에
여유가 있다. 그러나 교만한 자는 자기의 힘을 넘어 뻗어나려 한다. 그렇기 때문에 겸허
한 사람이 더 강하다(마빈 토케이어, '탈무드적 처세술').

✤ **果珍李柰** 과일은 오얏(자두)과 벗(능금)을 보배롭게 여기며

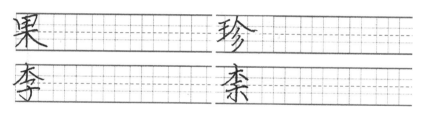

果 실과 과(果實, 結果)

珍 보배 진(珍客, 珍貴)

李 오얏 리(李花, 李氏)

柰 벗 내(柰麻, 丹柰)

>> 매일 1쪽씩만 습자習字(글씨 쓰기 익히기)하여야 하며, 반드시 정신을 집중하여 한 글자씩 천천히 임서臨書(글씨본 보고 따라 쓰기)한다.

벼는 익을수록 고개를 숙인다. 겸손이 없다

면 인생의 가장 기본적인 교훈도 배울 수

없다. 겸손이란 진리를 묵묵히 실천함이다.

❖ **菜重芥薑** 채소는 겨자와 생강을 중하게 여긴다.

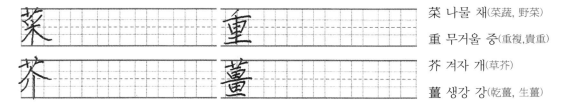

菜 나물 채(菜蔬, 野菜)

重 무거울 중(重複, 貴重)

芥 겨자 개(草芥)

薑 생강 강(乾薑, 生薑)

09 | 늘 감사하는 마음으로 살아야 한다

>> 다른 사람들을 존중할 줄 알고 겸손해지면 감사하는 마음이 저절로 생겨난다. '감사드림' thanksgiving은 (겸손함과 더불어) 삶의 으뜸 덕목 중 하나다. 감사한다는 것은 소중하게 여긴다는 의미다. 복도 행복도 존중해 주는 사람에게 찾아온다(오동희, '옛글').

흑인으로서는 미국 최초의 국무장관이 된 콜린 파월, 그가 젊은 시절에 어느 공장에서 아르바이트로 도랑 파는 일을 하고 있었다. 그 때 옆에서 일하던 한 사람이 도랑은 파지 않고 모든 게 못마땅하다는 듯 불평만하고 있었다. 그러나 다른 한 사람은 아무 말 없이 열심히 일만 하였다. 몇 년이 지나서 파월이 그 공장에 들렀을 때, 한 사람은 여전히 불평불만을 늘어놓고 있었지만 그 전에 묵묵히 일에만 열중이던 사람은 지게차를 운전하고 있었다. 또다시 여러 해가 흐른 후에 그 곳을 찾게 되었는데 불평만 하던 사람은 큰 병이 들어 회사를 다닐 수 없게 되었지만, 열심히 일하던 사람은 그 회사의 사장이 되어있었다.

겸손한 '마음가짐'으로 모든 것을 소중히 생각하고 작은 일에도 감사할 줄 알면 열심히 일하게 된다. 그래야 성공하며, 그런 사람에게 행복이 찾아온다.

:: 행복은 언제나 감사의 문으로 들어오고, 불평의 문으로 나간다(서양속담).

:: 감사는 행복의 시작이고, 용서는 행복의 마지막 관문이다.

:: 감사는 우리 손 안에 있는 행복한 인생의 열쇠다. 감사하지 않는다면 아무리 많은 것을 갖는다하더라도 행복하지 않을 것이기 때문이고 늘 다른 것이나 더 많은 것을 갖고 싶어 할 것이기 때문이다(다비드 슈타인들 · 라스트 수사).

:: 감사하라. 자신에게 주어진 삶에 대해 감사하라. 그리고 감사와 기쁨 속에서 당신의 하루를 살아라. 그러면 미래의 당신도 감사와 기쁨 속에서 살게 되리라(박세영, '주머니 속의 철학노트')

♣ **海鹹河淡** 바닷물은 짜고 하수(강물)는 담백하며

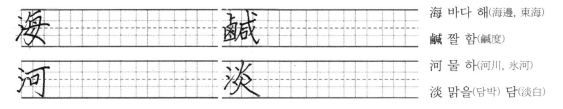

海 바다 해(海邊, 東海)

鹹 짤 함(鹹度)

河 물 하(河川, 氷河)

淡 맑을(담박) 담(淡白)

>> 매일 1쪽씩만 습자習字(글씨 쓰기 익히기)하여야 하며, 반드시 정신을 집중하여 한 글자씩 천천히 임서臨書(글씨본 보고 따라 쓰기)한다.

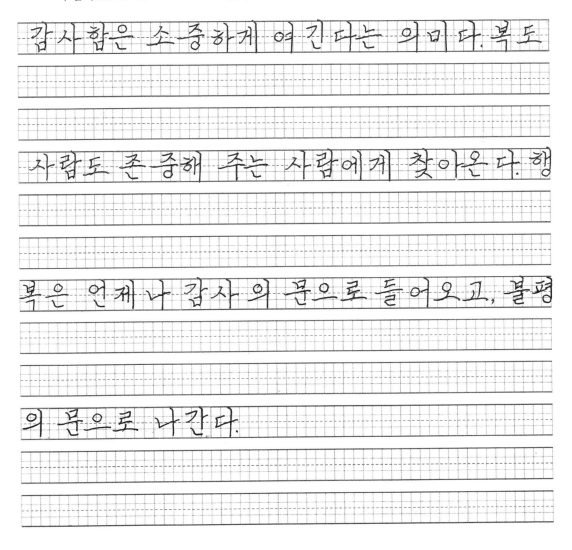

감사함은 소중하게 여긴다는 의미다. 복도

사람도 존중해 주는 사람에게 찾아온다. 행

복은 언제나 감사의 문으로 들어오고, 불평

의 문으로 나간다.

❖ **鱗潛羽翔** 비늘 있는 고기는 물속에 잠기고 깃 달린 새는 높이 난다.

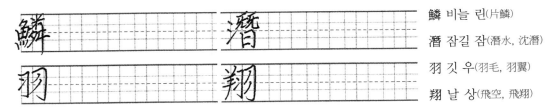

鱗 비늘 린(片鱗)

潛 잠길 잠(潛水, 沈潛)

羽 깃 우(羽毛, 羽翼)

翔 날 상(飛空, 飛翔)

10 | 예禮는 사람답게, 바르게 사는 원리이고 규범이다

>> 예禮는 말과 행동을 삼가여 거스르지 않고 그르침이 없는 것이다. 그러자면 겸손하고 온유하며, 양보하고 감사할 줄 아는 '마음가짐'이 앞서야 한다. 또한 예는 사람답게, 바르게 사는 규범·기준이며 질서다. 따라서 예법(예절)을 잘 배워 앎(知禮지례)으로써 어김없이 지켜야 한다.

　　공자孔子의 제자 진항陳亢이 공자의 아들 백어伯魚에게 아버님으로부터 제자들과는 다른 가르침을 받지 않느냐고 물었다. 이에 백어는 "그렇지 않습니다. 아버님께서 언제인가 시경詩經을 읽었느냐고 물으시기에 아니라고 했더니 '시경을 읽지 않으면 인정과 도리에 통하지 못하고 올바른 말을 할 수가 없다'고 하시기에 시경을 공부했습니다. 또 한 번은 예를 배웠느냐고 물으시어 그러지 못했다고 대답하자, '예를 배우지 않으면 행동의 기준을 찾을 도리가 없다'고 말씀하시므로 예를 배웠습니다. 저는 아버님께 이 두 가지를 배웠을 뿐입니다"

　　인류의 위대한 스승, 성인 공자가 가장 중요하게 여긴 '배움'(學학, 논어論語의 핵심적 사상이다) 가운데서도 예가 첫째 덕목이었다. '교육론'을 쓴 존 로크는 교육목표에 학습보다 예의범절禮儀凡節을 우선시하였다.

:: **나무는 대패가 다듬고 사람은 예절이 다듬는다.**
:: **나무는 어릴 때** (휘어잡아) **바로 세워야 한다**(서양속담). The tree be bent while it is young.
:: **행동할 때는 반드시 예의를 지킨다**(좌전左傳). 動則思禮 동즉사례 克己復禮 극기복례
:: **자신의 욕심을 누르고 예의를 따른다**(논어論語).
:: **행동은 반드시 곧고 바르게 하고 말은 미덥고 성실하게 하라.**
　　行必正直 言則信實 행필정직 언즉신실
:: **음식을 삼가고 절제하며 언어는 공손히 하라**(소학小學). 飮食愼節 言語恭遜 음식신절 언어공손

✿ **龍師火帝** 관직을 용이라 하고(복희씨) 불로 이름하여(신농씨) 화제火帝이며

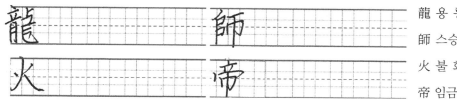

龍 용 룡(龍王, 登龍門)
師 스승·(벼슬) 사(師弟)
火 불 화(火力, 防火)
帝 임금 제(帝王, 五帝)

>> 매일 1쪽씩만 습자習字(글씨 쓰기 익히기)하여야 하며, 반드시 정신을 집중하여 한 글자씩 천천히 임서臨書(글씨본 보고 따라 쓰기)한다.

예는 말과 행동을 삼가여 거스르지 않고

그르침이 없는 것이다. 예는 사람답게, 바르

게 사는 규범·질서다. 나무는 대패가 다듬고

사람은 예절이 다듬으니 예법을 잘 배워라.

❖ **鳥官人皇** 관직명을 새로 하고 인문을 펼친 황제를 인황人皇이라불렀다.

鳥　　　　官

人　　　　皇

鳥 새 조(鳥類, 白鳥)

官 벼슬 관(官職, 民官)

人 사람 인(人性, 聖人)

皇 임금 황(皇帝, 皇天)

아들을 위한 기도

약할 때 강할 줄 알며,
두려울 때 용감할 줄 아는 아들,
솔직한 패배 가운데서 당당하고 굽히지 않으며,
그러나 승리 가운데서는 겸손하고 너그러운 아들,
자기의 행동을 자기의 소원으로 바꾸지 않는 아들을
기르게 하소서.

그를 편안한 위로의 길로 보내지 마시고
난관과 도전이 있는 긴장과 자극 가운데로 보내소서.
거기서 그가 폭풍의 가운데서 설 수 있는 방법을
배우게 하시고,
거기서 그로 하여금 실패한 자들을 위한 동정을
배우게 하소서.

마음이 밝고 목표가 고상한 아들,
남을 다스리기 전에 자신을 다스릴 수 있는 아들,
웃을 줄 알지만 결코 우는 법도 잊지 않는 아들,
미래를 지향하지만, 결코 과거를 잊지 않는 아들을
기르게 하소서.

더글라스 맥아더

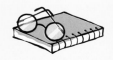

※ 제한된 지면 때문에 부득이 하게 이 책에는 '셈하기'를 충분하게 싣지 못하였다 (5단원 마다 수록). '독讀서書산算'
（읽기·쓰기·셈하기) 가운데 언제든지 여러 가지 방식으로 쉽게 할 수 있는 것이 '셈하기'(간단한 가감승제加減乘
除)이므로 다른 교재(연산 수학, 베다수학 등)를 구해서 매일 5~10분 정도 간단한 '셈하기'를 보충하기 바란다.

숫자 쓰고 셈하기

속셈(암산)으로 답을 구하여 (   )에 바른 글씨(정서正書)로 써넣고, 정신을 집중하여
천천히 임서臨書(글씨본 보고 따라 쓰기)한다.

※ 다음 단원, 46~57쪽의 '읽기·쓰기' 후에는 다른 교재로 5~10분 간 간단한 셈하기를 보충하
도록 한다.

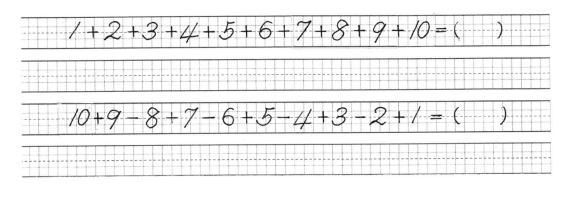

알파벳 (영문) 쓰기

A proverb is much matter decocted into few words.
금언이란 많은 말을 끓여서 달인 짧은 말이다.

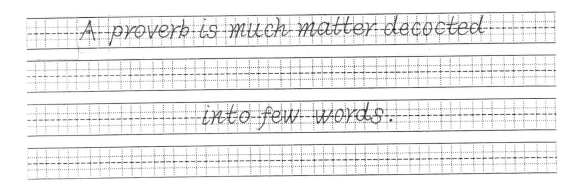

11 | 누구를 대하든 웃는 얼굴로 먼저 정중하게 인사한다

>> 예절禮節은 겸손(공손)한 '마음가짐'을 겉으로 드러내는 몸가짐이다. 그 첫째이며, 가장 간단하고도 일상적인 것이 '인사'다. 누구에게든 밝게 웃는 얼굴로 내가 먼저 정중하게 인사한다. 그리하면 서로가 기분이 좋아지고 사이가 가까워지면서 자연스럽게 (인간)관계가 좋아진다.

인사를 할 때는 마음으로부터 우러나오는 공손한 태도로 예의를 갖추어야 한다. 아침에 일어나서 밝은 목소리로 가족들과 인사를 나누면 하루가 유쾌하게 시작된다.

집 문밖으로 나가서는 누구를 만나든지 그 사람을 존귀하게 여겨야 하고, 진심으로 정중하게 인사하여야 한다. 할아버지, 할머니를 보면, 나의 할아버지, 할머니같이 공경하는 마음으로 인사를 드려야 한다. 아버지, 어머니, 그리고 형, 누이와 비슷하면 나의 아버지, 어머니와 형, 누이와 같이 존경하는 마음으로 인사드려야 하고, 동생 같으면 내 친동생처럼 사랑하는 마음으로 대하며 인사해야 한다. 모든 사람을 마음으로부터 나의 가족처럼 생각하고 사랑하는 마음, 존중하는 마음으로 대한다면, 예의는 바로 지켜질 수 있다(리옥규. '윤리 도덕').

:: 작은 예의범절에 유의한다면 인생은 더 살기 쉬워진다(찰리 채플린).

:: 조그만 친절, 사랑의 말이 천국처럼 행복한 세상이 되게 하리라(카니).

:: 도덕(예의)은 누구나 다른 사람에게 바라는 일을 정한 것이다. 따라서 다른 사람을 생각하여 위해주는 마음에서 비롯된다. 그런 사람을 좋아하고 믿으며 찾게 된다(마빈 토케이어, '탈무드적 처세술').

:: 사람은 먼저 행동하는 자세(몸가짐)부터 바르게 해야 한다. 걸어갈 때는 몸자세를 바르게 하고, 팔을 너무 휘두르지 않도록 하며, 등을 되도록 구부리지 말아야 하고, 가슴을 앞으로 내밀지 말아야 한다. 자세가 바르지 않으면 마음도 바르지 않으니 자세를 바르게 가져야 한다(리옥규, '윤리·도덕').

❖ **始制文字** 비로소 문자를 지었고(복희씨가 글자인 서계書契를 만들었다).

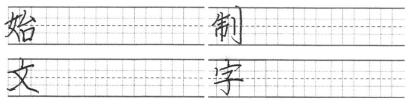

始 비로소 시(始作, 開始)

制 지을 제(制度, 規制)

文 글월 문(文法, 例文)

字 글자 자(字形, 文字)

>> 매일 1쪽씩만 습자習字(글씨 쓰기 익히기)하여야 하며, 반드시 정신을 집중하여 한 글자씩 천천히 임서臨書(글씨본 보고 따라 쓰기)한다.

누구에게든 밝게 웃는 얼굴로 내가 먼저

정중하게 인사한다. 그러면 기분이 좋아지

고 사이가 가까워져 인간관계가 진작된다.

❖ **乃服衣裳** 이에 웃옷과 치마를 입었다(왕의 위엄과 신분을 나타냈다).

乃 이에 내(乃至, 人乃天)

服 옷(입을) 복(服裝)

衣 옷 의(衣食住, 白衣)

裳 치마 상(同價紅裳)

12 | 효도는 부모님께 대한 도리이고, 예의 근본이다

>> 감사하는 마음으로 살아가야 한다. 그렇지 않으면 누구도 존경할 줄 모르고, 겸손해질 수 없다. 그래서 누보다도 먼저 나를 낳고 길러주신 부모님께 늘 감사드리며 효도孝道로써 그 은공에 보답하여야 한다. 효는 또한 예禮의 근본이므로 반드시 행하지 않으면 안 된다.

우리는 볼 수 있고, 들을 수 있다. 느끼고 생각고 말하면서 움직이며 살아가고 있다. 만일 전혀 그럴 수가 없다면, 보고 듣고 말하며 움직이지 못한다면 얼마나 갑갑하고 불행한 일이겠는가? 내가 이 세상에 태어나지 못했다면 마치 그와 같았을 것이다.

그러므로 우리에게 생명을 준 하늘의 깊은 뜻을 알아야 하고, 나를 낳고 길러주시며 무한한 사랑을 베푸시는 어버이의 그 큰 은혜를 잊지 말고 늘 감사드리며 효도를 다해야 마땅하다.

:: 부모님이 나를 부르시거든 빨리 대답하고 달려 나가라. 父母呼我 唯而趨進 부모호아 유이추진
:: 부모님이 명하시는 것이 있거든 머리를 숙이고 공경히 들어라.
父母有命 俯首敬聽 부모유명 부수경청
:: 밖에 나갈 때는 반드시 아뢰고 돌아오면 반드시 뵈어라. 出必告之 反必面之 출필고지 반필면지
:: 음식이 있어도 주시지 않으면 먹지 말라. 부모님이 꾸짖으시면 반성하고 원망치 말라.
器有飲食 不與勿食 기유음식 불여물식 父母責之 反省勿怨 부모책지 반성물원
:: 일은 반드시 여쭈어 행하고 감히 자기 멋대로 하지 말라. 事必稟行 無敢自專 사필품행 무감자전
:: 한 번이라도 부모님을 속이면 그 죄가 산과 같다. 一欺父母 其罪如山 일기부모 기죄여산(소학小學)
:: 자비의 마음에서 우러난 겸손의 날개를 부모님에게 내려라. 그리고 이렇게 기도하라. 나의 하느님이시여, 부모님이 제가 어렸을 때 저를 돌보아 주셨으니 그들에게 자비를 베푸소서(코란).

❖ 推位讓國 임금 자리를 밀어주고 나라를 사양한 이는

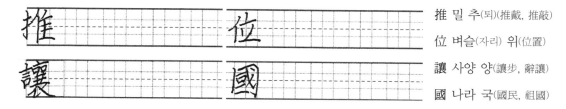

推 밀 추(퇴)(推戴, 推敲)
位 벼슬(자리) 위(位置)
讓 사양 양(讓步, 辭讓)
國 나라 국(國民, 祖國)

>> 매일 1쪽씩만 습자習字(글씨 쓰기 익히기)하여야 하며, 반드시 정신을 집중하여 한 글자씩 천천
히 임서臨書(글씨본 보고 따라 쓰기)한다.

아버지 어머니 나를 낳고 기르시니 그보다

더 큰 은혜가 없다. 그러니 부모님께 늘 갑

사드리며 효도를 다하여야 마땅하다.

❖ **有虞陶唐** 유우씨有虞氏(순舜임금)와 도당씨陶唐氏(요堯임금)이다.

有 있을 유(有無, 所有)

虞 나라 우

陶 질그릇 도(陶瓷器)

唐 나라 당(唐突, 唐慌)

13 | 스승을 공경하고, 그 가르침을 따라야 한다

>> 부모님은 나를 낳아 기르셨고, 선생님은 나를 가르치시니 어버이와 스승의 은혜는 다 같은 것이다. (君師父一體 군사부일체) 따라서 항상 감사드리는 마음으로 정중하게 예禮로써 선생님을 공경하여야 하며, 그 가르침을 따라야 마땅하다.

히브리어로 산을 '하림'이라고 한다. 부모님을 '호림', 선생님을 '오림'이라고 한다. 그래서 유대인들은 어버이와 스승은 산과 같으며 보통 사람보다 높이 솟아있다고 생각한다. 그 높은 산에 오를 수 있도록 어버이는 나를 키워 힘을 주시고 선생님은 나를 가르쳐 이끌어 주신다.

스승의 은혜는 하늘같아서 우러러 볼수록 높아만 지네
참되거라 바르거라 가르쳐 주신 스승의 마음은 어버이시다
아아 고마워라 스승의 사랑 아아 보답 하리 스승의 은혜 (후렴)

태산 같이 무거운 스승의 사랑   바다보다 더 깊은 스승의 사랑
떠나면 잊기 쉬운 스승의 은혜   갚을 길은 오직 하나 살아생전에
어디 간들 언제 있든 잊사오리까   가르치신 그 교훈 마음에 새겨
마음을 길러주신 스승의 은혜   나라 위해 겨레 위해 일하오리다. (강소천, '스승의 은혜')

:: 하루 동안의 스승이라도 평생을 어버이처럼 모셔야 한다(현릉顯陵).
    一日爲師 終身爲父 일일위사 종신위부
:: 스승을 섬기기를 어버이 같이 하여 반드시 공손히 하며 공경하여라.
    事師知親 必恭必敬 사사지친 필공필경
:: 웃어른을 공경할 수 있는 것은 스승의 은혜가 아닌 것이 없다. 알 수 있고 행할 수 있는 것은 모두가 스승의 공이다(소학小學).
    能孝能悌 莫非師思. 능효능제 막비사사 能知能行 總是師功. 능지능행 총시사공
:: 선생님이 걸어가시니 나도 걸어가고, 뛰어가시면 나도 뛰어가겠다(장자莊子).
    子步亦步趨亦趨 자보역보추역추

❖ 弔民伐罪 백성을 위안(조문)하고 죄지은 자를 친 사람은

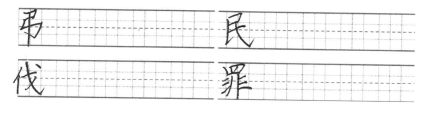

弔 조문할 조(弔問, 慶弔)

民 백성 민(民族, 平民)

伐 칠 벌(伐木, 殺伐)

罪 허물 죄(罪惡, 無罪)

>> 매일 1쪽씩만 습자習字(글씨 쓰기 익히기)하여야 하며, 반드시 정신을 집중하여 한 글자씩 천천히 임서臨書(글씨본 보고 따라 쓰기)한다.

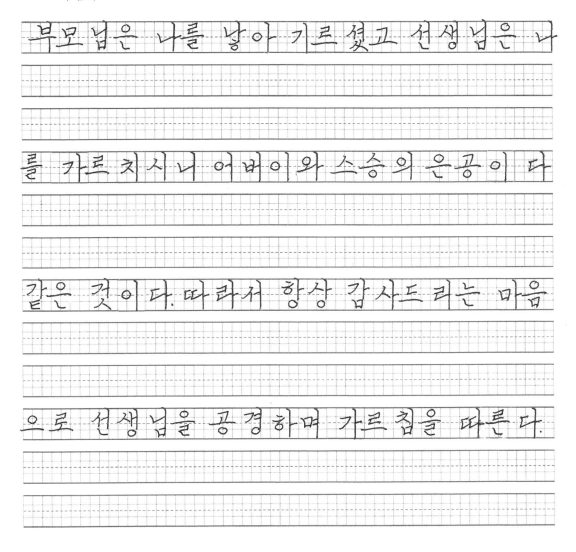

부모님은 나를 낳아 기르셨고 선생님은 나

를 가르치시니 어버이와 스승의 은공이 다

같은 것이다. 따라서 항상 감사드리는 마음

으로 선생님을 공경하며 가르침을 따른다.

❖ **周發殷湯** 주周나라 무왕武王(발發)과 은殷나라의 탕왕湯王이다.

周 두루(나라) 주(周邊)

發 필 발(發見, 滿發)

殷 나라 은(殷墟)

湯 끓을 탕(湯藥, 浴湯)

14 | 장유유서長幼有序, 웃어른을 공경하며 경륜을 본 받아야 한다

>> 예의 첫째 덕목이 질서hierarchy이므로 나이의 차례를 지키며, 웃어른에게 공손히 예를 갖추어야 한다. 또한 인생 선배로부터 경륜의 지혜를 본받아 따라야 하니 존경해야 마땅하고, 선배는 후배를 진심으로 보살펴야 한다. (長幼有序 장유유서)

춘추시대, 제나라의 명재상 관중管仲과 습붕濕朋이 환공桓公을 따라 고죽국孤竹國을 정벌하러 갔다. 그런데, 돌아올 때는 겨울이 되어 악천후 속에서 길을 잃고 헤매게 되었다. "이럴 때는 늙은 말의 지혜(老馬之智 노마지지)가 필요하다" 관중이 영단을 내려 그 늙은 말을 쫓아가니 마침내 길을 찾을 수 있었다(한비자韓非子).

이 노마老馬(늙은 말)처럼 수많은 경험 속에서 직접 체득한 경륜經綸이 바로 무르익어 숙성된 앎, 곧 '지혜'이다. 그러므로 경륜 많은 웃어른을 공경함은 당연하며, 그 지혜를 존중해야 마땅하다.

위인들의 생애는 우리를 깨우치나니	그 발자취는 뒷날에 다른 사람이,
우리도 장엄한 삶을 이룰 수 있고,	장엄한 인생의 바다를 건너가다가
우리가 떠나간 시간의 모래 위에	파선되어 낙오된 형제가 보고
발자취를 남길 수가 있느니라.	다시금 용기를 얻게 될지니 (롱펠로, '인생찬가')

:: 훌륭한 질서는 만물의 기초다(버크). Good orders is foundation of all things.

:: 경험은 지혜의 어머니다. Experience is the mother wisdom.

:: 늙은이와 젊은이, 어른과 어린이는 하늘이 정한 차례이니 이치를 어기고 도리를 상하게 해서는 안 된다(명심보감明心寶鑑). 老少長幼天命秩序 노소장유천명질서 不可悖理傷道也 불가패리상도야

:: 형은 아우에게 우애하고 동생은 형에게 공손히 하며 감히 원망하여 성내지 말라. 형제간에 어려움이 있으면 근심하여 구원해 주기를 생각하여라.
兄友弟恭 不敢怨怒, 형우제공 불감원노 兄弟有難 悶而思求. 형제유난 민이사구

:: 어른은 어린이를 사랑하고 어린이는 어른을 공경하라(소학小學).
長者慈幼 幼者敬張 장자자유 유자경장

♣ 坐朝問道 조정朝廷에 앉아서 도道를 묻고

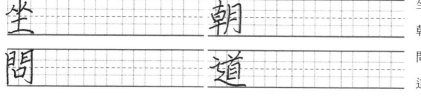

坐 앉을 좌(坐席, 坐視)

朝 아침(조정) 조(朝野)

問 물을 문(問答, 質問)

道 길 도(道德, 人道)

>> 매일 1쪽씩만 습자習字(글씨 쓰기 익히기)하여야 하며, 반드시 정신을 집중하여 한 글자씩 천천히 임서臨書(글씨본 보고 따라 쓰기)한다.

훌륭한 질서는 만물의 기초다. 어른과 어린

이의 차례는 하늘이 정하였으니 이치를 어

기고 도리를 상하게 해서는 절대 안 된다.

❖ **垂拱平章** 옷을 드리우고 손을 꽂은 채로 치평治平이 이루어진다.

垂

拱

平

章

垂 드리울 수(懸垂幕)

拱 꽂을 공(拱手)

平 평평할 평(平凡, 公平)

章 글장(밝을) 장(文章)

15 | 붕우유신朋友有信, 좋은 친구를 잘 사귀어 서로 돕고 신의를 지켜라

>> '친구 따라 강남 간다' 隨友適江南 수우적강남 '벗이 있어 멀리서 찾아오니 즐겁지 아니 한가' 有朋自遠方來不亦樂乎 유붕자원방래불역낙호 '친한 벗은 가족과 같다'(서양속담) 이렇듯 친구는 더 없이 소중하므로 좋은 벗을 잘 사귀어 서로 돕고 신의信義를 지켜야 한다. (朋友有信 붕우유신)

친구를 잘 사귀려면, 1.약속을 잘 지킨다. 그래야 친구들이 믿음을 갖는다. 2.화를 내지 않는다. 웬만하면 웃어넘기고 금방 풀어버릴 줄 알아야 친구가 많아진다. 3.할 말은 하되, 부드럽게 말한다. 가는 말이 고와야 오는 말이 곱고 호감을 사게 된다. 4.사소한 거짓말이라도 절대로 해서는 안 된다. 친구들 사이에 오해를 부러 일으킬 수 있다. 5.놀 때는 즐겁게 논다. 공부도 잘하고 친구들과 스스럼없이 잘 놀기도 하면, 다들 멋지게 볼 것이다. 6.단짝 친구를 만든다. 진정한 벗 한 사람이 평생 동안 서로 도움을 주고받을 수 있다. 7.저자세는 안 되지만, 늘 겸손해야 한다. 잘난 체하면 친구들과 멀어지게 된다. 8.운동을 잘하면 좋다. 특히 단체운동 한 가지를 잘하면 어떤 친구와도 쉽게 어울려 우정을 쌓을 수 있다. 9.자신 있게 행동한다. '혼자여도 당당한 사람은 절대로 소외되지 않는다. 자신감 넘치는 모습에 친구들이 더 가까이 다가온다'(정주연 내일신문 리포터) 10.좋은 친구를 사귀어 잘 어울리고, 자신 또한 좋은 친구가 되도록 노력하여야 한다.

:: 친구는 제 2의 자신이다. A friend is a second self.
:: 어려울 때 친구가 진정한 친구다. A friend in need is a friend indeed.
:: 1년 사귈 열 사람보다 10년을 사귈 수 있는 한 사람, 그 한 명의 친구가 있는 편이 풍요로운 인생이 될 수 있다. 깊은 우정으로 묶인 인맥은 꿈을 이루려 할 때 힘이 되어 준다(나카다니 아키히로, '인맥테크').
:: 사람이 잘못을 꾸짖어주는 친구가 없으면 의롭지 못한 데 빠지기 쉽다(소학小學).
   人無責友 易陷不義 인무책우 이함불의
:: 작은 결점도 없는 친구를 갖고자하는 사람은 평생 친구를 갖지 못한다. 좋은 친구는 포도주와 같다. 아무리 시간이 지나도 사라지지 않는다(탈무드).

❖ 愛育黎首 '여수' 黎首(백성)를 사랑으로 기르고

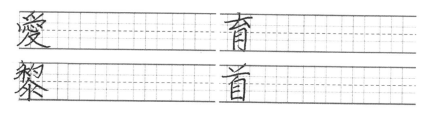

愛 사랑 애(愛情, 親愛)
育 기를 육(育成, 訓育)
黎 검을 려(黎明, 群黎)
首 머리 수(首相, 自首)

>> 매일 1쪽씩만 습자習字(글씨 쓰기 익히기)하여야 하며, 반드시 정신을 집중하여 한 글자씩 천천히 임서臨書(글씨본 보고 따라 쓰기)한다.

친구는 제 2의 자신이다. 벗을 잘 사귀어

서로 돕고 신의를 지켜야 한다. 작은 결점도

없는 친구를 갖고자하면 평생 친구를 갖지

못한다. 좋은 벗은 포도주처럼 늘 함께 한다.

❖ 臣伏戎羌 오랑캐들도 신하로 복종한다.

臣	伏
戎	羌

臣 신하 신(臣下, 忠臣)

伏 엎드릴 복(起伏)

戎 되(오랑캐) 융(戎馬)

羌 종족이름 강(羌活)

내 인생의 신조

나는 지식보다
상상력이 더 중요함을 믿는다.

신화가 역사보다
더 많은 의미를 담고 있음을 나는 믿는다.

꿈이 현실보다 더 강력하며
희망이 항상
어려움을 극복하여 준다고 믿는다.

그리고 슬픔의 유일한 치료제는 웃음이며
사랑이 죽음보다
더 강하다는 걸 나는 믿는다.

이것이 내 인생의 여섯 가지 신조다.

로버트 풀컴

( ) 안에 맞는 숫자를 바른 글씨(정서正書)로 써넣어 식을 완성하고, 정신을 집중하여 천천히 임서臨書(글씨본 보고 따라서 쓰기)한다.

※ 다음 단원, 60~69쪽의 '읽기 · 쓰기' 후에는 다른 교재로 5~10분 간 간단한 셈하기를 보충하도록 한다

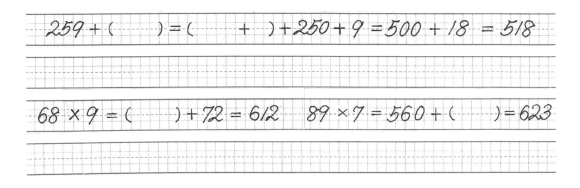

$$259 + (\quad) = (\quad + \quad) + 250 + 9 = 500 + 18 = 518$$

$$68 \times 9 = (\quad) + 72 = 612 \qquad 89 \times 7 = 560 + (\quad) = 623$$

알파벳 (영문) 쓰기

Self confidence has always been the first secret of success.
자신감은 언제든지 성공의 첫 번째 비결이 되었다.
We become what we think about.
사람은 생각하는 대로 된다.

Self confidence has always been the first secret

of success. We become what we think about.

///// **Chapter 03**

좋은 말,
힘이 되는 한마디

지혜로운 이의 꾸지람을 듣는 것이
어리석은 자의 칭송을 듣는 것보다 낫다.

지력과 인성을 기르는 힘

파워 독·서·산

– 읽기·쓰기·셈하기

Reading·hand writhing·mental arithmetic power

16 | 빈말을 하지 말고, 깊이 생각한 후 말하며, 말이 많지 않도록 한다

>> 말하기 좋다하여 남의 말을 마를 것이/ 내가 남의 말 하면 남도 내말 하는 것이/ 말로써 말 많으니 말 마를까 하노라. (작자미상 고시조)

나는 말을 아낌으로써 나 자신을 부유하게 하였다(헨리 데이비드 소로우).

성실하게 수양하고자 하면 빈말(虛言허언)을 하지 않는 것에서부터 시작한다. (自不妄語始자불망어시) 발걸음을 잘못 내딛는 것은 고칠 수 있지만, 혀를 잘못 놀린 실수는 결코 돌이킬 수 없다(벤저민 프랭클린). 그러므로 말하기 전에 세 번은 생각하여야 한다. (三思一言삼사일언)

착한 사람들은 첫째 최상最上의 말을 하고, 둘째 법法(도리)을 말하고 비법非法은 말하지 않으며, 셋째 좋은 말은 하고 좋지 않은 말은 하지 않으며, 넷째 진실을 말하고 거짓은 말하지 않는다 (수타니 파타). 따라서 참으로 아는 사람은 말이 많지 않다. (知者不言지자불언)

∷ **나오는 말이 나쁜데 가는 말이 어찌 좋겠는가.** 來言不美去言何美 내언불미거언하미

∷ **발 없는 말이 천리를 간다.** 無足之言能于千里 무족지언능우천리

∷ **입은 곧 재앙의 문이요, 혀는 제 몸을 베는 칼이다.** 口是禍之門 구시화지문 舌是斬身刀 설시참신도

∷ **귀는 넓어야 하고 혀는 짧아야 한다. 말하기는 쉽고 행동하기는 어렵다.**
  Wide ears and short tongue. Easy to say, hard to do.

∷ **우는 암탉은 알을 낳지 않는다**(서양속담).

∷ **말은 나뭇잎과 같다. 나뭇잎이 무성할 때는 과실이 적다**(벤저민 프랭클린).

∷ **예리한 혀는 끊임없이 쓰면 더욱 날카로워지는 칼날로 된 유일한 도구이다.**
  A sharp tongue is the only edged tool that grows keener with constant use.

❖ **遐邇壹體** 멀고 가까운 것을 한 몸(일체壹體)으로 여기면

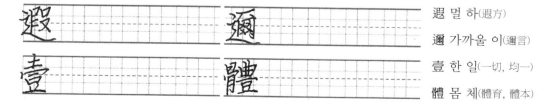

遐 멀 하 (遐方)

邇 가까울 이 (邇言)

壹 한 일 (一切, 均一)

體 몸 체 (體育, 體本)

>> 매일 1쪽씩만 습자習字(글씨 쓰기 익히기)하여야 하며, 반드시 정신을 집중하여 한 글자씩 천천히 임서臨書(글씨본 보고 따라 쓰기)한다.

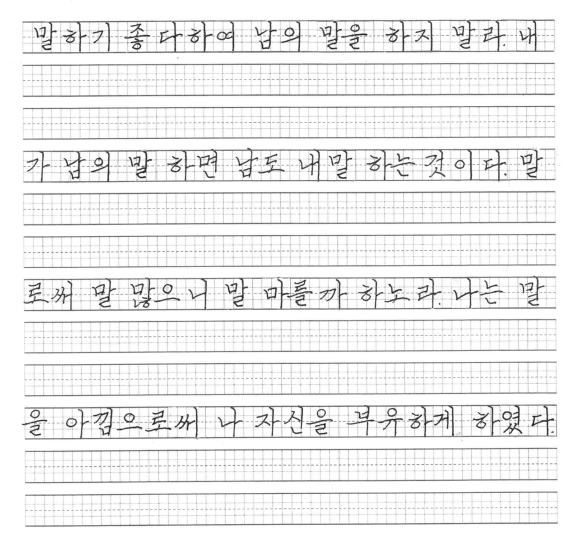

말하기 좋다 하여 남의 말을 하지 말라. 내

가 남의 말 하면 남도 내말 하는 것이다. 말

로써 말 많으니 말 마를까 하노라. 나는 말

을 아낌으로써 나 자신을 부유하게 하였다.

❀ **率賓歸王** 서로 거느리고 와서 복종하며 임금에게 귀의한다.

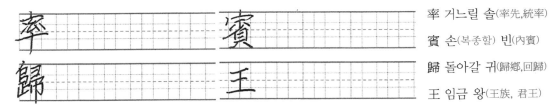

率 거느릴 솔(率先, 統率)

賓 손(복종할) 빈(內賓)

歸 돌아갈 귀(歸鄕, 回歸)

王 임금 왕(王族, 君王)

17 | '말이 씨가 된다', 좋은 말만 하여라

>> 좋은 말을 하자. "매우 좋습니다", "훌륭합니다", "아주 잘돼갑니다" 나 자신에게, 친구들에게 용기와 힘을 북돋고 희망을 주는 말을 하자. '말 한 마디에 천 냥 빚을 갚는다', '칭찬은 고래도 춤추게 한다', '말이 씨가 된다' 내가 쓰는 말에서 미래의 성공이 예측된다. 긍정적인 말을 자주하자(차동엽, '무지개 원리').

행복하다고 말하는 동안은
나도 정말 행복한 사람이 되어
마음에 맑은 샘이 흐르고

고맙다고 말하는 동안은
고마운 마음 새로이 솟아올라
내 마음도 더욱 순해지고

아름답다고 말하는 동안은
나도 잠시 아름다운 사람이 되어
마음 한 자락 환해지고

좋은 말이 나를 키우는 걸
나는 말하면서 다시 알지

(이해인, '나를 키우는 말')

:: 좋은 말은 좋은 나무 같아서 뿌리는 단단하며, 그 가지는 하늘에까지 닿고, 하느님의 허락으로 계절마다 열매를 맺는다(코란).

:: 한 마디의 좋은 말은 천금보다 귀하다. 一言之善 貴于千金 일언지선 귀우천금

:: 좋은 약은 입에 쓰나 병을 고치고, 충직한 말은 귀에 거슬리지만 행실을 고친다. 良藥若於口利於病 양약약어구리어병 忠言逆於耳利於行 충언역어이리어행

:: 누군가를 아무리 칭찬한다 해도 지나치지 않다. 다른 사람의 속에 있는 위대함과 아름다움을 발견하는 눈을 가져라(카릴 지브란).

:: 머리를 좋게 하는 간단한 요령은 사람이나 사물의 좋은 점을 발견해 칭찬하는 것이다 (센다 다쿠야, '어른의 공부법').

❖ 鳴鳳在樹 우짖는 봉황이 나무에 깃들고(선인善人이 머물 데를 찾다)

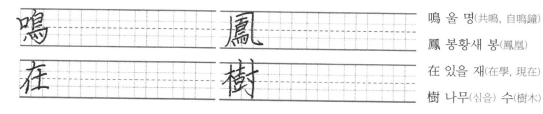

鳴 울 명(共鳴, 自鳴鐘)

鳳 봉황새 봉(鳳凰)

在 있을 재(在學, 現在)

樹 나무(심을) 수(樹木)

>> 매일 1쪽씩만 습자習字(글씨 쓰기 익히기)하여야 하며, 반드시 정신을 집중하여 한 글자씩 천천히 임서臨書(글씨본 보고 따라 쓰기)한다.

칭찬은 고래도 춤추게 한다. 아무리 해도

지나치지 않다. 다른 사람의 속에 있는 위대

함과 아름다움을 발견하는 눈을 가져라.

❖ **白駒食場** 망아지는 마당에서 풀을 먹는다(현인賢人이 옴을 찬미하다).

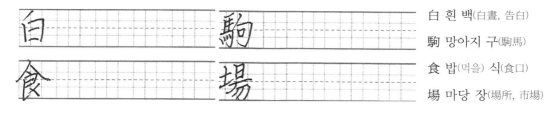

白 흰 백(白晝, 告白)

駒 망아지 구(駒馬)

食 밥(먹을) 식(食口)

場 마당 장(場所, 市場)

18 | 말하기보다는 귀 기울여 말을 들어야 한다

>> 겸손은 자신을 낮추고 남을 존중하는 것. 그 첫째가 '열린 마음·넓은 마음'으로 다른 사람의 말을 귀 기울여 듣고(敬聽경청) 지혜를 받아들이는 것이다. 이는 배움(學학)과 예(禮)의 첫걸음이고, 이로써 성인聖人이 될 수도 있다. '성인이란 한마디로 귀가 밝은 사람이다 곧 백성의 소리, 도의 지혜의 소리를 잘 듣고 구현하는 사람인 것이다'(도올 김용옥, '노자와 21세기')

중국어로 '듣다(聽청)'는 귀, 당신, 눈, 개인의 관심, 마음을 뜻하는 다섯 가지 한자로 이루어져 있다. 이와 같이 듣기의 기질은 우리의 모든 것과 연관 되어 있다(린다 필드).

뿐만 아니라, '청聽'은 '자세히 듣다', '기다리다', '받아들이다'라는 뜻도 함께 갖고 있다. 그러므로 귀 기울려 듣는다는 것(敬聽경청)은 주의를 집중하여 상대방이 말을 다할 때까지 기다려 듣고, 그 말뜻을 받아들이는 것이다. 이는 곧 말하는 상대방을 몸과 마음을 다하여 존중하는 최고의 예의범절禮儀凡節이며, 공부를 잘할 수 있는 최상의 방법임을 알아야 한다.

> :: 하느님이 사람에게 두 귀를 주고 입은 하나밖에 주지 않은 까닭이 무엇이겠는가. 말하는 두 배로 들으라는 것을 가르치기 위해서다(탈무드).
> :: 수隋나라가 망한 것은 천재天災가 아니라 인재人災다. 남의 말을 잘 들어야 한다. 들어라, 말하는 것보다 듣는 것이 훈련되어야 한다. 들어라, 건전한 판단과 결심으로 실수를 하지 않는다. 듣지 않으면 아집我執이다(정관정요貞官政要).
> :: 들어라, 그렇지 않으면 당신의 혀가 당신을 귀먹게할 것이다(채로키속담).
> :: 지혜는 들음으로써 생기고, 후회는 말함으로써 생긴다(영국속담).

❧ 化被草木 덕화德化가 풀과 나무에도 입혀지고

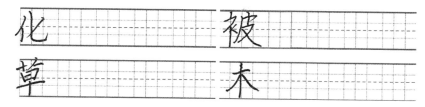

化 될(교화) 화(感化)

被 입을 피(被服, 被害)

草 풀 초(草木, 史草)

木 나무 목(材木, 工木)

>> 매일 1쪽씩만 습자習字(글씨 쓰기 익히기)하여야 하며, 반드시 정신을 집중하여 한 글자씩 천천
히 임서臨書(글씨본 보고 따라 쓰기)한다.

하느님이 사람에 두 귀를 주고 입은 하나밖

에 주지 않은 까닭이 무엇인가. 말하는 두

배로 들으라는 것을 가르치기 위한 것이다.

❖ **賴及萬方** 힘입음이 만방萬方에 미친다.

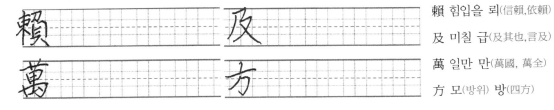

賴 힘입을 뢰(信賴,依賴)

及 미칠 급(及其也,言及)

萬 일만 만(萬國, 萬全)

方 모(방위) 방(四方)

19 | 유익한 말은 흘려듣지 말고 마음에 깊이 새긴다

» 잘 들어야 한다. 그러나 그저 듣기만 해서는 아무 소용이 없다. 우이독경牛耳讀經, 마이동풍馬耳東風이 되어서는 안 된다. 그 뜻을 깊이 생각하고 잘 헤아려서 유익한 점은 자기의 것으로 만들어야 한다. 책을 읽을 때도 마찬가지다. 깨닫고 마음에 새겨 지식 · 지혜로 삼아야 한다.

※ '마이동풍'이란 남의 의견이나 충고를 귀담아듣지 않고 흘려버림을 이르는 이백李白의 시詩에서 나온 말이다. '우이독경'은 둔한 사람은 아무리 일러도 알아듣지 못함을 뜻한다.

소년 시절에 빌리 선데이는 훗날 역사에 기리 남을 훌륭한 업적을 이루어야겠다는 결심을 한다. 그래서 어느 성직자에게 그 비결을 물었고, 조언을 귀 기울여 들은 그때부터 이를 행동에 옮겼다. 그리고 마침내 세상 곳곳에서 기쁨과 희망을 불러일으키는 세계적인 부흥사가 되었다.

진지하게 앞길을 묻는 소년에게 성직자가 일러준 말은 "하루에 1시간, 15분은 기도, 15분 성경 묵상, 15분 복음 증거, 15분은 사랑을 행하라"는 것이었다. 그로써 빌리 선데이를 큰 인물이 되게 한 것은 비록 간단한 한 마디였지만 이를 귀담아듣고(경청傾聽 · 敬聽) 깊이 헤아려서 삶의 확고한 지침으로 삼아 어김없이 실행한 '경청의 자세와 실천의지'였다.

:: **말하는 것은 지식의 영역이고, 듣는 것은 지혜의 영역이다**(올리버 웬델홈즈).

:: **충성된 말은 귀에 거슬리나 행동에는 이롭다**(사기史記). 忠言逆耳 利於行 충언역이 이어행

:: **다른 사람의 의견을 듣고 논의하여라. 그리고 결단은 자신이 내려야 한다.**
議論讓別人說 의논양별인설 決斷由自己定 결단유자기정

:: **'논어'는 그냥 읽으면 아니 된다. 사도 바울선생의 말씀대로 항상 마음이 새로워지는**
(transformed by the renewal of your mind. '로마서' 12;2) **깨달음의 체험이 있어야 한다**(김용옥, '도올논어').

❖ **蓋此身髮** 대개 몸과 터럭은 (그러나 사람 된 원인은 여기에 있지 않고)

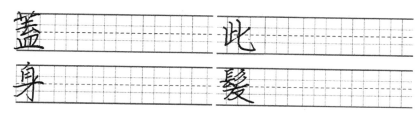

蓋 덮을 개(蓋世, 蓋瓦)

此 이 차(此際, 彼此)

身 몸 신(身體, 心身)

髮 터럭 발(金髮, 毛髮)

>> 매일 1쪽씩만 습자習字(글씨 쓰기 익히기)하여야 하며, 반드시 정신을 집중하여 한 글자씩 천천히 임서臨書(글씨본 보고 따라 쓰기)한다.

말하는 것은 지식의 영역이고 듣는 것은

지혜의 영역이다. 그러나 듣기만해서는 소

용이 없다. 뜻을 깊이 생각하고 잘 헤아려서

유익한 점은 자기의 것으로 만들어야 한다.

❖ **四大五常** 넷의 큰 것(天地君親부모)과 다섯의 떳떳함(仁義禮智信)이 있다.

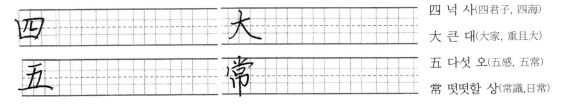

四 넉 사(四君子, 四海)

大 큰 대(大家, 重且大)

五 다섯 오(五感, 五常)

常 떳떳할 상(常識, 日常)

20 | 대화의 3요소, 상대방 존중 · 긍정적 의사소통 · 포용성 발휘

>> 남의 말을 잘 들으면 지식 · 정보를 얻어 자연스럽게 공부가 될 뿐만 아니라, 상대로부터
호감을 사고, 상대를 알 수 있게 된다. 또한 상대가 즐거워하는 만큼 자신의 기분도 좋
아진다. '상대의 말을 듣는 것. 그것이 사람과 사람을 연결하는 통로이다'(시로야마 사부로)
대화는 인간관계를 진작시키는 지름길이다.

대화(의사소통)를 할 때는 상대방의 말을 잘 듣기(경청)로 하겠다는 '마음가짐'을 갖추어야 한
다. 상대가 하고 싶은 말을 다하고 난 다음에 비로소 내가 말한다. (상대방의 존중) 내가 말해야 할
때에도 '아니다, 안 된다, 그렇지 않다'는 식으로 일단은 부인하고 반대하고자 하는 자신의 부정적
심리를 완전히 없애야 한다. 납득이 가고 수긍이 되는 점을 먼저 집중적으로 얘기하고 반대의 의견
이 있다면, 그런 후에 자기의 견해를 간단명료하게 명확히 밝혀야 한다. 그럼으로써 상대의 말, 그
뜻을 충분히 이해했음을 자연스럽게 나타내게 되는 것이다. (긍정적 의사소통)

대화중에 자신이 한 말(의견)이 상대가 제기하는 이견異見의 논점에서 볼 때는 틀릴 수도 있다. 이
럴 때는 얼버무려서 자기 말을 정당화시키려 하거나, 어설프게 핵심을 빗겨가는 방어적 대응을 하지
말아야 한다. 모르면 모른다고 말하고, 잘못됐으면 그것을 인정하고 사과도 할 줄 알아야 한다.
(포용성의 발휘)

:: **최고의 대화술은 듣는 것이다**(스테판 폴란).

:: **겸허하게 들으면 총명해지지만, 편협한 말로 들으면 우울해지는 법이다**(위징魏徵).

:: **나쁜 사람은 다른 사람의 단점을 말하기 좋아하고, 좋은 사람은 다른 사람의 장점을
칭찬하기를 좋아한다.** 惡人愛論他人短 악인애론타인단 好人愛講他人長 호인애강타인장

:: **상대방을 비평하기 전에 자신의 잘못을 먼저 인정하라**(데일 카네기).
Talk about your own mistakes before criticizing the other person.

❖ **恭惟鞠養** 기르고 키워주심을 공손하게 생각하면

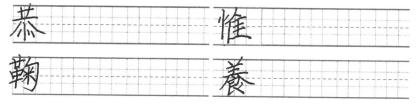

恭 공손할 공(恭敬,恭遜)

惟 오직(생각할) 유(惟獨)

鞠 기를(칠) 국(鞠問)

養 기를 양(養生, 敎養)

>> 매일 1쪽씩만 습자習字(글씨 쓰기 익히기)하여야 하며, 반드시 정신을 집중하여 한 글자씩 천천히 임서臨書(글씨본 보고 따라 쓰기)한다.

최고의 대화술은 듣는 것이다. 상대의 말을

잘 듣는 것, 그것이 사람과 사람을 연결 하는

통로다. 좋은 대화는 인간관계를 진작한다.

✧ **豈敢毁傷** 어찌 감히 헐고 상하게 하랴.

豈   敢

毁   傷

豈 어찌 기

敢 굳셀(감히)감(勇敢)

毁 헐 훼(毁損)

傷 상할 상(傷處, 死傷)

약한 '마음', 힘이 되는 '말'

마음은 몸에 비해 쉽게 상처를 입고, 회복하기도 훨씬 더 힘들고 더디다. 사람의 마음이란 한없이 여리기 때문에 그렇다. 그런데 이렇게 약하기 그지없는 마음을 잘 다스리고 추슬러 줄 수 있는 것은 나 자신밖에 없다. 잘했든 못했든, 좋건 나쁘건 자신을 스스로 이해하고 긍정해야만 한다. 자주 명상함으로써 자신의 마음, 속내를 주의注意 깊게 더듬어 살펴서 뚜렷하게 알아야 하며, 있는 그대로를 받아들여야 하는 것이다. (자기이해)

그리하여 지금까지는 전혀 인식하지 못했던 내 안의 '나'(자아自我)를 찾아내어 의도적으로 자기 자신과 적극적인 관계를 맺어야 한다(자기사랑의 실현인 동시에 모든 관계의 시발점이다). 이는 내 안의 '나', 곧 진정한 나의 '마음'을 확실하게 인지함으로써 말(대화)을 통해 이루어지는 자신과의 원활한 소통이다. (내적관계)

그것은 (거울 앞에 서서) 자기를 마주보고 진정으로 지지·성원하고, 긍정하고, 위로하며 격려하는 말을 함과 동시에 그 말을 경청하는 것이다. 매일 아침, 하루도 거르지 않고 끊임없이 그렇게 말하고 들으면 약한 마음이 점점 더 강인해지고 힘이 길러진다. 열등감이 없어지고 자신감이 생겨난다.

이러한 노력은, '네 이웃을 너 자신처럼 사랑해야 한다'(신약성서)는 말대로 자신은 물론 타인과의 관계에서도 똑같이 행해져야만 한다(자기를 진정으로 사랑하는 사람은 남을 사랑한다). 나를 비롯하여 어느 누구에게도 마음에 상처를 입히고 힘이 빠지게 하는 말을 절대로 해서는 안 되며, 그럴 수 없다면 차라리 말을 하지 말아야 한다. 왜냐하면 사람의 나약한 마음에 치명상을 입힐 수 있는 것이 말이기 때문이다. 그렇다고 말을 아예 하지 않거나 마음에 없는 빈말, 과찬을 늘어놓으라는 뜻은 결코 아니다. 순수하고 진정한 마음에서 우러나오는 좋은 말, 힘이 되는 말(약이 되는 쓴 소리도 있다)만을 해야 한다는 것이다.

<table>
<tr><td>숫자
쓰고
셈하기</td><td>(   ) 안에 맞는 숫자를 바른 글씨(정서正書)로 써넣어 식을 완성하고, 정신을 집
중하여 천천히 임서臨書(글씨본 보고 따라서 쓰기)한다.

※ 다음 단원, 74~83쪽의 '읽기 · 쓰기' 후에는 다른 교재로 5~10분 간 간단한 셈하기를 보충
하도록 한다.</td></tr>
</table>

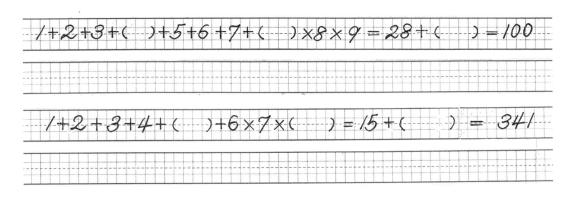

$$1+2+3+(\ \ \ )+5+6+7+(\ \ \ )\times 8\times 9 = 28+(\ \ \ )=100$$

$$1+2+3+4+(\ \ \ )+6\times 7\times(\ \ \ )=15+(\ \ \ )=341$$

<table>
<tr><td>알파벳
(영문)
쓰기</td><td>Where there's a will, theres a way.
뜻이 있는 곳에 길이 있다.</td></tr>
</table>

Where there's a will, theres a way.

Chapter 04

사람다운
사람 되기

나에게는 세 가지 보배가 있는데, 이를 늘 지니고 지킨다.

첫째 자비함, 둘째 검약함, 셋째는 감히 천하에 앞서지 않음이다.

노자老子

21 | 심신수련心身修鍊(정신수양 · 체력단련)으로 자기완성을 위해 힘쓴다

>> 사람은 모두가 완전하지 못하다. 그러므로 어려서부터 몸(肉體육체)을 잘 다듬고 운동하여 (鍛鍊단련) 튼튼하게 하고, 마음(情神정신)은 잘 다스리며 공부하여 (修養수양) 올바르게 다잡는다. (心身修鍊심신수련) 그렇게 강인하고 지혜로운 완전한 사람이 되도록 꾸준히 노력하여야 한다.

미슈나(탈무드의 기본연구서)는 첫머리에, 두 사람이 한 벌의 옷을 서로 차지하려고 다투는 이야기에서부터 시작한다. 단순하게 생각할 때 종교적 · 도덕적 교훈이라면, "그리도 옷이 필요하다면 당신이 가져가시오"라고 말하며 누군가 한 사람이 선의를 베풀어야 했을 것이다. 그러나 그렇게 쓰지 않은 깊은 뜻이 있는데, 그것은 사람들 사이에서는 다툼과 싸움이 그치지 않음을 가르치기 위해서라는 것이다.

이처럼 불완전하며, 허물 많은 것이 사람이다. 사람은 완전하지 못하므로 배워서 알고 깨달아 터득해야 하고, 마음을 갈고 닦아(情神修養정신수양 · 마음공부) 완전해지도록 끊임없이 노력하여야 한다(그것이 탈무드의 지향점이며 동양철학, 특히 유학儒學의 완성에 이르는 길이다). 그리하면 그 사람이 바로 성인군자聖人君子인 것이다.

∷ 아담과 하와(이브)가 죄를 지어(구약성서) 사람이 어리석고 나약해졌다. 그러나 마음먹고 노력만 한다면 본래의 완전했던 마음과 몸 가까이로 되돌릴 수 있을 것이다(권해성, '하늘 마음 사랑 · 평화').

∷ 사람은 백년도 살지 못하는데 항상 천년의 근심을 품고 있다.(이렇게 불완전함을 조금이라도 채우기 위해 마음공부에 힘써야 한다.) 人生不滿百 常懷千年憂 인생불만백 상회천년우

∷ 인간이라는 존재는 불완전할 때 기회를 얻는다. 완전해 지려고 노력하는 그 자체가 바로 기회다. 그것을 기회라고'생각해서 노력하는 사람은 성공하게 돼 있다(김성근 프로야구 감독).

❖ 女慕貞烈 여자의 정렬貞烈함을 바라며

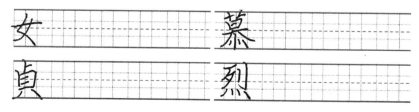

女 계집 녀(女權, 長女)

慕 그리워할 모(思慕)

貞 곧을 정(貞淑, 貞操)

烈 매울 렬(烈士, 猛烈)

>> 매일 1쪽씩만 습자習字(글씨 쓰기 익히기)하여야 하며, 반드시 정신을 집중하여 한 글자씩 천천히 임서臨書(글씨본 보고 따라 쓰기)한다.

사람은 완전하지 못하므로 배워서 알고 깨

달아 터득해야 하고, 마음을 갈고 닦아 완전

해지도록 끊임없이 노력하여야 한다. 그러

면 그 사람이 다름 아닌 성인군자인 것이다.

❖ **男效才良** 남자의 재능과 어질음을 본받아야 한다.

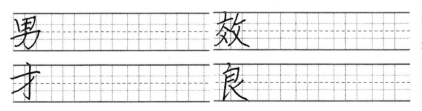

男 사내 남(男女, 快男兒)

效 본받을 효(效果, 實效)

才 재주 재(才能, 才德)

良 어질 량(良心, 善良)

22 | 성인군자가 되도록 노력해야 한다

>> 보다 곧고 바른 사람이 되기를 굳게 다짐하여 흔들리지 않고 변함없이 꾸준히 노력하면, 그 사람이 바로 성인·군자聖人君子다. 열심히 배우고, 배운 바를 반드시 실천하도록 한다. 그렇게 마음먹고 어진 삶(仁인)을 향하여 나아가면 누구이든 군자가 될 수 있다.

공자가 제자 자공子貢에게 "너는 내가 많이 배워서 그 모든 것을 기억하는 박학다식博學多識한 사람으로 알고 있느냐?"라고 물었다. 자공이 "예, 그렇게 생각하고 있습니다만, 그렇지 않습니까?"하고 반문하자, 공자는 "그렇지 않다. 나는 한 가지 생각과 삶의 방식으로 모든 일을 일관되게 해 나가려고 하고 있다"라고 대답하였다. (予一以貫之모일이관지)

성실하게 살면서 남을 배려하여 자애를 베푸는 것(德治덕치). 그것이 오로지 공자가 이루고자 했던 최고의 덕목, 즉 '인仁'에 이르는 삶의 방편이다. 그러므로 공자는 산만한 많은 지식보다 지혜(슬기)를 기르고 쌓아서 도덕적·정신적 가치를 지향하는 태도를 높이 샀다. 누구이든 이를 위하여 열심히 공부(爲聖之學위성지학)하며 노력하는 사람이 군자君子인 것이다.

:: 하나로 모든 것을 꿰뚫는다(논어論語). - 처음부터 끝까지 같은 목적과 방식으로 일관한다. (배움을 통해 얻어지는 모든 것들이 오직 인仁에 이르는 같은 길·방편이다) 一以貫之 일이관지
:: 군자는 죽기까지 배워서 지혜와 덕이 갈수록 커져간다. 따라서 통찰력이 뛰어나고 한없이 겸허하다. 서로를 사랑하고 위하는 그 높은 뜻을 몸소 이루려고 애쓰는 사람이다. 그같이 결의하고 노력하면 이미 군자의 길을 가는 것(君子大路行군자대로행)이다(권해성, '하늘마음 사랑·평화').
:: 배워 알면서도 행하지 않으면 병이라 이른다(장자莊子). 學而不能行謂之病 학이불능행위지병
:: 인간이 완전무결하게 될 수는 없다. 완전은 이상理想이다. 이상은 넓은 바다에 배를 이끄는 밤하늘의 별과 같다. 배는 결코 별에 닿을 수는 없지만 바른 길을 갈 수가 있다. 이상은 그와 같은 것이다(마빈 토케이어, '탈무드적 처세술').

✦ 知過必改 허물을 알면 반드시 고치고(자로子路를 두고 한 말이다)

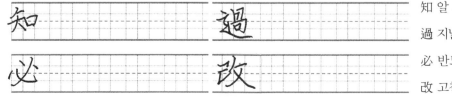

知 알 지(知性, 無知)

過 지날(허물) 과(過誤)

必 반드시 필(必要, 何必)

改 고칠 개(改善, 悔改)

>> 매일 1쪽씩만 습자習字(글씨 쓰기 익히기)하여야 하며, 반드시 정신을 집중하여 한 글자씩 천천히 임서臨書(글씨본 보고 따라 쓰기)한다.

군자는 죽기까지 배워서 지식과 덕을 쌓아

지혜가 갈수록 커져 간다. 그는 사람들을 사

랑하고 위하는 크고 높은 뜻을 이루기 위해

애쓰고 노력하는 사람이며, 그 길이 대도다.

❖ **得能莫忘** 능함을 얻어 잊지 말라(논어論語의 '능함을 잊지 말라'를 원용).

得 얻을 득(得失, 所得)

能 능할 능(能力, 可能)

莫 말 막(莫强, 廣莫)

忘 잊을 망(忘却, 健忘症)

23 | 정직하여라. 그렇지 않으면 허망하고, 모든 일이 허사가 된다

>> 정직正直한 삶이어야 사람이 산다고 할 수 있다. '정직하지 않은 삶은 죽어야 할 사람이 요행이 사는 것이다' 人之生也直 罔之生也 幸而免 인지생야직 망지생야 행이면 (논어論語) 거짓은 모든 나쁜 것(惡오·악)의 뿌리여서 무엇 하나 제대로 이룰 수 없고, 모든 일을 허사가 되게 한다. 정직하여 양심良心으로부터 솟아나는 호연지기를 품고 정의감, 자신감을 길러야 한다.

※ '호연지기浩然之氣'란, 행동거지에 양심의 부끄러움이 없는 상태, 그로부터 생겨나는 마음의 흔들림 없는(不動心부동심) 굳건한 용기(氣氣)다. 호연지기는 '바르게(正氣정기), 기름(養氣양기)'이 다 같이 이루어져야 하고, 서둘러 키우려 해서는 안 된다(맹자(孟子).

증자曾子의 아내가 어린 아들을 데리고 시장에 가는 도중에 아들이 칭얼거리자, "애야, 너는 집에 가 있어라. 돼지를 잡아 줄 테니"라며 빈말로 떼쓰는 아들을 달래어 집으로 돌려보냈다. 그러고 나서 장을 다본 후에 집에 와보니 증자가 돼지를 잡으려하고 있어 말리려 하였다. 그러자 증자는 정색을 하며 "어린이는 부모를 그대로 닮는 법이오. 아이들을 속이며 거짓말을 하면 그 속임수를 아이들이 배우게 되오. 절대로 거짓말을 가르쳐서는 아니 되오"라고 단호하게 말하며 돼지를 잡아서 삶았다. (曾子殺彘증자살체)

:: **정직이 최선의 방책이다.** Honesty is the best policy.
:: **어린이를 정직한 아이로 키우는 것이 교육의 시작이다**(서양속담).
   To make your children capable of honesty is beginning of education.
:: **모든 정직한 사람은 예언자다. 정직한 마음에서 나오는 판단은 예언과 통한다**(윌리엄 블레이크).
:: **모든 사람들을 잠시 동안 속일 수 있다. 그리고 어떤 사람들은 항상 속일 수도 있다. 그러나 모든 사람들을 항상 속일 수는 없다**(에이브러햄 링컨). You can fool all the people some of the time and some of the people all the time. But you cannot fool all the people all the time.

✤ 罔談彼短 남의 단점을 말하지 말고 (맹자孟子의 말을 원용)

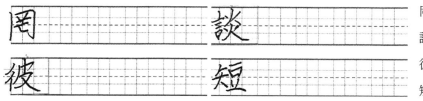

罔 없을 망(罔極, 欺罔)
談 말씀 담(談話, 會談)
彼 저 피(彼我, 此日彼日)
短 짧을 단(短篇, 長短)

>> 매일 1쪽씩만 습자習字(글씨 쓰기 익히기)하여야 하며, 반드시 정신을 집중하여 한 글자씩 천천히 임서臨書(글씨본 보고 따라 쓰기)한다.

정직한 삶이어야 사람이 산다고 할 수 잇

다. 정직하지 않은 삶은 죽어야 할 사람이

요행히 사는 것이다. 정직하여 양심으로부

터 솟아오르는 호연지기를 품고 살아가자.

❖ **靡恃己長** 자기의 장점을 믿지 말라(과신過信하면 진전進展이 없다).

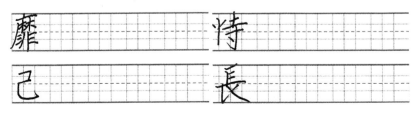

靡 아닐(쓸릴) 미(風靡)

恃 믿을 시(恃賴, 依恃)

己 몸 기(克己, 自己)

長 길 장(長期, 延長)

24 | 늘 반성하며, 잘못은 서슴없이 시인하고 바로 잡는다

늘 반성해야 한다. 때때로 자신의 삶과 일들의 잘잘못을 짚어보고, 잘못은 주저하지 말고 뜯어고친다. 또한 남에게 잘못했다면, 바로 인정하고 사과하라. 그렇지 않으면 점점 더 나빠지거나 나아질 수 없다. '나' 자신의 잘못을 거리낌 없이 바로잡아 '나날이 새로워져야 한다' 日新 日日新 又日新 일신 일일신 우일신 (서경書經).

이웃이 무엇을 말하고 행하며 생각하는 데는 관심이 없고 자기 자신의 행동이 정당하며 성스러운가에 대하여 신경을 쓰는 사람은 시간과 노력에서 큰 이익을 보는 사람이다. 착하고 좋은 사람들은 다른 사람들에게서 약점을 찾으려고 두리번거리지 않으며, 다만 빗나감 없이 자신의 목표를 향해 매진하는 사람이다.

남들이 자기에게 성실하지도 착하지도 않다고 버젓이 말하는 일이 없도록 해야 한다. 그런 생각을 갖는 사람들로 하여금 전혀 터무니없는 사실이라는 생각이 들게 하여라. 모두가 자기 자신에게 달린 일이다. 누가 그랬든 어떤 행동을 봤을 때, '이러는 의도가 무엇인가?' 자문해보는 습관을 길러야 한다. 그러나 자신에게서부터 시작하여야 한다. 무엇보다도 이런 질문을 자기 스스로에게 던져라(마르쿠스 아우렐리우스, '명상록').

:: 잘못은 즉시 고쳐야 한다. 잘못하고도 고치지 않는 것이 바로 잘못한 것이다(논어論語).
　過則勿憚改 과즉물탄개 過而不改 是謂過矣 과이불개 시위과의
:: 자신의 지난 잘못을 반성하여 후환이 없도록 삼간다. 子其懲 而毖後患 자기징 이비후환
:: 고치기에 너무 늦은 법은 없다. It is never too late to mend.
:: 소인은 얼굴은 고치지만 마음은 고치지 못한다(주역周易). 小人革面 소인혁면
:: 모든 인간은 죽을 때 자기가 못다 이룬 업적을 후회하면서 죽지 않는다. 바르게 살지 못한 것을 후회하면서 죽는다(토니 캄폴로).

❖ 信使可覆 약속은 실천할 수 있게 하고 (유자有子의 말을 원용한 것이다)

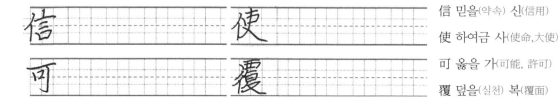

信 믿을(약속) 신(信用)
使 하여금 사(使命, 大使)
可 옳을 가(可能, 許可)
覆 덮을(실천) 복(覆面)

>> 매일 1쪽씩만 습자習字(글씨 쓰기 익히기)하여야 하며, 반드시 정신을 집중하여 한 글자씩 천천히 임서臨書(글씨본 보고 따라 쓰기)한다.

늘 반성하며 잘못은 즉시 고쳐야 한다. 모든

인간은 죽을 때 못다 이룬 업적을 후회하면

서 죽지 않는다. 바르게 살지 못한 것을 후

회하면서 죽는다. 과오는 바로 시정하여라.

❖ **器欲難量** 그릇은 헤아리기 어렵게 하고자 한다(그릇 큰 사람을 이른다).

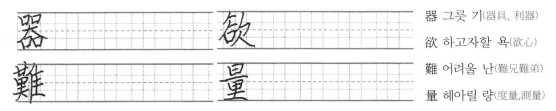

器 그릇 기(器具, 利器)

欲 하고자할 욕(欲心)

難 어려울 난(難兄難弟)

量 헤아릴 량(度量, 測量)

25 | 자신에게 엄격하고 다른 사람에게는 관대하여야 한다

>> 자신에 대해서는 변함없이 엄격하고 공명정대해야 어떤 일이든 거리낌 없이 소신껏 할 수 있다. 아울러 다른 사람들에게는 배려와 관대함을 잃지 말아야 한다. 원칙과 공정의 가치, 관용의 의미를 깊이 깨닫고 이를 잘 조화시켜 나갈 때 비로소 지혜로운 삶이 된다.

영국의 수상 처칠이 국회에서 연설을 하기로 했는데 다른 일 때문에 시간이 다소 지체되었다. 처칠은 늦지 않게 도착해야 한다는 생각으로 운전기사에게 속력을 내서 달리라고 지시하였다. 그래서 교통신호를 무시하고 과속을 하다가 교통경찰에게 붙잡히게 되었고, 운전기사는 다급하게 말했다. "이 차는 수상 각하의 차요. 지금 국회로 가는데 시간이 늦어서 빨리 가야하오." 하지만 경찰은 처칠을 힐끔 쳐다보고는 "수상님을 닮기는 했는데, 그분의 차가 교통법규를 어길 리가 없소. 당신은 교통위반에다가 거짓말까지 했소."라고 꾸짖듯이 말하며 면허증을 제시하게 하였다. 처칠은 엄정嚴正하게 직무를 수행하는 그 경찰에게 크게 감명 받아 경시총감에게 일 계급 특진시켜줄 것을 명령하였다. 그러나 경시총감은 "경찰 조직법에는 그런 규정이 없기 때문에 특진을 시킬 수 없습니다"라며 단호하게 거절하였다. 이에 처칠 수상은 "오늘은 두 번씩이나 경찰에게 당하는군"하면서도 매우 만족스럽게 웃음을 터뜨렸다고 한다.

영국 경찰의 엄격하고 공명정대한 공무수행 태도와, 자신의 체면에는 개의치 않고 부하들의 자세를 높이 샀던 수상 처칠의 배려와 겸허함을 통해 원칙의 가치와 관용의 의미를 깊이 생각해 봐야 할 것이다. 그리고 그것을 조화시켜 나갈 수 있도록 지혜를 길러야 한다.

:: **공정하면 밝아지고 청렴하면 위엄이 생긴다**(맹자孟子). 公生明 廉生威 공생명 염생위
:: **대체로 성공한 사람들을 보면 그들의 이기심이 '공정'의 밑으로 물러나 있는 경우이다**(힐티).
:: **법도를 두려워하면 언제나 즐거우며, 공적 일을 속이면 날마다 근심이 된다**(명심보감明心寶鑑). 懼法朝朝樂 欺公日日憂 구법조조락 기공일일우
:: **관용이란 무엇인가. 그것은 인간애의 소유이다. 우리는 모두 약함과 과오로 만들어져 있다. 우리는 어리석음을 서로 용서한다. 이것이 자연의 제일 법칙이다**(볼테르).

❀ **墨悲絲染** 묵자墨子는 실이 물드는 것을 보고 슬퍼하였고

墨

絲

悲

染

墨 먹 묵(墨畵, 筆墨)

悲 슬플 비(悲觀, 喜悲)

絲 실 사(絲笠, 金絲)

染 물들일 염(染色, 汚染)

>> 매일 1쪽씩만 습자習字(글씨 쓰기 익히기)하여야 하며, 반드시 정신을 집중하여 한 글자씩 천천히 임서臨書(글씨본 보고 따라 쓰기)한다.

자신에 대해서는 엄격하고 공명정대하여

아 어떤 일이든 거리낌 없이 자신 있게 해

나갈 수 있다. 그러나 다른 사람들에게는 배

려와 관대함을 잃지 말아야 할 것이다.

❖ **詩讚羔羊** 시詩는 고양편羔羊篇(절검節儉·정직을 읊다)을 찬미하였다.

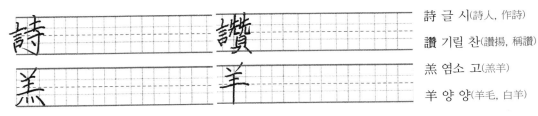

詩 글 시(詩人, 作詩)

讚 기릴 찬(讚揚, 稱讚)

羔 염소 고(羔羊)

羊 양 양(羊毛, 白羊)

반구저기反求諸己, 내 탓이오!

인仁이란 활쏘기와 같다. 활 쏘는 사람은 스스로 바르게 한 후에 쏜다. '쏴서 명중치 못하여도 나를 이긴(나보다 나은) 사람을 원망하지 않고 스스로를 돌이켜봄으로써 (그 원인을) 자기 자신으로부터 구할 뿐이다.' 發而不中 발이부중 不怨勝己者 불원승기자 反求諸己而己 반구저기이기

다른 사람을 사랑하는데도 친해지지 않으면 자신의 인仁을, 다스리는데 잘 안 되면 자신의 지혜를, 예禮를 다하여 사람을 대하였으나 응대가 없다면 자신의 경敬을 돌아보아야 한다. '행하여도 얻지 못하거든 모두 스스로를 돌아보아서 그 잘못을 찾아야 한다.' 行有不得者 행유불득자 皆反求諸己 개반구저기 (맹자孟子)

하夏나라의 우禹임금은 제후인 유호씨有扈氏가 반란을 일으켜 쳐들어오자 아들 백계伯啓에게 진압할 것을 명하였다. 백계는 온힘을 다해 싸웠으나 참패를 당했는데, 휘하 장수들은 패배를 받아들이지 않고 다시 싸우러나가야 한다고 주장한다. 이에 백계는, "나는 유호씨보다 병력이 적지 않고 근거지도 적지 않은데도 지고 말았다. 이렇게 된 것은 그에 비해 내가 덕성이 모자라며, 부하를 지도하고 이끌기를 잘못했기 때문이다. 그러니 나는 먼저 나 자신에게서 잘못을 찾아 고쳐 나가도록 하겠다"며 더는 싸움을 벌이지 않았다.

백계는 그렇게 스스로의 잘못과 허물을 전적으로 인정하고 크게 반성한 후부터 이전과는 달리 새벽같이 일어나 근검하고 성실하게 하루하루를 보냈다. 그리고 백성들을 지극히 아끼고 보살폈으며, 덕망 높은 인재들을 존중하여 그들과 함께 힘을 합쳐 더욱 더 열심히 일하였다. '변화의 관리' change management를 적극적으로 실행했던 것이다. 그렇게 1년여가 지나갔고, 사태를 관망하던 유호씨는 백계의 이 같은 말(반성, 결의)과 행적(실천)에 크게 감명을 받아 귀순하였다.

이 백계에 관한 고사성어가 '反求諸己' 반구저기인데, 어떤 일이 잘못되었을 때 자기 자신으로부터 그 원인을 찾아야 한다는 말로 널리 쓰여 왔다. 네 탓, 남의 탓이 아닌 바로 '내 탓'임을 뼈저리게 각성覺醒하는 것이다. 그렇다고 내 탓만 하고 있어서는 안 된다. 과감하게, 거리낌 없이 그 잘못, 허물을 고쳐 (過則勿憚改 과즉물탄개, 논어論語) 다시 나야 한다. 그리고 새로 시작해야만 온전히 백계를 본받는 것이고, 실패를 딛고 일어나 성공을 거두게 될 것이며, 보다 멋진 삶을 살 수 있다.

숫자 쓰고 셈하기

물건을 사고 거스름돈을 신속 · 정확하게 · 계산하는 방법 ; 숫자의 끝 단위는 합해서 0, 그 앞 단위 숫자들은 9가 되도록 한다. ( ) 안에 바른 글씨(정서正書)로 답을 써넣고, 정신을 집중하여 천천히 임서臨書(글씨본 보고 따라서 쓰기)한다.

※ 다음 단원, 86~97쪽의 '읽기 · 쓰기' 후에는 다른 교재로 5~10분 간 간단한 셈하기를 보충하도록 한다.

$10000 - 6750 = ($ $)$ $100000 - 73650 = ($ $)$

$1000000 - 634250 = ($ $)$ $1000 - 824 = ($ $)$

알파벳 (영문) 쓰기

The tree be bent while it is young.
나무는 어릴 때 (휘어잡아) 바로 세워야 한다.

The tree be bent while it is young.

26 | 책임사회의 '책임적 인간'이 되어야 한다

>> 우리는 수많은 실수를 할 수 있다. 그러나 남에게 책임을 돌리기 전에는 실패자가 아니다(존 버로즈). 책임지고 일을 하는 사람은 회사, 공장, 기타 어느 사회에서도 두각을 나타낸다. 책임 있는 일을 하도록 하자. 일이 크든 작든 책임을 다하면 반드시 성공한다(데일 카네기).

돼지 형제 열 마리가 강을 건넌 뒤 세어보니 계속 아홉 마리 뿐인 거다. 그래서 한 마리가 죽은 줄 알고 우는데, 행인이 세어보니 열 마리가 맞다. 우리가 지금 그렇다. 누구를 욕하거나 비난하는데 행복도 '돼지계산법'만 안 하면 지금보다 훨씬 나아질 수 있다. 자신은 빼고 남의 눈의 들보만 보니 못마땅하고 싸움이 난다(이어령 전 문화부장관).

중국의 우화 가운데 '진가陳家의 결혼식'이 있는데, 잔치를 준비하기 위해 거위를 잡으려 했다. 놀란 거위는 "나는 알을 낳지 않는가. 알도 낳지 못하는 수탉을 잡아야지"라고 소리치며 달아났다. 이에 수탉은 "나는 아침을 알려 잠을 깨워주는데, 한낮에 일어나려는가. 먹기만 하는 저 양으로 하시지" 이 말을 들은 양이 "내 털로 춥지 않게 겨울을 나지 않소. 할일 없이 짖기만 하는 개를 없애시오" (이렇게 양은 개, 개는 소, 소는 돼지에게로 핑계가 이어졌고) 그러자 돼지는 "밭에 거름을 주게 하는 것이 나인데, 시도 때도 없이 시끄럽게 울기만 하는 거위를 치워야 마땅하오" 이렇게 모두가 하나같이 이런저런 핑계로 전가만 하려들면 책임은 어디로 가는가.

그런데 오기吳起라는 위魏나라 장수는 부하가 핑계를 대며 책임을 회피하거나 의무를 다하지 않으면, 그것만은 아무리 사소하더라도 엄벌에 처했다 한다. 그로써 그는 명장으로 명성을 떨쳤고, 나아가 역사에 길이 빛나는 귀감이 되었다.

:: **모든 책임은 내가 진다**(해리 트루먼). (일본에 원자폭탄 투하를 결정하면서, 전쟁을 끝내겠다는 강한 의지를 나타낸 말이다.) The buck stop here.

:: **자신의 '한 일'을 따져서 묻고 과실을 반성한다**(공총자孔叢子). 責窮省過 책궁성과

:: **40세가 지난 인간은 자신의 얼굴을 책임져야 한다**(에이브러햄 링컨).

❖ **景行維賢** 대도大道를 가면 현자賢者가 되고

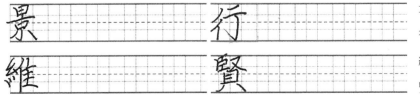

景 볕(클) 경(景氣, 風景)

行 다닐(길) 행(行路)

維 얽을(오직) 유(維持)

賢 어질 현(賢明, 聖賢)

>> 매일 1쪽씩만 습자習字(글씨 쓰기 익히기)하여야 하며, 반드시 정신을 집중하여 한 글자씩 천천히 임서臨書(글씨본 보고 따라 쓰기)한다.

실수를 할 수 있다. 하지만 다른 사람에게

책임을 돌리기 전에는 실패자가 아니다. 책

임지고 일하는 사람은 두각을 나타낸다. 일

이 크든 작든 책임을 다하면 결국 성공한다.

❖ **克念作聖** 능히 생각하면 성인聖人이 된다.

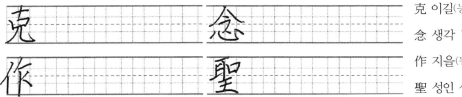

克 이길(능할) 극(克服)

念 생각 념(念願, 信念)

作 지을(될) 작(作用)

聖 성인 성(聖經, 神聖)

27 | 사람 됨됨이, 신언서판身言書判의 시대가 다시 오다

>> 사람을 가리는 방법 네 가지, 첫째 신身이니 풍채·외모가 풍성하고 훌륭한 것, 둘째 언言이니 언변·말투가 분명하고 바른 것, 셋째 서書니 글씨체가 굳고 아름다운 것, 넷째 판判이니 글의 이치가 우아하고 뛰어난 것이다. 이 넷을 다 갖추고 있으면 뽑아 쓸 만하다(당서唐書).

※ 신언서판身言書判은 당나라 과거시험의 인물평가 기준으로 이후에도 매우 중요하게 여겨져 왔다.

신身은 '몸가짐'이다. 풍모風貌가 원뜻이나, 현재적인 의미로는 좋은 인상, 바른 자세, 밝은 얼굴, 단정한 모습, 곧 바르고 좋은 몸가짐이어야 한다. 이는 평소의 마음가짐과 태도에서 비롯되며, 올바른 행실 또한 중요하다. 사람을 대할 때 첫인상으로 그 사람을 판단하기 십상인데, 모든 면에서 뛰어나도 몸가짐이 바르지 못하고 품격이 없으면 제대로 평가 받기가 어렵다. 그래서 신身은 풍위豊偉(넉넉하고 늠름함)가 있어야 한다.

언言은 '말씨'이며 고운 말, 좋은 말이 기본이다. 언言이란 아는 것, 바라는 것 등 의사를 나타내고 전하는 것(표현)이므로 깊이 잘 생각해서 솔직하고 분명하며 조리 있게 말해야 한다. 말을 바르게 잘하지 못해 많은 것을 알고, 깊은 뜻, 좋은 생각을 가지고 있어도 이를 제대로 표현할 수 없다면 좋은 평가를 받지 못한다. 그러므로 정확한 발음과 자연스러운 말투로 명료하고 바른 언변이 될 수 있도록 변정辯正(말을 바르게 잘함)에 힘써야 한다.

서書는 '글씨'다. 글(文章문장)이라고도 말하나 글은 오히려 판判에 가깝다. 디지털의 폐로로 글씨가 경시되고 있지만, 예로부터 글씨는 사람 됨됨이(인성人性)를 드러내는 것(書如其人서여기인), 즉 '정신적(정의情意적) 가치'의 관점에서 특히 중시하였음을 간과치 말아야 한다. 여전히 지력향상과 생각·지식을 끌어내고 나타내는 교육·교양의 기본으로써 아주 중요하며, 필적이 나쁘면 악필콤플렉스는 물론 평가에서도 불리하므로 서書의 준미遵美(힘차고 아름다움)를 위해 노력해야 한다.

판判은 '마음씨·마음가짐', 곧 지혜다. 보통은 판判을 문리文理·판단력이라고 말한다. 문리가 틔고 판단을 내리는 것은 지혜에서 비롯되고, 지혜는 크고 바른 마음속에서 싹터 나오는 것이므로 넓은 의미에서 '마음가짐, 마음씨'라 하여도 좋을 것이다. 사람이 생김새가 늠름하고, 말 잘하며 아무리 명필이라 해도 지성과 경륜, 성찰이 합하여 이루어진 지혜가 없다면, 그 사람됨이 완전하지 못한 것이다. 따라서 판判의 우장優長(깊고 크며 두터움)함을 더하고 높여 가야한다.

> :: 신언서판 능력은 하루아침에 길러지지 않는다. 단기 속성 학원에서 도움 받을 수도 없다. 짧은 기간에 몇 십 권의 책을 읽었다고 지혜가 쑥쑥 자라지 않는 것과 같다. 어린 시절부터 두고두고 쌓아온 인격적 내공이 신언서판으로 자연스럽게 배어나오는 것이다(해리슨, 일상·생각 '스펙시대 갔다, 新신신언서판시대 왔다').

❖ 德建名立 덕德을 세우면 명예가 서고

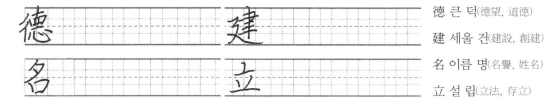

德 큰 덕(德望, 道德)

建 세울 건(建設, 創建)

名 이름 명(名譽, 姓名)

立 설 립(立法, 存立)

>> 매일 1쪽씩만 습자習字(글씨 쓰기 익히기)하여야 하며, 반드시 정신을 집중하여 한 글자씩 천천
히 임서臨書(글씨본 보고 따라 쓰기)한다.

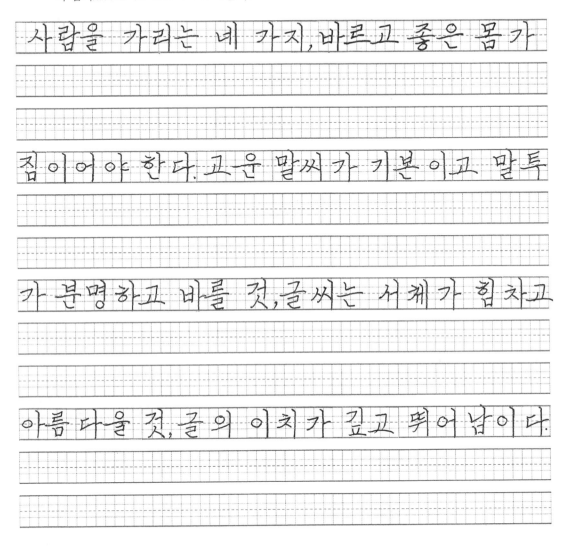

사람을 가리는 네 가지, 바르고 좋은 몸가

짐이어야 한다. 고운 말씨가 기본이고 말투

가 분명하고 바를 것, 글씨는 서체가 힘차고

아름다울 것, 글의 이치가 깊고 뛰어남이다.

❖ **形端表正** 형모形貌가 단정하며 의표儀表도 바르게 된다.

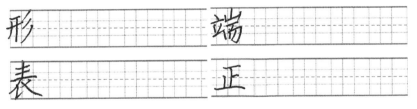

形 형상 형(形體, 無形)

端 끝(단정할) 단(端正)

表 겉 표(表面, 代表)

正 바를 정(正直, 公正)

28 │ 상선약수上善若水, 가장 좋은 심신, 언행, 정신·의지를 갖추어야 한다

>> '가장 좋은 것'(上善상선), 그러한 '몸과 마음', '말과 행동', '정신과 의지'를 갖춘 '가장 좋은 사람'이 되기를 간절히 바라고, 끊임없이 노력해야 한다.

노자老子가 도道를 말할 때, 가장 쉽게 와 닿는 이미지가 바로 물(水수)이라는 것이다. 물은 항상 자신을 겸손하게 낮춘다. 자신을 낮추지만 아니 올라가는 곳이 없다. 산꼭대기 봉우리에도, 저 드높은 청천 하늘 꼭대기에도, 물은 아니 가는 곳이 없다. 남들이 싫어하는 저 더러운 수채 구멍 시궁창까지 아니 감이 없는 것이다. (處衆人之所惡 처중인지소오)

물의 이미지에서 가장 중요한 것은 '부쟁'(不爭·Denial of Competition)이다. 물은 자신을 낮추며 흐른다. 그러다가 암석을 만나도 다투지 않고, 암석의 자리를 차지하려 하지도 않는다. 점잖게 스윽 비켜 지나갈 뿐이다. 그렇지만 결국 물 앞에 당할 것은 없다. 한 방울의 낙숫물이 억만년의 바위를 뚫어 버릴 수도 있는 것이다. 다음 물의 이미지에 가장 중요한 것은, 물은 만물萬物을 잘 이롭게 한다는 것이다. (水善利萬物 수선리만물) 즉 물은 다투지 않으면서도 가는 곳마다 모든 것을 이롭게 한다. 물이 없으면 만물은 고사枯死해버리고 만다(도올 김용옥, '노자와 21세기').

:: **가장 좋은 것은 물과 같다. 물은 만물을 잘 이롭게 하면서도 다투지 않는다.**
　上善若水. 상선약수 水善利萬物而不爭, 수선리만물이부쟁
:: **뭇 사람들이 싫어하는 낮은 곳에 처하기를 좋아한다. 그러므로 도에 가깝다.**
　處衆人之所惡, 故幾於道 처중인지소오 고기어도 **살 때는 낮은 땅에 처하기를 잘하고 마음 쓸 때는 그윽한 마음가짐을 잘하고, 벗을 사귈 때는 어질기를 잘하고, 말할 때는 믿음직하기를 잘하고,** 居善地, 心善淵, 與善人, 言善信, 거선지 심선연 여선인 언선신 **다스릴 때는 질서 있게 하기를 잘하고, 일 할 때는 능력 있기를 잘하고, 움직일 때는 바른 때를 타기를 잘한다.** 正善治, 事善能, 動善時. 정선치 사선능 동선시 **대저 오로지 다투지 아니하니 허물이 없어라.** 夫唯不爭, 故無尤 부유부쟁, 고무우(노자 도덕경 老子道德經)

❖ **空谷傳聲** 빈 골짜기에는 (메아리가 울려) 소리가 전해지고

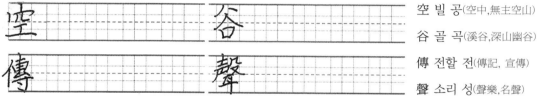

空 빌 공(空中,無主空山)

谷 골 곡(溪谷,深山幽谷)

傳 전할 전(傳記, 宣傳)

聲 소리 성(聲樂,名聲)

>> 매일 1쪽씩만 습자習字(글씨 쓰기 익히기)하여야 하며, 반드시 정신을 집중하여 한 글자씩 천천히 임서臨書(글씨본 보고 따라 쓰기)한다.

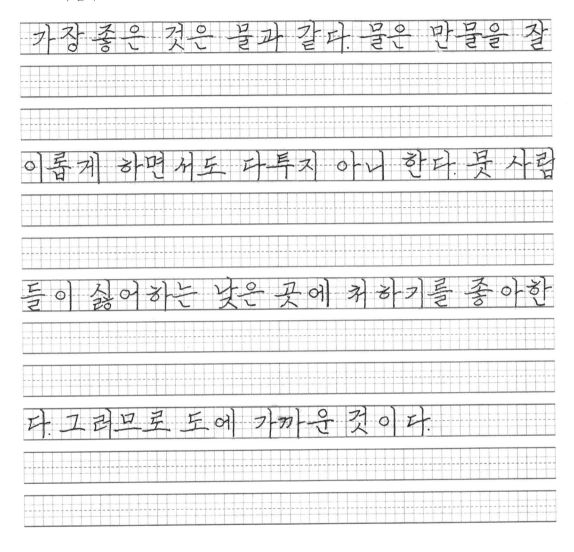

가장 좋은 것은 물과 같다. 물은 만물을 잘

이롭게 하면서도 다투지 아니 한다. 뭇 사람

들이 싫어하는 낮은 곳에 취하기를 좋아한

다. 그러므로 도에 가까운 것이다.

❖ **虛堂習聽** 빈 집에서 듣기를 익힌다

虛

習

堂

聽

虛 빌 허(虛禮, 虛僞, 空虛)

堂 집 당(堂下, 禮拜堂)

習 익힐 습(習字, 學習)

聽 들을 청(聽覺, 視聽)

/////**Chapter 05**

바르고 따뜻한 마음,
의미 있는 삶

열린사회는 개인의 자유와 권리가 확보된 사회이며,

개인이 그의 이성에 따라 스스로 판단내리고 책임지는 사회이다.

칼 포퍼

지력과 인성을 기르는 힘

파워 독 · 서 · 산
– 읽기 · 쓰기 · 셈하기

Reading hand writhing mental arithmetic power

29 | 기왕이면 큰 꿈을 품고 모두에게 좋은 삶이 되게 하여라

≫ 우리는 무엇을 추구하며 살 것인가? 어느 길을 택하든 우리의 삶은 똑같다. 일의 양도 똑같다. 그러나 어느 길을 택하느냐에 따라 삶의 질, 행복은 하늘과 땅 차이가 날 것이다(차동엽, '무지개 원리'). 그러니 기왕이면 큰 꿈(理想이상)을 품고 나 자신에게, 다른 사람들에게 '이'利로운 좋은 사람, '의미'있는 멋진 삶이 되도록 힘써야 한다.

오 주여, 나를 평화의
도구로 써주소서.
미움이 있는 곳에 사랑을
다툼이 있는 곳에 용서를
분열이 있는 곳에 일치를
의혹이 있는 곳에 믿음을
심도록 도우소서.
오류가 있는 곳에 진리를
절망이 있는 곳에 희망을
어둠이 있는 곳에 광명을

슬픔이 있는 곳에 기쁨을
심게 하소서.
위로 받기보다는 위로하고
이해 받기보다는 이해하고
사랑 받기보다는 사랑하며
자기를 완전히 줌으로써
영생을 얻기 때문이니
오 주여, 나를 평화의 도구로
써주소서.

(성 프란치스코, '평화의 기도')

:: **훌륭하게 살면 영원히 사는 것이다.** We well and live forever.

:: **플랭클**(프로이드의 제자)**은 인간의 원초적 욕구는 '의미에의 의지'라고 주장한다. 나는 누군가에게 꼭 필요한 소중한 존재라는 생각, 나의 역할이 중요하다는 생각, 이런 느낌과 생각들이 '의미'를 발견하는 계기가 된다**(차동엽, '무지개 원리').

:: **무엇이든 자신이 태어나기 전보다 조금이라도 나은 세상을 만들어 놓고 가는 것, 당신이 이곳에 살다간 덕분에 단 한 사람의 삶이라도 풍요로워지는 것, 이것이 바로 성공이다**(랄프 왈도 에머슨, '성공이란').

❖ 禍因惡積 화禍는 악惡이 쌓인 데서 인연하고

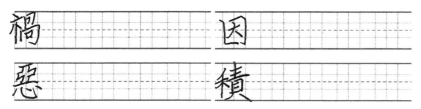

禍 재화 화(禍根, 戰禍)
因 인할 인(因緣, 基因)
惡 악할 악(惡政, 凶惡)
積 쌓을 적(積極, 面積)

>> 매일 1쪽씩만 습자習字(글씨 쓰기 익히기)하여야 하며, 반드시 정신을 집중하여 한 글자씩 천천히 임서臨書(글씨본 보고 따라 쓰기)한다.

우리는 무엇을 추구하며 살 것인가? 어느

길을 택 하든 우리의 삶은 똑같다. 일의 양도

같다. 그러나 어느 길을 택하느냐에 따라 삶

의 질, 행복은 하늘과 땅 차이가 날 것이다.

❖ **福緣善慶** 복은 착한 경사에서 인연한다.

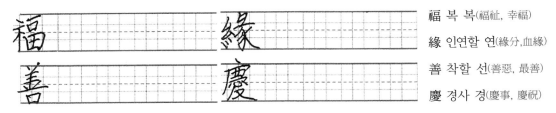

福 복 복(福祉, 幸福)

緣 인연할 연(緣分, 血緣)

善 착할 선(善惡, 最善)

慶 경사 경(慶事, 慶祝)

30 | 선행을 실천한다

>> '선善'의 실천(행함), 곧 선행善行은 인仁; 어질고 자애하여 두루 보살핌, 의義; 옳고 바름, 예禮; 착하여 낮추고 받들어 섬김, 지智; 슬기와 헤아림, 신信; 믿어 위하고 도움 등을 빠짐없이 터득하여 갖춤으로써 '마음과 몸, 말'로써 환히 드러내는 것이며, 배움(學학)의 궁극적 목적은 선행이다. 인·의·예·지·신 등을 통하여 가장 착하고, 가장 올바르고, 가장 좋고, 가장 훌륭하고, 가장 뛰어나고, 완전하고 이상적인 세상살이(삶)를 위하여 끊임없이 노력하는 것이다(권해성, '하늘마음 사랑 · 평화').

스승이 밖에서 돌아오다가
집으로 돌아가려는
한 청년을 만났다.
"왜 돌아가려는가?"
"규칙이 너무 많아
도저히 지킬 수 없습니다"
스승이 청년의 얼굴을
살펴 본 후 물었다.

"세 가지 규칙은
지킬 수 있겠지?"
"세 가지는
지킬 수 있습니다"
"그럼 네 몸과 입과 마음을
깨끗이 하라.
규칙은 그것으로 충분하다"

(이용범, '몸과 입과 마음')

:: 어질고 착한 사람은 자신의 욕망을 채우기 전 남이 바라는 것부터 이루게 한다(논어論語). 己欲達而撻人 기욕달이달인

:: 그 날 선행을 많이 하여 저울눈이 무거운 자는 즐거운 삶을 살게 되고, 선행을 많이 하지 않은 자는 빼앗기고 굶주리는 곳이 그의 어머니가 되리라(코란).

:: 할 수 있는 모든 선을 행하라. 할 수 있는 모든 수단으로, 모든 방법으로, 모든 곳에서, 모든 사람에게, 할 수 있는 한 오래도록 하라(존 에슬리).
Do all the good you can. By all the means, in all the ways, in all the plays, at all the time, to all the people, as long as ever you can.

:: 값비싼 향유는 소비되어 버리지만, 선행은 사라지지 않는다. 향유는 부자만 살 수 있지만, 선행은 가난한 자도 부자도 행할 수 있다(탈무드).

❖ 尺璧非寶 한 자나 되는 옥구슬이 보배가 아니며

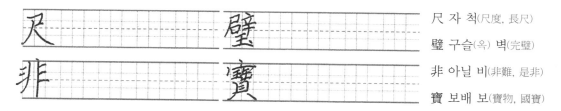

尺 자 척(尺度, 長尺)

璧 구슬(옥) 벽(完璧)

非 아닐 비(非難, 是非)

寶 보배 보(寶物, 國寶)

>> 매일 1쪽씩만 습자習字(글씨 쓰기 익히기)하여야 하며, 반드시 정신을 집중하여 한 글자씩 천천히 임서臨書(글씨본 보고 따라 쓰기)한다.

값비싼 향유는 소비되어 버려지만 선행은

사라지지 않는다. 향유는 부자만 살 수 있지

만 선행은 가난한 자도 부자도 할 수 있다.

❖ **寸陰是競** 한 치의 광음光陰(짧은 시간)을 다투어야 한다.

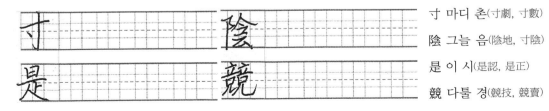

寸 마디 촌(寸劇, 寸數)

陰 그늘 음(陰地, 寸陰)

是 이 시(是認, 是正)

競 다툴 경(競技, 競賣)

당태종과 정조, 그리고 페스탈로치

고구려高句麗의 안시성安市城 공략을 진두지휘하다가 양만춘楊萬春 장군이 쏜 화살에 한 쪽 눈을 잃고 물러갔던 당태종唐太宗 이세민李世民이 우리들로서는 그리 호감 가는 인물은 아닐 것이다. 그러나 그는 '정관貞觀의 치治'로 중국 역사상 최고의 황금시대를 열었던 뛰어난 황제였다. 당태종은 사상 최초로 과거시험을 시행했으며, 그 평가 기준으로 삼았던 것이 '신언서판'身言書判(풍모 · 언변 · 필체 · 문장)이다. 이는 중국은 물론 우리나라를 비롯한 동양에서는 근대 이전까지만 해도 인재 등용의 변함없는 전통이었다.

당태종이 서書(글씨)를 특별하게 여겼던 까닭은 조선朝鮮시대의 개혁군주 정조正祖의 정책에서도 뚜렷하게 알 수 있는데, 그것이 이른바 '서체반정'書體反正이다. 이는 임진왜란과 병자호란, 양란兩亂을 겪으면서 정신精神과 함께 심하게 흐트러진 글씨체를 바르게 되돌리는 것이었다. '글씨가 곧 사람'(書如其人서여기인)인 바, 정조는 '글은 성정性情의 내면에서 우러나와야 하고 글씨는 심획心劃이다'라고 역설하였다. '획'은 그어서 나타내는 것이므로 글씨에는 마음, 심성心性이 그대로 드러난다는 뜻이다.

'서여기인'書如其人, 글씨가 사람과 같다니? 이 얼마나 놀라운 갈파喝破인가. 같은 맥락에서, 도올檮杌 김용옥金容沃 선생은 '글씨란 한 사람의 기氣가 문자를 형상화함으로써 자신의 정신과 마음을 드러내 보이는 표상이다'라고 확언하였다. 바로 이점이 글씨가 단지 표현수단일 뿐이라면 그저 알아보기만 해도 될 텐데 군이 바르게 잘 써야만 하는 첫째 이유이다. 둘째는 두뇌의 발달과 주의력(집중력), 인내심, 정서적 안정 등을 강화하기 때문이며, 이는 과학적 · 실증적으로 끊임없이 밝혀지고 있는 사실이다. 그러므로 '바른 글씨'(정서正書) 쓰기가 지력知力을 기르고 인성人性을 닦는 '교육의 기초이고, 교양의 기본'이라는 동서고금의 오랜 전통을 간과치 말아야 것이다.

'교육의 아버지' 페스탈로치 또한 글씨쓰기의 교육적 가치를 놓치지 않고 매우 중시重視하였다. 그는 가장 이상적인 교육방법론으로 평가되는 '삼육론'三育論에서 '정신력 · 심정력 · 신체력'(3H, Head · Hart · Hand)을 교육을 통하여 길러야 함을 주창하였다. 그중에서도 사고력, 판단력 등 지적 능력인 '정신력'을 기름에 있어 쓰기(Hand writing)를 비롯한 '독讀서書산算'(읽기 · 쓰기 · 셈하기)의 중요성을 특히 강조하였다. '교육론'을 쓴 존 로크 역시 똑같은 주장을 했는데, 이처럼 '독서산'은 그리스 · 로마시대로부터 이어받은 서양의 전통적인 교육방식이다. 지금에도 프랑스, 영국을 비롯한 많은 나라에서 이를 고수하고 있다.

<table>
<tr><td>

**숫자
쓰고
셈하기**
</td><td>

( ) 안에 맞는 숫자를 바른 글씨(정서正書)로 써넣어 식을 완성하고, 정신을 집중하여 천천히 임서臨書(글씨본 보고 따라서 쓰기)한다.

※ 다음 단원, 100~111쪽의 '읽기 · 쓰기' 후에는 다른 교재로 5~10분 간 간단한 셈하기를 보충하도록 한다.
</td></tr>
</table>

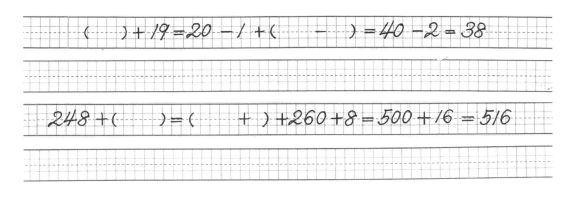

$(\quad) + 19 = 20 - 1 + (\quad - \quad) = 40 - 2 = 38$

$248 + (\quad) = (\quad + \quad) + 260 + 8 = 500 + 16 = 516$

<table>
<tr><td>

**알파벳
(영문)
쓰기**
</td><td>

Good orders is foundation of all thing. 훌륭한 질서는 만물의 기초다.

Experience is there other wisdom. 경험은 지혜의 어머니다.
</td></tr>
</table>

Good orders is foundation of all the thing. Exp-

erience is there other wisdom.

31 | 옳은 일, 가치 있는 일을 하면서 살아가라

>> 어떤 일을 할 때는 쉽고 어려운가, 성공하고 실패할 것인가를 살피지 말고 옳은 일인가, 그른 일인가를 먼저 보아야 한다. 아무리 성공할 일이라도 그 일이 옳지 못하면 결국은 망하게 되는 법이다(만해 한용운). 그러므로 이기심과 탐욕을 버리고 양심에 따라 선의善意로써 일해야 한다.

19세기 초, 두 사람의 영국인 세실 로즈와 데이비드 리빙스턴이 아프리카 탐험에 나섰다. 세실 로즈는 황금과 다이아몬드를 발견하여 영국에 엄청난 이익을 안겨 주었다, 그 과정에서 수많은 원주민들을 죽였지만, 영국인들은 로즈를 애국자·영웅으로 칭송하며 환호하였다. 반면에 리빙스턴은 '모든 사람은 하느님 앞에 평등하다'는 신념으로 살생과 노예제도를 반대하며 원주민들을 보살폈다. 영국인들은 그런 그를 반역자로 매도하기까지 하였다. 그러나 2백여 년이 지난 지금, 세실 로즈를 아는 사람은 거의 없지만, 리빙스턴은 전 세계인의 추앙을 받고 있다.

'하늘에 순종하는 자는 살고, 하늘을 거역하는 자는 망한다'順天者存 逆天者亡 순천자존 역천자망 (맹자孟子) '아침에 도를 들으면 저녁에 죽어도 좋으리라'朝聞道夕死矣 조문도석사의 (논어論語) 그렇다면 하늘의 뜻, 그 사명은 무엇이고 도道란 무엇인가. 그것은 리빙스턴이 그러했듯이 선善을 행하고 인간의 존엄성을 지키는 일이다. 탐욕과 이기심을 버리고 이웃을, 모든 사람을 '사랑'하는 것이다.

> :: 착한 일을 하는 자는 하늘이 복으로써 갚고, 악한 일을 하는 자는 하늘이 재앙으로써 갚는다(논어論語). 爲善者 天報之以福, 위선자 천보지이복 爲不善者 天報之以禍 위불선자 천보지이화
> :: 선한 일은 아무리 작은 일이라도 해야만 하고, 악한 일은 아무리 작은 일이라도 하지 말라(유비劉備). 勿以善小而不爲, 물이선소이불위 勿以惡小而爲之 물이악소이위지
> :: 인생에서 가장 행복한 날은 자신에게 주어진 사명을 발견하는 날이다(카를 힐티).

❖ 資父事君 부모 섬김을 바탕으로 하여 임금을 섬기니(효경孝敬)

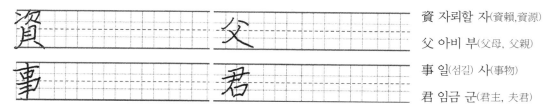

資 자뢰할 자(資賴,資源)

父 아비 부(父母, 父親)

事 일(섬길) 사(事物)

君 임금 군(君主, 夫君)

>> 매일 1쪽씩만 습자習字(글씨 쓰기 익히기)하여야 하며, 반드시 정신을 집중하여 한 글자씩 천천히 임서臨書(글씨본 보고 따라 쓰기)한다.

착한 일을 하는 자는 하늘이 복으로써 갚

고, 악한 일을 하는 자는 하늘이 재앙으로써

갚는다. 인생에서 가장 행복한 날은 자신에

게 주어진 사명을 발견하는 날이다.

❖ **日嚴與敬** 엄숙하며 공경함이다.

日 가로 왈(日可日否)

嚴 엄할 엄(嚴格, 謹嚴)

與 더불(및) 여(關與)

敬 공경 경(敬老, 尊敬)

32 | 넓고 바른 '마음가짐'으로 사회정의 · 공동선에 이바지한다

>> 어떤 상황에서도 서로가 배려하며, 다함께 더불어 잘사는 사회, 공동체를 이룩하여야 한다. 그러자면 사회정의와 공동선을 중요하게 여기는 '시민정신'을 길러야하는데, 이는 결국 바르고 넓은 '마음가짐'에서 나오는 것이다.

아주 오래 전의 일이다. 영국 런던에서 근무하는 우리나라의 주재원 한 사람이 현지에서 음주운전으로 면허정지를 당했다. 그런데, 며칠 후 한국에서 온 손님을 맞기 위해 면허가 정지된 것을 걱정은 하면서도 차를 몰고 공항으로 나갔다. 다행이 오가는 길에 검문을 받지 않아 별일 없이 집으로 돌아오기는 했지만, 집 앞에서 교통경찰이 그를 기다리고 있었다. 이웃주민 누구인가가 같은 동네에 사는 그 한국인이 운전면허가 정지된 사실을 알고 고발했던 것이다. 그것은 결코 외국인에 대한 반감이나, 사적인 이해관계 때문이 아니다. 공동체의 질서를 깨뜨리고, 국가 · 사회의 이익을 해치는 부당행위를 용납하지 않는 몸에 밴 '고발정신'에서 비롯된 것이었다.

이처럼 공동선共同善을 중시하며 '시민의식'이 투철한 (선진국의) 사회에서는 예의범절과 공중도덕을 지키지 않고, 사회질서와 규범을 어기는 짓을 모른 채 눈감아주지 않는다. 우리도 거리에서, 지하철 안에서, 교실에서, 모든 곳에서 그리고 어떤 상황에서도 서로가 배려하며, 다함께 더불어 잘사는 사회, 공동체를 이룩하여야 한다. 그러자면 사회정의와 공동선을 중요하게 여기는 '시민정신'을 길러야하는데, 이것이 결국은 바르고 넓은 '마음가짐'인 것이다.

:: 정의란 각자가 자기 할 일을 다 하고 다른 사람을 간섭하거나 방해하지 않는 것이다(플라톤).
:: 이로움을 보면 대의大義를 생각하고, 위태로움을 보면 목숨을 바치며, 오래 전의 약속을 평생의 말(약속)로 여겨 잊지 않는다(논어論語).
   見利思義 見危授命 견리사의 견위수명 久要 不忘平生之言 구요 불망평생지언
:: 정의가 가져다주는 최고의 열매는 마음의 평정平正이다(에피쿠로스).
:: 나는 내가 할 수 있는 한의 최선의 것, 내가 아는 한의 최선의 것을 실행하고 또한 언제나 그러한 상태를 지속시키려고 한다(에이브러햄 링컨).

✤ **孝當竭力** 효도는 마땅히 힘을 다해야 하고(논어論語 원용)

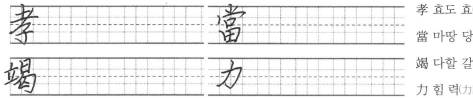

孝 효도 효(孝道, 忠孝)

當 마땅 당(當然, 不當)

竭 다할 갈(竭力, 竭盡)

力 힘 력(力說, 人力, 效力)

>> 매일 1쪽씩만 습자習字(글씨 쓰기 익히기)하여야 하며, 반드시 정신을 집중하여 한 글자씩 천천히 임서臨書(글씨본 보고 따라 쓰기)한다.

서로가 배려하며 더불어 잘사는 사회, 공동

체를 이룩해야 한다. 사회정의와 공동선을

실천하는 시민정신을 길러야 하는데, 이는

결국 바르고 넓은 마음가짐인 것이다.

❖ **忠則盡命** 충성은 목숨을 다하여야 한다.

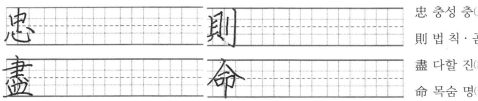

忠 충성 충(忠言, 不忠)

則 법 칙·곧 즉(原則)

盡 다할 진(盡力, 賣盡)

命 목숨 명(命令, 生命)

33 | 다른 사람을 이해하고 배려하라. 그것이 '사랑의 실천'이다

>> 배려는 '사랑의 실천'이다. 예절과 상부상조相扶相助는 배려의 으뜸이고, '바른 마음가짐', 곧 선의善意에서 비롯된다. 이렇듯 사람이 지켜야할 도리의 뿌리이므로 서로가 배려해야 마땅하며, 그리하여 인정人情이 넘치고 더불어 잘사는 사람다운 삶이 되도록 다함께 노력해야 한다.

프랑스의 어느 대통령이 스승의 퇴임식에 참석하였다. 스승은 인사말을 하기 위해 단상에 올랐는데, 그제야 좌중의 대통령을 발견하고 그를 단상에 모시려고 내려갔다. 그러나 대통령은, "선생님, 저는 제자로서 이곳에 왔을 따름입니다. 여기서 주인공은 선생님이십니다"라며 정중하게 사양하였다. 감명 받은 하객들은 우레 같은 박수와 뜨거운 환호를 보냈고, 단상에 다시 오른 스승은 감격하여 말했다. "이 훌륭한 대통령께서 저의 제자라니 자랑스럽습니다. 겸손하고 훌륭한 대통령을 모셨으니 더 살기 좋은 나라가 될 것입니다"

한 회사의 사장이 아침 출근시간에 자신이 승용차의 운전석에 앉는 것이었다. 그래서 운전기사가 옆자리에 앉으려하자, 뒷자리에 앉게 하였다. 영문도 모른 채 뒤에 앉은 그에게 사장이 말했다. "김 기사, 그동안 수고가 많았네" 이 말에 기사는 갑자기 불안해졌다. 그런데 사장은 악수까지 청하면서 "오늘 하루는 내가 자네의 운전기사일세. 김기사, 생일 축하하네"라며 환히 웃는 얼굴로 다정하게 말하였다.

:: **처지를 바꾸어 생각한다.** 人易地思之 역지사지
:: **다른 사람에게 좋게 하면 결국 자신에게도 좋은 것이 온다.** 與方便自己方便 여인방편자기방편
:: **내가 서고자 하면 남도 서게 하고 내가 도달하고자하면 남도 도달하게 해야 한다.**
  己欲立而立人 己欲達而達人 기욕입이입인 기욕달이달인
:: **남을 위하면 자기 길도 열리고 남의 마음을 상하게 하면 자기 길에 담을 쌓는다.**
  爲人條路惹人堵墻 위인조로야인도장
:: **사람을 존중하라. 그러면 더 많은 것을 해낼 것이다**(제임스 오웰).

✣ 臨深履薄 깊은 물에 임하고 얇은 얼음을 밟는 듯하며(시경詩經)

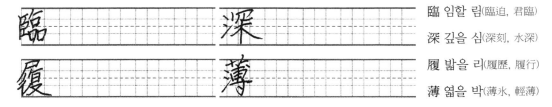

臨 임할 림(臨迫, 君臨)

深 깊을 심(深刻, 水深)

履 밟을 리(履歷, 履行)

薄 엷을 박(薄氷, 輕薄)

>> 매일 1쪽씩만 습자習字(글씨 쓰기 익히기)하여야 하며, 반드시 정신을 집중하여 한 글자씩 천천히 임서臨書(글씨본 보고 따라 쓰기)한다.

처지를 바꾸어 생각한다. 사람에게 좋게 하

면 마침내 자신에도 좋은 것이 온다. 남을

위하면 자기 길도 열리고 남의 마음을 상하

게 하면 자기 길에 담을 쌓는 것이다.

✤ **夙興溫淸** 일찍 일어나 부모의 덥고 서늘함을 살핀다(예기禮記 원용).

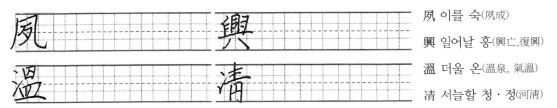

夙 이를 숙(夙成)

興 일어날 흥(興亡, 復興)

溫 더울 온(溫泉, 氣溫)

淸 서늘할 청·정(河淸)

34 | 가치관을 바로 세우고 인격을 기른다

>> 삶의 가치관(인생관·세계관)을 바로 세우고 인성人性(人格인격)을 기르자. 그 위에 지혜를 쌓아야 한다. 지혜는 판단력·통찰력이며 지식·기술, 경험과 반성·성찰이 합해져서 만들어진다. 그리하여 국가·사회가 원하고 필요로 하는 '전인적' 全人的 인재가 되어야 한다.

※ '전인' 全人이란 지知·정情·의意가 조화를 이루어 인격(사람으로서의 품격, 인성)을 갖춘 사람이다.

정작 학생들이 원하는 일류기업은 다르다. '스펙보다 사람'이라고 한다. "열정과 사람·사물을 대하는 인성人性을 더 중요시 한다"(정태형 '포스코' 채용담당 팀장), "좋은 사람을 감별하기 위해 엄청나게 신경 쓴다"(김진성 '롯데그룹' 인사팀 수석), "스펙을 초월한 채용시스템을 정착 시키겠다"(박근혜 대통령) 앞으로 국가는 팔을 걷어 붙여야 한다. 단순한 취업률 차원이 아니라 나라의 미래를 위해서 말이다(노재현, 중앙일보칼럼 '스펙이 부족하십니까').

이제, 국가와 기업들은 지식·기술 이상으로 '사람됨됨이'(人性인성)의 중요성을 높이 사기 시작하였다. 지식·기술을 쌓는 데만 치중할게 아니라, 많은 독서와 경험, 끊임없는 성찰을 통하여 가치관, 책임감, 뛰어난 사고력과 창의력 등을 두루 갖춘 지혜로운 사람, 전인적 인재가 되도록 노력해야 한다.

:: 지식만 있고 지혜가 없는 자는 많은 책을 등에 지고 가는 당나귀와 다를 것이 없다(탈무드).
:: 인사의 철학人事哲學은 개인의 신념체계인 동시에 모든 구성원이 공유한 신념체계이다. 그러나 '객관적 타당성'이 우선되어야 함은 물론 '인간의 자주성'에 대한 신뢰를 바탕으로 '자발성과 창의성'을 이끌어내는 개방 철학이어야 한다(노용진 서울과기대 경영학과 교수).
:: 기업에서 가장 위험한 사람은 경영성과는 좋지만 '가치관'이 없는 사람이다(잭 웰치).
:: 사람의 평가기준은 '가치관과 태도'가 핵심이다. 그것은 능력의 곱이 넘는다(이나모리 가즈오 일본항공 회장).

❖ 似蘭斯馨 난초와 같이 향기롭고(군자君子의 지조志操를 뜻한다).

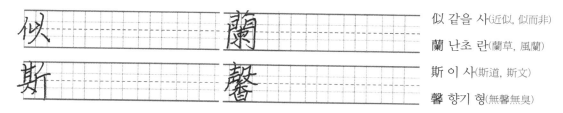

似 같을 사(近似, 似而非)
蘭 난초 란(蘭草, 風蘭)
斯 이 사(斯道, 斯文)
馨 향기 형(無聲無臭)

≫ 매일 1쪽씩만 습자習字(글씨 쓰기 익히기)하여야 하며, 반드시 정신을 집중하여 한 글자씩 천천히 임서臨書(글씨본 보고 따라 쓰기)한다.

사람의 평가기준은 가치관과 태도가 핵심

이다. 그것은 능력의 곱이 넘는다. 기업에서

가장 위험한 사람은 경영 성과는 뛰어나지

만 가치관이 정립되지 못한 사람이다.

❖ **如松之盛** 소나무처럼 성할 것이다(군자의 기절氣節을 이른 말이다).

如 같을 여(如前, 或如)

松 소나무 송(松竹, 靑松)

之 갈(어조사) 지(之子)

盛 성할 성(盛世, 全盛)

////// **Chapter 06**

꿈을 향한 발걸음,
행복한 세상살이

얼마나 알고 있느냐는 전혀 중요하지 않다.
얼마나 꿈꾸느냐가 중요하다.

아나톨 프랑스

지력과 인성을 기르는 힘

파워 독 · 서 · 산

– 읽기 · 쓰기 · 셈하기

Reading·hand writhing·mental arithmetic power

35 | 꿈이 뚜렷하면, 꿈은 반드시 이루어진다

>> 꿈은 마침내 이루어진다. 꿈이란 내가 되고 싶은 먼 앞날의 '자화상'이다. (꿈을 이루기 위해) '변치 않을 확실한 목적을 정하고, 그 하나의 목표를 향해 꾸준히 걸어 나아가면 성공은 반드시 따라온다' (벤저민 디즈레일리)

미국의 하버드 대학교에서 '목표', 곧 꿈이 가져온 사실을 실증적으로 밝혀냈다. 여러 가지 조건과 환경이 엇비슷한 사람들을 대상으로 오랜 기간에 걸쳐 조사한 결과, 목표를 세우지 않았던 27퍼센트의 사람들은 25년이 지난 후, 남에게 기대려 하거나 때로는 원망하며 가난하고 어렵게 살았다. 60퍼센트의 가장 많은 사람들은 목표가 뚜렷하지 않고 희미하였는데, 평범하게 그럭저럭 살아가고 있었다. 여러 번 나누어 목표를 짧게 잡았던 10퍼센트의 사람들은 사회에 나름대로 이바지하는 의사, 변호사, 건축가, 경영인 등 전문가가 되었다.

그런데, 앞날을 멀리 내다보고 확고하게 목표를 세웠던 3퍼센트의 사람들은 국가·사회를 앞장서서 이끌어 가는 최고의 인사가 되어 있었다. 놀랍게도 꿈, 목표는 그것의 크기와 그에 대한 신념, 실천의지에 비례하여 이루어진다는 사실이 확인 된 것이다.

:: **먼저 꿈을 꾸지 않고서는 아무것도 이룰 수 없다**(칼 샌더버그).
:: **훌륭한 일을 이루려면 목표를 세우고 끊임없이 노력하여야 한다**(서경書經).
   功崇惟志 業廣惟勤 공숭유지 업광유근
:: **구하라, 그러면 찾을 것이요, 두드려라, 그러면 열릴 것이다**(신약성서).
   Seek, and you shall find; Knock, and it shall be opened.
:: **먼 훗날 내가 무엇이 되었을까를 지금, 항상 생각해라. 나의 앞날**(미래)**은 지금 내가 무엇을 생각하고 있느냐에 따라 달라진다. 나의 미래는 나의 미래가 결정짓는 게 아니라 나의 오늘이 결정짓는다**(정호승 시인).

❖ 川流不息 냇물은 흘러 쉬지 않고

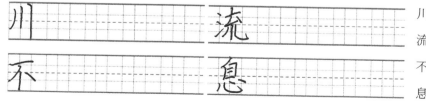

川 내 천(川邊, 山川)

流 흐를 류(流水, 上流)

不 아니 불(不可, 不得已)

息 쉴 식(安息, 休息)

>> 매일 1쪽씩만 습자習字(글씨 쓰기 익히기)하여야 하며, 반드시 정신을 집중하여 한 글자씩 천천히 임서臨書(글씨본 보고 따라 쓰기)한다.

훌륭한 일을 이루려면 목표를 세우고 끈임

없이 노력하여야 한다. 나의 앞날은 지금 내

가 무엇을 생각하고 있느냐에 따라 달라지

며 나의 오늘이 미래를 결정짓는 것이다.

❖ **淵澄取映** 연못의 물이 맑으면 비침을 취할 수 있다.

淵

澄

取

映

淵 못 연(淵源)

澄 맑을 징(澄水, 澄淸)

取 취할 취(取得, 攝取)

映 비칠 영(映畵, 反映)

안중근 의사, 위대한 평화주의 사상가

안중근安重根 의사는 1909년 10월 26일 이토 히로부미(伊藤博文이등박문)를 저격하고 이듬해 3월 26일 교수형을 당해 순국하였다. 사람들이 대개는 안중근을 일제의 원흉 이토를 처단한 열혈 청년, 가장 유명한 한 사람의 레지스탕스쯤으로만 생각한다. 그러나 조국의 독립과 정의·평화를 위하여 목숨까지 바쳤던 그가 유언으로 남긴 마지막 말은 두 가지의 비전vision, '조국광복과 동양평화'였다. 이렇듯 안 의사는 독립투사로써의 사명, 그 너머를 향한 평화의 지향과 실현의 원대한 희망, 이상理想을 지녔던 위대한 선구자·선각자이며, '평화주의 사상가'이다. 그러니 온 겨레와 지도자들은 그 대담고도 탁월한 사상을 잘 배워야 마땅하다.

1910년 일제 법정의 재판기록에 의하면 백 년 전, 안중근 의사는 그야말로 놀라운 제안을 한다. 동북아시아의 평화를 위하여 중국의 뤼순(旅順여순)에 한국. 중국, 일본 3국의 '공동평화회의 본부'를 두고, 각국의 국민으로부터 1원씩의 기금을 모아 '공동은행'을 설립한다는 것이었다. 은행 본점은 만주에, 지점은 경성(京城서울), 도쿄(東京동경), 베이징(北京북경)에 설치하여 '공통 화폐'를 사용한다. 아울러 세 나라 모두가 적어도 2개국의 언어를 사용함으로써 서로 소통·화합하며 아시아의 평화를 이룩하여야 함을 주창主唱하였다.

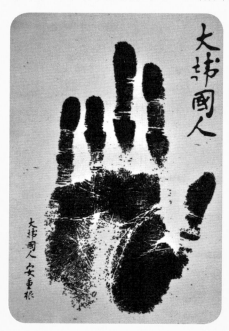

'동양평화론', 안중근 의사의 비전·이상이 발하는 그 숭고한 정신과 위대한 뜻을 되살리고, 그런 열린 마음으로 큰 꿈을 품는다면 우리 한겨레의 앞날은 찬란하게 밝아올 것이다.

특히 모든 지도자와 위정자들은 '안중근 정신'과, 살신성인殺身成仁함으로써 이를 몸소 실천한 안 의사의 행동 철학을 본 받아야 한다. 그리하면, 자신의 사명과 본분을 깊이 자각하여 그야말로 '지도자'답게 티끌만큼의 사리사욕도 없이 오로지 국리민복과 사회정의·평화를 이루고 인간의 존엄성을 지키는 데 헌신하게 될 것이다.

**숫자
쓰고
셈하기**

(   ) 안에 맞는 숫자를 바른 글씨(정서正書)로 써넣어 식을 완성하고, 정신을 집중하여 천천히 임서臨書(글씨본 보고 따라서 쓰기)한다.

※ 다음 단원, 114~125쪽의 '읽기 · 쓰기' 후에는 다른 교재로 5~10분 간 간단한 셈하기를 보충하도록 한다.

$$(\quad) + 180 = 200 - 20 + (\quad - \quad) = 400 - 40 = 360$$

$$(\quad) + 19 = 20 - 1 + (\quad - 1) = 40 - 2 = 38$$

**알파벳
(영문)
쓰기**

Talk about your own mistakes before criticizing the other person.
상대방을 비평하기 전에 자신의 잘못을 먼저 인정하라.

Talk about your own mistakes before criticizing

the other person.

36 | 소년이여, 큰 뜻을 품어라

>> '소년이여, 큰 뜻을 품어라!' Boys, be ambitious!(윌리엄 클라크) '큰 꿈(희망)이 큰 사람을 만든다. Great hopes make great man. 산은 오르는 사람에게만 정복된다'(토머스 풀러) 그러니 목표를 크게 세우고, 기왕이면 큰일을 하고 큰 인물, 훌륭한 사람이 되기로 마음먹고 열심히 노력하라.

일본 사람들이 많이 기르는 '고어'라는 잉어가 있다. 이 잉어를 작은 어항에다 기르면 5~8센티미터밖에 자라지 못한다. 하지만 큰 수족관이나 연못에서는 15~25센티미터까지 자라고, 강물에 놓아주면 1.2미터나 되는 대어로 큰다. 이처럼 뜻을 보다 더 크게 품고 더 높은 희망을 갖는다면, 더 큰일을 이룰 수 있고 큰 인물이 될 수 있다.

멀리 앞을 내다보며 큰 꿈, 원대한 희망을 품고, 목적의식이 확고하여 흔들림·변함없이 꿈을 향해 나아가면 누구든지 꿈을 이루고 훌륭한 사람이 될 수 있다. 그렇지만 원대한 목적을 단번에 이루어낼 수는 없으므로 다단계의 목표와 실행계획을 세우고, 한 단계씩 반드시 성공시켜 나가야 한다. 성공에서 성공으로 이르는 것이다. 아울러 명확하게 '목표를 글로 잘 써서 적어놓고 주기적으로 세부실행 계획(목표)을 기록하고 검토하여야 한다'(브라이언트 트레이시, '성취심리')

:: 희망하는 만큼 날아오른다. 사람은 자신의 바람 너머로 날아오르지 못한다. 자신에게 아무것도 바라지 않거나, 아주 작다면 전혀 크지 못하더라도 그것은 당연한 결과다(글린 어커렌, '행복을 부르는 12가지 주문').

:: 새우잠을 자더라도 고래 꿈을 꾸어라. 꿈은 꾸는 자의 것이다. 꿈이 없는 삶은 날개가 부러져 땅바닥에 주저앉아 죽어가는 새와 같다(정호승 시인).

:: 우리의 적은 목표가 너무 높아서 이루지 못하는 것이 아니라, 목표가 너무 낮아서 쉽게 이뤄버리는 것이다(미켈란젤로).

:: 하느님이 모든 사람의 이마에 새겨준 단어가 있는데, 그것은 '희망' 이다(빅토르 위고).

❖ 容止若思 용지容止(행동거지)는 생각하는 듯이 하고(예기禮記)

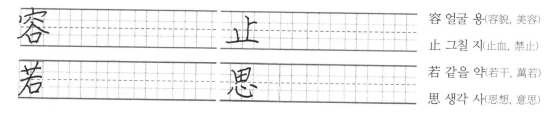

容 얼굴 용(容貌, 美容)

止 그칠 지(止血, 禁止)

若 같을 약(若干, 萬若)

思 생각 사(思想, 意思)

>> 매일 1쪽씩만 습자習字(글씨 쓰기 익히기)하여야 하며, 반드시 정신을 집중하여 한 글자씩 천천히 임서臨書(글씨본 보고 따라 쓰기)한다.

소년이여, 큰 뜻을 품어라! 새우잠을 자더라

도 고래꿈을 꾸어라. 자신에게 아무것도 바

라지 않거나, 아주 작다면 권혀 크지 못하더

라도 그것은 당연한 결과다.

❖ **言辭安定** 말소리는 조용하고 안정되어야 한다(예기禮記).

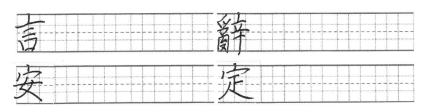

言 말씀 언(言論, 金言)

辭 말씀 사(辭典, 言辭)

安 편안 안(安全, 平安)

定 정할 정(定價, 判定)

37 | 조급하게 서두르지 않고 희망을 향해 꾸준하게 앞으로 나아간다

>> '높이 나는 새가 멀리 본다'(리처드 바크, '갈매기의 꿈') 희망을 크게 품고, 먼 앞을 내다보자. 큰 꿈은 단숨에 이루어지지 않는다. 삶은 백 미터 단거리 경주가 아닌 마라톤이다. 고통을 인내하며, 조급하게 서두르지 말고 한발 한발 희망을 향해 끊임없이 앞으로 나아가라!

나이 아흔 살의 노인 우공愚公이 태행산太行山과 왕옥산王屋山 두 산의 골짜기에 살고 있었는데, 어디를 가더라도 높은 산을 넘지 않고는 나갈 수가 없었다. 그래서 우공 노인은 어느 날, 온 가족이 모인 자리에서 산을 깎아 길을 내자고 했다. 이에 부인 한 사람만 "당신 힘으로는 낮은 언덕 하나도 파내기가 어려울 텐데 그 큰 산을 어떻게 깎아낸단 말이오."라며 고개를 갸우뚱거렸을 뿐, 다들 찬성하여 산을 깎아 흙을 퍼 나르는 공사를 시작하였다. 지수라는 사람이 이를 지켜보다가, "산을 깎아내려 하다니 노망이 든 게 아니오?"하고 핀잔을 주며 빈정거렸다. 그러나 우공은 "내가 곧 죽어도 아들이 있고, 아들 또한 자식이 있어 그 자손들이 대대손손 이어 갈 것이니 언젠가는 평지가 될 것이오"라며 자신 있게 말하였다. (愚公移山 우공이산)

'우공이 산을 옮긴다'는 이 고사성어故事成語는 중국의 마오쩌뚱(毛澤東모택동)이 공산혁명 시절 자주 쓰던 말이라 한다. 자신이 확신한 일은 다른 사람들이 어리석게 여겨질지라도 그 목표를 향해 끈기 있게 밀고 나가면 마침내 이루어진다는 뜻이다.

:: **도끼를 갈아서 바늘을 만든다.** 磨斧作侵 마부작침
:: **크게 될 사람은 늦게 이루어진다.** 大器晩成 대기만성
:: **노끈으로 톱질해도 나무가 잘리고, 끊임없이 떨어지는 물방울이 끝내는 바위를 뚫는다** (채근담菜根談). 繩鋸木斷 水滴穿石 승거목단 수적천석
:: **산을 옮기는 사람은 작은 돌을 나르는 것으로 시작한다.**
The man who removes a mountain begins by carrying away small stones.
:: **위대한 것은 하루아침에 만들어지지 않는다. 무화과를 먹고 싶다면 때를 기다리라고 말하겠다. 먼저 꽃을 피우고 열매를 맺은 뒤 익을 때를 기다려야 한다**(에픽 테토스).

❖ **篤初誠美** 처음에 독실하게 함이 참으로 아름답고

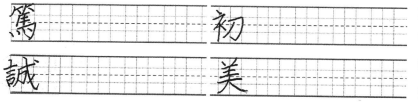

篤 도타울 독(篤實, 敦篤)

初 처음 초(初面, 最初)

誠 정성(진실로) 성(成實)

美 아름다울 미(美術)

>> 매일 1쪽씩만 습자習字(글씨 쓰기 익히기)하여야 하며, 반드시 정신을 집중하여 한 글자씩 천천히 임서臨書(글씨본 보고 따라 쓰기)한다.

삶은 백 미터 단거리 경주가 아닌 마라톤

이다. 고통을 인내하며, 조급하게 서두르지

말고 희망을 향해 끊임없이 앞으로 나아가

자. 도끼를 갈아서 바늘을 만든다.

❖ **愼終宜令** 마무리를 삼가 이루어 마땅히 좋게 하여야 한다.

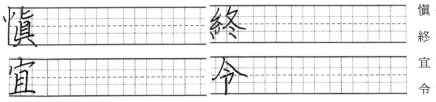

愼 삼갈 신(愼重, 勤愼)

終 마칠 종(終結, 始終)

宜 마땅 의(宜當, 便宜)

令 영(좋을) 령(法令)

38 | 내가 좋아 하는, 잘할 수 있는, 사회에 필요한 일을 찾아 최선을 다한다

>> 나는 무슨 일을 할 것이며, 어떤 사람이 될 것인가, 오래도록 깊이 잘 생각해 보자. 그리고 내가 무엇을 좋아하고 잘할 수 있는지, 내가 본받고 싶은 인물이 누구인지 찾아내자. 그렇게 하여 원대한 목표를 세우고, 열심히 노력하면 그 꿈이 마침내 이루어질 것이다.

노트에 꿈 목록을 정리한다. '내가 좋아하는 것', '잘할 수 있는 것'을 정리해 보면 정말 하고 싶은 것을 찾을 수 있다. 또한 그것이 '사회에 필요한 일'인가를 깊이 생각해 보고, 이 세 가지(기준)에 맞는 일을 찾아 온힘을 쏟아야 한다(정지훈, 중앙일보 '작심삼일 공부탈피'). 그렇게 하면, '꿈은 반드시 이루어진다.' 따라서 시간이 걸리더라도 조급해하거나 단념치 말고 준비하고 노력하며, 끝까지 끈기 있게 기다려야 한다.

'인물이 되려면 인물을 만나야 한다.' 그런데 본받을 만한 실제 인물을 만나는 것이 쉽지가 않다. 그럴 때는 좋은 책, 특히 위인전이나 고전을 읽어 역할 모델을 찾을 수 있다. 아울러 인생의 좌표가 될 명언이나 말씀 구절을 (정갈하게) 잘 써서 보이는 곳에 붙여두고 수시로 암송하도록 한다(차동엽, '무지개 원리').

:: 나만이 할 수 있는 일을 하라. 인생의 첫발을 내딛을 때, (무엇보다) 중요한 것은 다른 사람과는 다른 일을 하는 것이다. 머리를 짜내어 자신만의 강점을 발견하여라(루치아노 베네통).

:: 억지로 구해서 되는 것이 아니라면 나는 내가 좋아하는 것을 하겠다(논어論語).
　如不可求 從吾所好 여불가구 종오소호

:: 진정한 행복에 이르는 단 하나의 길은 자신의 강점을 발휘하는 것이다(마틴 셀리그만, '긍정 심리학').

:: 강을 따라 가라. 그러면 바다에 이를 것이다. Follow the river and you'll get to the sea.

❖ 榮業所基 영화로운 사업의 터전이 되는 바이고

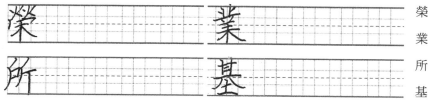

榮 영화 영(榮光, 虛榮)

業 업 업(業務, 生業, 卒業)

所 바 소(所藏, 所在, 場所)

基 터 기(基本, 基礎)

>> 매일 1쪽씩만 습자習字(글씨 쓰기 익히기)하여야 하며, 반드시 정신을 집중하여 한 글자씩 천천히 임서臨書(글씨본 보고 따라 쓰기)한다.

중요한 것은 다른 사람과는 같지 않은 일

을 하는 것이다. 머리를 짜내어 자신의 강점

을 발견하여라. 진정한 행복에 이르는 단 하

나의 길은 자신의 강점을 발휘하는 것이다.

❖ **籍甚無竟** 명성이 널리 퍼져(籍甚자심, 籍깔 적·자)다함이 없으리라.

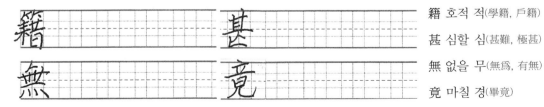

籍 호적 적(學籍, 戶籍)

甚 심할 심(甚難, 極甚)

無 없을 무(無爲, 有無)

竟 마칠 경(畢竟)

39 | '나는 이 세상에 오직 한 사람뿐이다', 자존감·신념이 넘치는 사람이 되라

>> 나만의 길, 나만의 모습, 나만의 색깔. 나는 이 세상에서 오직 한 사람뿐이다. 누가 뭐라 해도 나는 이 세상에 단 하나밖에 없는 고귀한 존재다. 나는 단 하나인 나다. 그러니 오늘, 다짐하여라. 그리하여 자존감과 신념이 굳건해지면 꿈을 이룰 수 있다.

※ 가능하면 다음의 글귀를 다 외워서 매일 한 번 이상 암송한다. – 자성예언自成豫言·Self-fulfilling prophecy(로버트 머튼)

"나는 이 세상에 단 하나밖에 없는 나다.
나는 내일을 즐겁게 해낼 수 있는 현명한 사람이다.
나는 어떤 일이든 모두 할 수 있는 재능을 가졌다.
나는 남들과 달리 일 처리할 수 있는 창의력을 가졌다.
내 모든 일들은 나 자신과 가족, 모든 이웃들을 위한 축복이다." (박정수, '오늘을 사는 지혜')

:: 자존감이란 무엇인가? 살면서 부딪히는 여러 가지 문제를 자신이 해결할 수 있고, 자신은 행복을 누릴 만한 가치(자격)이 있다고 믿는 것이다(나다니엘 브랜든).
:: 아무도 넘볼 수 없는 존재가 되려면 항상 달라야 한다(이미도, 문화일보 '인생을 바꾼 대명사'). In order to be irreplaceable one must always be different.
:: 군자는 남들과 조화를 이루지만 똑같이 하지 않고, 소인은 남들과 똑같이 하지만 조화를 이루지 못한다(논어論語). 君子和而不同 군자화이부동 小人同而不和 소인동이불화
:: 독립심이나 개성은 자기주장이며 자기표현과 한 세트로 되어 있다. 자기를 바로 세우고 새롭게 창조하는 것은 먼저 자기가 남다른 개성을 가졌음을 인식해야(알아야)한다. 점점 자신감을 잃어가고 흔들리는 것은 자기를 확립하지 못했기 때문이다(마빈 토케이어).

✸ 學優登仕 배우고 나서 여유가 있으면 벼슬에 올라 (논어論語)

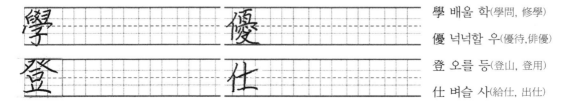

學 배울 학(學問, 修學)
優 넉넉할 우(優待, 俳優)
登 오를 등(登山, 登用)
仕 벼슬 사(給仕, 出仕)

>> 매일 1쪽씩만 습자習字(글씨 쓰기 익히기)하여야 하며, 반드시 정신을 집중하여 한 글자씩 천천히 임서臨書(글씨본 보고 따라 쓰기)한다.

아무도 넘볼 수 없는 존재가 되려면 항상

달라야 한다. 군자는 남들과 조화를 이루지

만 똑같이 하지 않고, 소인은 남들과 똑같이

하지만 조화를 이루지 못한다.

❖ **攝職從政** 관직을 맡아 정사政事에 이바지 한다.

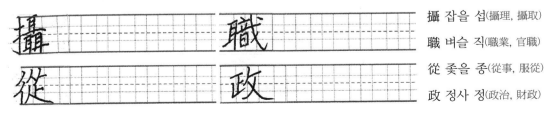

攝 잡을 섭(攝理, 攝取)

職 벼슬 직(職業, 官職)

從 좇을 종(從事, 服從)

政 정사 정(政治, 財政)

///// **Chapter 07**

힘 · 실력을 기르는
공부, 면학의 길

+

아무리 지극한 도道(도리와 기예, 방편 등)가 있다한들
배우지 않으면 그 훌륭함을 알 수가 없다.

예기禮記

지력과 인성을 기르는 힘

파워 독 · 서 · 산

− 읽기 · 쓰기 · 셈하기

Reading ·hand writhing ·mental arithmetic power

40 | 꿈, 목표를 이루기 위해서 열심히 공부한다

>> 내가 좋아 하고 잘할 수 있고 사회에서 필요로 하는 것을 찾아 목적을 정하여라. 그 목표, 큰 꿈을 이루려면 지식·기술과 지혜, 곧 힘이 있어야한다. '아는 것이 힘이다'For knowledge itself is power. (프란시스 베이컨) 그 힘을 기르기 위하여 지금부터 열심히 공부한다.

세상을 강자와 약자, 성공과 실패로 나누지 않는다. 세상을 배우는 자와 배우지 않는 자로 나눈다. 배우는 사람은 성공할, 깨우칠, 스스로의 한계를 인정할, 삶의 내용을 꽉꽉 채워갈, 젊게 살, 항상 꿈을 꿀 가능성이 높다(벤저민 바버).

뿐만 아니라 배워서 '깨달아 앎'(知得지득), 그 자체가 큰 즐거움이고 기쁨이며, 배움은 교양敎養을 쌓고 진리眞理를 터득케 하여 사람다운 품격(인격, 인성)을 갖추고 가치관(인생관)을 바로 세우게 한다. 다른 무엇보다 큰 '배움의 가치'는 공부하여 얻은 지식과 성찰을 통해 지혜를 키우는 것이다. 이렇게 지혜가 합쳐진 지식·기술은 강한 힘, 에너지며 그것은 꿈을 이루는 원동력이다. 그러므로 희망을 성취하고 사람답게 잘살기 위해서는 끊임없이 열심히 공부하지 않으면 안 된다.

:: 어떤 분야에서든 유능해지고 성공하기 위해선 세 가지가 필요하다. 타고난 천성과 공부 그리고 부단한 노력이 그것이다(헨리 워드 비처).
:: 젊었을 때 배움을 게을리 한 사람은 과거를 상실하며 미래도 없다(에우리피데스).
:: 3년을 배우고도 얻지 못하는 사람을 쉽게 볼 수 없다. – 공부가 3년이면 이룰 수 있다.
三年學 不至於穀 不易得也 삼년학 부지어곡 불이득야
:: 지금 잠을 자면 꿈을 꾸지만, 지금 공부하면 꿈을 이룬다.
Sleep now, you will be dreaming, study now, you will be achieving your dream.
:: 공부가 인생의 전부는 아니다. 그러나 인생의 전부도 아닌 공부하나 정복하지 못한다면 어떤 일을 할 수 있겠는가(하버드대 도서관 경구)

✤ 存以甘棠 소공召公이 감당甘棠나무 아래에 있었으니

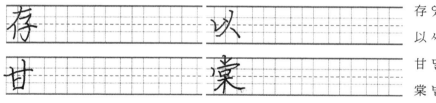

存 있을 존(存在, 保存)
以 써 이(以上,以心傳心)
甘 달 감(甘味,甘言利說)
棠 밭배나무 당(海棠花)

>> 매일 1쪽씩만 습자習字(글씨 쓰기 익히기)하여야 하며, 반드시 정신을 집중하여 한 글자씩 천천
히 임서臨書(글씨본 보고 따라 쓰기)한다.

젊어서 배움을 게을리 하면 과거를 잃고

미래도 없다. 공부가 인생의 전부는 아니지

만, 인생의 전부도 아닌 공부하나 정복하지

못한다면 어떤 일을 할 수 있겠는가.

❖ **去而益詠** 떠나감에 더더욱 (흠모하여) 감당시甘棠詩를 읊었다.

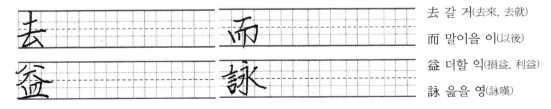

去 갈 거(去來, 去就)

而 말이을 이(以後)

益 더할 익(損益, 利益)

詠 읊을 영(詠嘆)

나에게만 주어진 길, 그 길을 찾아 앞으로 나아가자

'인간이란 혼자 있으면 불완전하지만, 매일이 마지막 날인 것처럼 인생을 살아간다면 어느 날 매우 분명하게 바른 길에 서있는 자신을 만날 수 있을 것이다'

17세의 청년 스티브 잡스가 자신의 앞날을 결정짓는 이 경구警句를 읽었다. 그는 그때로 부터 세상을 등지기까지 37년 동안을 하루도 거르지 않고 아침마다 거울을 보며 자문自問하였다고 한다.

"오늘이 내 인생의 마지막 날이라면 나는 지금부터 하고자 하는 이 일을 할 것인가?"

세상사람 한 사람 한 사람마다 하느님이 정해준 길이 있다. 어떤 길인지는 잘 알 수 없으나 누구도 대신 걸을 수 없는 귀중貴重한 길이다. 자신만이 갈 수 있는, 단 한 번밖에 기회가 주어지지 않는 길이다. 이야말로 하느님의 섭리임에 분명하지만, 결코 성인군자만 알 수 있는 것은 아니다. 성인보다는 쉽지 않겠지만 누구든지 노력만하면 얼마든지 그렇게 할 수 있다. 그러므로 잘 살피고 깊이 생각하여 '자신의 길'을 찾아야만 하고, 그 길이 힘들고 어렵더라도 주저앉지 말고 멈춤 없이 걸어가야 한다. 나만이 걸을 수 있고, 나에게만 주어진 그 무엇과도 바꿀 수 없는 유일한 길이 아닌가. 그러니 그 길을 따라 마음을 다잡고 힘차게 걸어 앞으로 나아가야 한다. 목표를 향하여, 성공을 위하여!

<table>
<tr><td>숫자
쓰고
셈하기</td><td>(   ) 안에 맞는 숫자를 바른 글씨(정서正書)로 써넣어 식을 완성하고, 정신을 집
중하여 천천히 임서臨書(글씨본 보고 따라서 쓰기)한다.</td></tr>
</table>

※ 다음 단원, 128~137쪽의 '읽기·쓰기' 후에는 다른 교재로 5~10분 간 간단한 셈하기를 보충하도록 한다.

$$401 \times 399 = (\quad - \quad) \times (\quad - \quad) = 160000 - 1 = 159999$$

$$73 + (\quad) = (\quad + \quad) + 70 + 3 = (\quad + \quad) = 146$$

<table>
<tr><td>알파벳
(영문)
쓰기</td><td>To make your children capable of honesty is beginning of education.
어린이를 정직한 아이로 키우는 것이 교육의 시작이다.
Honesty is the best policy. 정직이 최상의 방책이다.</td></tr>
</table>

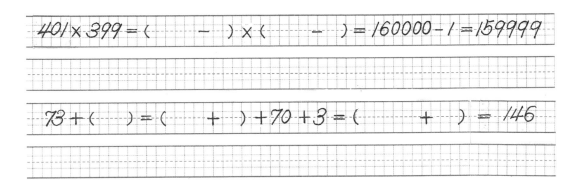

To make your children capable of honesty is begi-

nning of education. Honesty is the best policy.

41 | 공부의 주도권을 잡아라. 그리하여 즐거운 마음으로 공부한다

>> 내가 좋아하는 것, 꼭 하고 싶고 간절하게 바라는 일, 그 꿈을 반드시 이루기 위하여 언제나 변함없이 열심히 공부한다. 그러니 공부가 더없이 즐겁다. '배우고 때로 익히니 또한 기쁘지 아니한가' 學而時習之不亦說乎 학이시습지불역열호 (논어論語)

꿈의 성취보다 더 큰 행복은 없다. 그 꿈을 이룰 수 있는 '힘'(실력)을 기르고, '길'(方道방도)을 찾기 위해 공부하는 것이다. 꿈과 공부, 그것이 그렇게 중요함(배움의 가치)을 똑똑히 안다면, 큰 꿈, 원대한 희망을 품어야 하고 열심히 공부해야 마땅하다. 공부를 잘하려면 공부에 얽매여 마지못해 끌려가듯 해서는 안 되고, 자기 자신이 공부의 주도권을 잡아야한다. (주도권을 잡는 그자체가 멋지지 않은가. 왜냐하면 주체적主體的이기 때문이다) 스스로 주도하여 공부하기 위해서는 굳은 결의와 함께, 늘 '배움의 가치'를 생각하면서 그 기쁨을 느끼며 즐거운 마음으로 공부해야 한다.

공부하기가 힘들어질 때는 마음속으로 내가 시험 잘 보는 장면, 상 받는 장면, 부러움과 칭찬 받는 장면을 그려 본다. (이미지트레이닝 · 시각화visualization, 자기암시) 그런 즐거운 생각, 기쁜 마음은 무슨 일이든 가장 쉽고 빠르게, 가장 큰 성과를 거둘 수 있는 에너지가 된다.

:: 알기만 하는 사람은 좋아하는 사람만 못하고, 좋아하는 사람은 즐길 줄 아는 사람만 못하다(논어論語). 知之者 不如好之者 지지자 불여호지자 好之者 不如樂之者 호지자 불여락지자
:: 목적 없는 공부는 기억에 해가 될 뿐, 머릿속에 들어온 어떤 것도 간직하지 못한다(레오나르도 다빈치).
:: 한번 공부하는 습관을 붙이기만하면 공부하지 않고는 못 배기게 되는 법이다. 세상 모든 것이 공부에 달려 있는데, 이는 학문으로써 자신을 더 낫게 만들 수 있기에 그러하다 (루이 빠소뜰).
:: 공부할 때의 고통은 잠깐이지만 못 배운 고통은 평생 간다(하버드대 도서관 경구).

❖ 樂殊貴賤 음악은 귀천貴賤에 따라 다르고

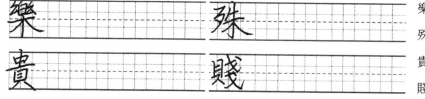

樂 풍류 악(樂園, 音樂)

殊 다를 수(殊常, 特殊)

貴 귀할 귀(貴賓, 高貴)

賤 천할 천(賤待, 貧賤)

>> 매일 1쪽씩만 습자習字(글씨 쓰기 익히기)하여야 하며, 반드시 정신을 집중하여 한 글자씩 천천
히 임서臨書(글씨본 보고 따라 쓰기)한다.

즐겁게 공부해라. 알기만 하는 사람은 좋아

하는 사람만 못 하고 좋아하는 사람은 즐길

줄 아는 사람만 못하다. 공부할 때의 고통은

잠깐이지만 못 배운 고통은 평생 간다.

❖ 禮別尊卑 예절은 높음과 낮음을 가린다.

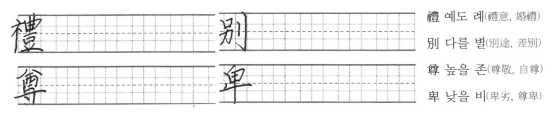

禮 예도 례(禮意, 婚禮)

別 다를 별(別途, 差別)

尊 높을 존(尊敬, 自尊)

卑 낮을 비(卑劣, 尊卑)

42 | 폭넓은 공부를 해야 한다. '열린 마음'으로 모든 것을 받아들여라

>> 공부는 꿈을 이루어 행복하게 잘살기 위해서 한다. 그 꿈이 더 아름다워 지려면, 사람답게 바르게 살아야 한다. 제대로 잘 배우고 바르게 생각하여 그 방법을 터득하여야 한다. 그것은 열린 마음, 곧 '겸손'함이다. '근본이 서야 길이 생긴다' 本立而道生 본립이도생 (논어論語)

지성에서는 그리스인보다 못하고, 체력에서는 켈트인·게르만인보다 못하고, 기술에서는 에트루리아인보다 못하며, 경제력에서는 카르타고보다 뒤떨어졌던 로마제국. 그런데도 세계 사상 유례를 찾아볼 수 없는 번영을 누린 이 고대국가가 오늘날까지 그 위대함이 빛바래지 않은 것은 어디에서 기인하는가(에드워드 기번, '로마제국 쇠망사'). 그것은 로마인들이 그들보다 뛰어난 모든 것을 서슴없이 받아들였기 때문이다.

배우기를 잘하기 위해서도 로마인들이 그러했듯이 '열린 마음' open mind를 가져야 하고, 자신(자아)에 대한 집착(我執아집)을 버려야 한다. 그래야 마음이 열리고, 열린 마음이어야 폭넓게 받아들여 제대로 배울 수 있기 때문이다. 이를 위해서는 한없이 겸손하여야 한다. 겸손은 열린 마음의 문門이며, 그 문을 통해 무엇이든 끌어들일 수 있다. 공부는 모든 것(지식·기술, 경험 등)을 받아들여 '깨달아 앎'으로써 지혜, 곧 세상살이를 위한 힘을 기르는 것이다. 그러므로 모든 면에서 개방적이었고, 사사로이 집착치 않는 포용과 겸허함으로 '힘'을 키웠던 로마인의 정신과 태도를 본받아야 할 것이다.

:: 배움이 모두 이익과 관계를 맺고 있다. 그러나 배움은 가장 폭이 넓은 것이어야 한다. 그렇지 않으면 사람이 살아가는 데 도움이 되지 않는다(마빈 토케이어, '탈무드적 처세술').
:: 바다는 모든 시내를 받아들인다. 그래서 이름이 '바다'이다. 바다가 물을 모으는(能成其大 능성기대) 비결은 자신을 가장 낮은 곳에 두는 데 있다(신영복, '처음처럼').
:: 일을 그르치고 잃어 버려 기회를 놓친 자는 고집불통인 사람들이다(채근담菜根談).
  憤事失機者 必執拗之人 분사실기자 필집요지인
:: 지식의 길을 올라가면 겸허의 꼭대기에 이른다(탈무드).

❖ 上和下睦 위에서 화和하면 아래서도 화목和睦하고

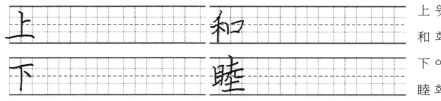

上 윗 상(上官, 頂上)
和 화할 화(和色, 溫和)
下 아래 하(下級, 下層)
睦 화목할 목(親睦,和睦)

>> 매일 1쪽씩만 습자習字(글씨 쓰기 익히기)하여야 하며, 반드시 정신을 집중하여 한 글자씩 천천히 임서臨書(글씨본 보고 따라 쓰기)한다.

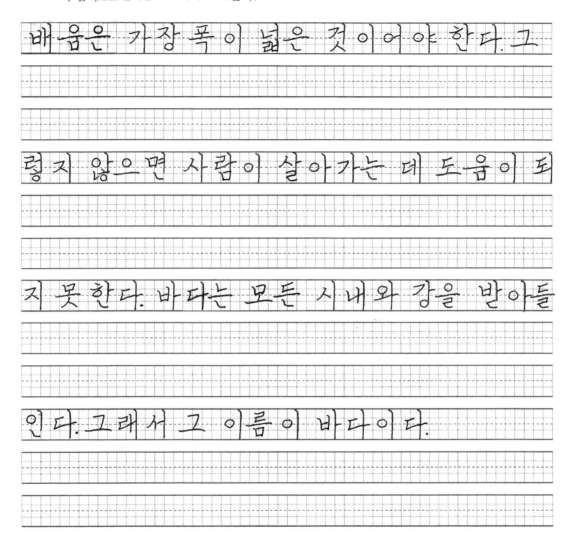

배움은 가장 폭이 넓은 것이어야 한다. 그

렁지 않으면 사람이 살아가는 데 도움이 되

지 못한다. 바다는 모든 시내와 강을 받아들

인다. 그래서 그 이름이 바다이다.

❖ **夫唱婦隨** 남편이 먼저 하면 부인은 따라 한다.

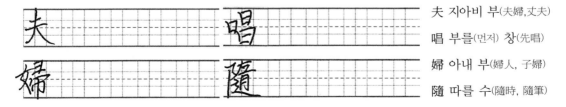

夫 지아비 부(夫婦, 丈夫)

唱 부를(먼저) 창 (先唱)

婦 아내 부(婦人, 子婦)

隨 따를 수(隨時, 隨筆)

43 | 책은 지식, 지혜의 보고다. 열심히 책을 읽는다

>> '학교에서는 공부보다 벗(學友학우)들과의 어울림이 더 중요하다. 공부는 도서관에서 해라'(탈무드) 교우交友의 중요성을 강조한 말이지만 자습, 특히 독서의 유효함도 암시한다. 책은 지식 · 지혜의 보고이니 독서에 힘써 앎(지식)과 헤아림(지혜)의 폭이 넓어지면 꿈이 이루어진다.

독서를 통하여 '꿈과 희망'을 이룬 사람들, 카이사르, 손강과 차윤, 최치원, 이율곡, 나폴레옹, 링컨, 에디슨, 정약용, 처칠, 워런 버핏, 빌게이츠 등, 수많은 위인들이 열심히 책을 읽어 지혜를 얻었고 책속에서 길을 찾아 정상에 올랐다.

우리의 꿈에 가장 크게 영향을 미치는 것은 책이다. 마르틴 루터의 격문, 혁명을 일으킨 계몽주의 철학자들의 책 등등, 고고학의 아버지인 슐레이만은 '오디세이 일리아드'를 보고 트로이의 유물 발굴의 꿈을 꾸었으며, 주위의 온갖 조롱을 이기고 이루어냈다. 콜럼버스는 제노바 감옥에서 마르코 폴로의 '동방견문록'을 읽고 대륙 발견을 향해 떠났다. 정조의 죽음 후 18년 동안 유배당한 다산 정약용은 유배지에서 책을 탐독했다. 고향으로 돌아와 20여 년간 저술활동을 한 그는 '목민심서'를 비롯한 많은 글들을 남길 수 있었다. 그는 두 아들에게도 간곡하게 독서를 권하였다(이광재, '같은 강물에 발을 두 번 담글 수 없다').

:: 좋은 책을 읽는다는 것은 과거의 가장 훌륭한 사람과 대화하는 것이다(데카르트).
:: 책을 읽는 것보다 이치의 연구를 먼저 할 것이 아니다. 선현의 마음 쓴 자취와, 선악의 본받고 경계해야 할 것이 모두 책에 쓰여 있기 때문이다(격몽요결擊蒙要訣). 窮理莫先乎讀書 궁리막선호독서 以聖賢用心之迹, 이성현심지적/ 反善惡之可戒者 皆在於書故也. 반선악지가계자 개재어서고야
:: 책은 인생의 험한 바다를 항해하는 데 도움이 되도록 다른 사람들이 마련해 준 나침판이고, 망원경이고, 육분의六分儀며, 도표道標이다(베네트).
:: 책속에는 과거의 모든 혼(정신)이 있다. 육체와 물질이 다 사라진 후에도 뚜렷하게 들리는 음성으로 남아서 생각하고 행하며 얻은 모든 것이 책장 속에 놓여 있다. 그 책을 인간이 고르고 골라서 갖게 된 것이다(칼라일).

❖ 外受傳訓 밖에서는 스승의 가르침을 받고

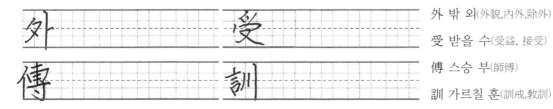

外 밖 외(外貌,內外,除外)
受 받을 수(受益, 接受)
傅 스승 부(師傅)
訓 가르칠 훈(訓戒,敎訓)

>> 매일 1쪽씩만 습자習字(글씨 쓰기 익히기)하여야 하며, 반드시 정신을 집중하여 한 글자씩 천천히 임서臨書(글씨본 보고 따라 쓰기)한다.

독서를 통해 꿈을 이룬 사람들, 카이사르·손

강과 차윤·이율곡·나폴레옹·에디슨·정다산

처칠·워런 버핏 등, 수많은 위인들이 열심히

책을 읽어 지혜를 쌓고, 정상에 올라섰다.

✤ **入奉母儀** 들어가서는 어머니의 거동을 받든다.

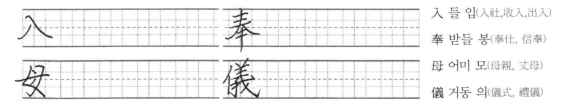

入 들 입(入社, 收入, 出入)
奉 받들 봉(奉仕, 信奉)
母 어미 모(母親, 丈母)
儀 거동 의(儀式, 禮儀)

소리 내어 읽기

44 | 독서계획을 세우고, 정독·숙독하며, 독후감을 써서 책읽기를 마무리한다

>> '독서계획'을 세워 고전과 인문학서 그리고 가장 필요한 책을 먼저 읽고, 그다음에 다른 책을 읽어야 한다. 수박 겉핥기 식(走馬看山주마간산)은 안 된다. '정독·숙독'을 거듭하여 내용을 완전히 터득하고 익혀야 한다. 그런 후에 간략하게나마 독후감을 써서 마무리 한다.

미국의 콜롬비아 대학에서 한 여학생이 레이먼드 위버 교수에게 요즘 가장 인기를 끌고 있는 베스트셀러를 읽었는지를 물었다. "아직 읽지 못했네"라고 위버 교수가 대답하자, 그 여학생은 뜻밖이라는 표정으로 말했다. "교수님, 그 책은 나온 지가 벌써 석 달이나 지났습니다. 빨리 읽어보셔야겠습니다" 이에 위버 교수가 되물었다. "그럼, 단테의 '신곡'은 읽었나?" 학생은 읽지 못했다고 대답했고, 다시 위버 교수는 말했다. "그 책은 말이야, 나온 지가 6백년도 더 됐다네. 얼른 읽어보시게"

'모든 분야의 책을 닥치는 대로 읽을게 아니라, 자신이 해야 할 분야의 책을 모조리 읽어라. 그것도 다른 사람보다 5배 이상 집중적으로 읽으면 성공할 수 있다' 세계 제일의 부자 워런 버핏의 조언이다. 그는 19살 때 벤저민 그레이엄의 '현명한 투자자'를 읽었고, (독서가) 성공의 터닝 포인트가 되었다.

:: 무릇 책을 읽을 때는 하나의 책을 익숙하게 읽어서 그 뜻을 깨닫고 꿰뚫어 통달하여 의구심이 없는 뒤에야 다른 책을 읽을 것이며, 많이 읽기를 탐하고 힘을 다 쏟아 급하게 섭렵하지 말아야 할 것이다(격몽요결擊蒙要訣).

凡讀書必熟讀一冊 盡曉義趣, 범독서필숙독일책 진효의취 貫通無疑然後/ 乃改讀他書. 관통무의연후 내개독타서 不可貪多務得 忙迫涉獵也. 불가탐다무득 망박섭렵야

:: 정평이 있는 고전부터 시작하라. 유행하는 작품을 선택할 안목도 없고 새로운 것은 오늘 아름답다하더라도 내일은 별것이 아닌 경우가 많다(프란츠 카프카).

:: 많이 읽어라. 그러나 많은 책을 읽지는 말아라(플리우스).

❖ **諸姑伯叔** 고모姑母와 백부伯父, 숙부叔父 모두는

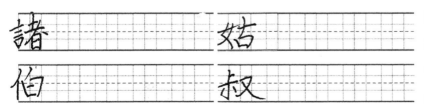

諸 모두 제(諸君, 諸般)

姑 고모 고(姑母, 姑婦)

伯 맏 백(伯叔, 畵伯)

叔 아재 숙(叔父, 外叔)

134　지적능력과 인성을 기르는 힘 파워 독·서·산

>> 매일 1쪽씩만 습자習字(글씨 쓰기 익히기)하여야 하며, 반드시 정신을 집중하여 한 글자씩 천천히 임서臨書(글씨본 보고 따라 쓰기)한다.

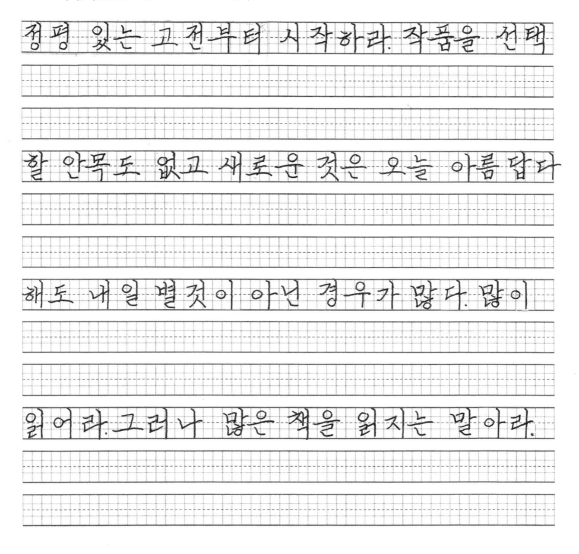

정평 있는 고전부터 시작하라. 작품을 선택

할 안목도 없고 새로운 것은 오늘 아름답다

해도 내일 별것이 아닌 경우가 많다. 많이

읽어라. 그러나 많은 책을 읽지는 말아라.

❖ **猶子比兒** (조카를) 아들처럼 대하여 자기 아이에게 견주게 된다.

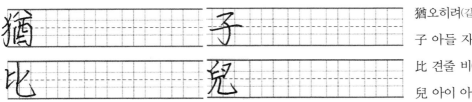

猶 오히려(같을) 유(猶豫)

子 아들 자(子女, 孫子)

比 견줄 비(比較, 對比)

兒 아이 아(兒童, 男兒)

45 | 어릴 때부터 제대로 공부해야 하고, 평생토록 멈춤이 없어야 한다

>> '배움에는 나이가 없다' On apprend a tout age. (프랑스속담) 어릴 때부터 제대로 공부해야 하고, 평생토록 열심히 해야 한다. 게을리 하여 머뭇거리거나 멈춰서는 안 된다. 조금 더 일찍 시작해서 천천히 꾸준하게 배움의 길을 걸어 '희망'을 향하여 힘차게 앞으로 나아가라.

배움이란 결코 쉽지가 않고, 시간은 강물처럼 멈추지 않고 쏜살같이 빠르게 지나간다. 그러므로 나이가 어리다는 것이 공부를 미루어도 되는 이유는 못된다. 이율곡 선생은 여덟 살 어린나이에 (초등학교 고학년은 그다지 어린나이가 아니다) 벌써 화석정에 올라 임진강을 바라보며 (다음의) 시를 지어 읊었고, 13살에는 과거 급제하여 진사가 되었다.

숲속 정자에는 이미 가을이 깊었건만	林亭秋已晚 임정추이만
나그네 회포는 끝 간 데 없네	騷客意無窮 소객의무궁
멀리 강물은 하늘에 닿아 푸르고	遠水連天碧 원수연천벽
서리 내린 단풍이 해를 향해 더욱 붉다	霜楓向日紅 상풍향일홍
산은 외로운 달빛을 토해 내고	山吐孤輪月 산토고륜월
강은 만리 바람을 머금었어라	江含萬里風 강함만리풍
변방의 기러기는 어디로 날아가는가	塞鴻何處去 새홍하처거
울음소리조차 저녁 구름 속에 그쳐라	聲斷莫雲中 성단막운중

:: 유대인은 교육열이 높아서 세 살부터 어린이들에게 매주 엿새 동안 하루에 6~10시간 공부를 시킨다. 학교나 선생님의 집에서 토라나 탈무드(삶의 태도 · 지혜)를 열심히 배워 버머츠마(성인식)에 대비한다(마빈 토케이어, '탈무드적 처세술).

:: 어린이는 쉬 나이가 드나 배움을 이루기는 어려우니, 아주 짧은 시간이라도 가벼이 여겨서는 아니 된다(주희朱熹). 少年易老學難成 소년이로학난성 一寸光陰不可輕 일촌광음불가경

❖ 孔懷兄弟 깊이 생각해 주는 형과 아우는

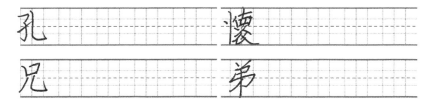

孔 구멍(심할) 공(孔孟)
懷 품을(생각) 회(感懷)
兄 맏 형(兄夫, 學父兄)
弟 아우 제(弟嫂, 師弟)

>> 매일 1쪽씩만 습자習字(글씨 쓰기 익히기)하여야 하며, 반드시 정신을 집중하여 한 글자씩 천천히 임서臨書(글씨본 보고 따라 쓰기)한다.

배움이란 결코 쉽지 않고 시간은 강물처

럼 쉬지 않고 쏜살같이 빠르게 지나간다.

그러므로 어릴 때부터 공부해야 하고, 평생

토록 멈춤없이 열심히 하여야 한다.

❖ **同氣連枝** 기운이 같고 가지는 연하여 있다.

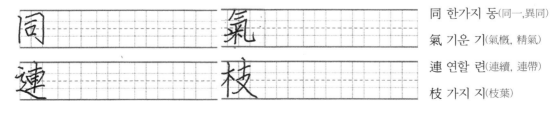

同 한가지 동(同一, 異同)

氣 기운 기(氣槪, 精氣)

連 연할 련(連續, 連帶)

枝 가지 지(枝葉)

왜, 무엇을, 어떻게 읽어야 하는가?

책을 왜 읽어야만 하는가? '많이 보고 많이 겪고 많이 공부하는 것은 배움의 세 기둥이다'(벤저민 로즈레일리) 책을 읽어야 하는 까닭은 책 속에서 많은 것을 보고 겪고 공부할 수 있기 때문이다. 그런가하면, 안중근安重根의사는 옥중에서 이런 말을 쓴 유묵遺墨을 남겼다. '하루라도 글을 읽지 않으면 입안에 가시가 돋힌다' 一日不讀書口中生荊棘 일일부독서구중생형극 (추구推句) 이처럼 독서는 하루도 걸러서는 안 될 마음, 정신의 밥이기도 하다. 그러므로 밥을 먹듯 하루도 빠짐없이 매일 책을 읽어야 하는 것이다.

무엇을 읽어야 하는가? 사람이 밥을 먹을 때 구미에 당기는 것만 먹어서는 안 되고, 영양가 많은 것을 먹어야 한다. 마찬가지로 정신의 밥, 독서도 넘쳐 나는 잡서들을 멀리하고 양서(지식·정보보다는 문학, 고전 등)를 골라 읽음으로써 정신의 자양분을 얻어야 한다. 편식하듯 재미에만 빠지는 것은 오히려 독이 될 수도 있으니 경계해야 할 것이다.

어떻게 읽을 것인가? 가장 중요하고도 어려운 문제다. 주희朱熹의 독서삼도讀書三到, 즉 '글의 참뜻을 깨달으려면 마음(심도心到), 눈(안도眼到), 입(구도口到)을 오로지 읽기에 집중하는 것'이 독서법의 핵심이라 할 수 있다.

첫째, 한 가지에 뜻을 두고 한 책만을 읽는다. '필독서'를 정하여 정독精讀·숙독熟讀, 밥을 꼭꼭 씹어 먹듯이 몰입하는 독서를 해야 한다. 따라서 난독亂讀을 삼가고, 한 권의 책을 다 읽기 전에는 다른 책을 읽지 말아야 한다. 이미 많은 책을 읽었다면, 새로 나온 책보다는 읽었던 책을 다시 되풀이 하여 읽는 것이 좋다. (讀書百遍義自見 독서백편의자현)

둘째, 한 구절을 읽더라도 깨달아서 마음에 새겨야만 한다. 정신을 집중하여 읽은 후, 마음에 와 닿는 대목은 밑줄을 긋고 분명하게 소리 내어 여러 번 읽어서 달달 외운다. 그리고 암기한 내용을 정갈하게 써보도록 한다. 왜냐하면 의미를 형상화形象化하는 부지런한 손놀림은 정교한 정신작용을 하므로 외우는 것 이상으로 효과가 크기 때문이며, 다 읽고 나서는 독후감을 써서 덧붙이면 훌륭한 독서노트가 만들어질 것이다. 아울러 이해가 잘 안 되는 낱말은 체크를 했다가 뜻을 확인하고 (단어장을 만들어) 메모한다.

셋째, 책을 읽는 마음과 자세 또한 중요하다. 책을 읽기 전에 자세를 바르게 하고 숨을 가다듬어 마음을 차분하게 가라앉힌다. 경건하게 읽으면 무게가 있고, 건성으로 읽으면 경박해지니 평정平靜한 마음으로 읽어야 한다. 그리고 진득하게 꾸준한 '성실성'은 그 무엇도 당할 수 없다. 욕심을 부려 단번에 다 읽으려들지 말고 천천히 매일 읽도록 한다.

특히, 폭 넓고 깊이 있는 독서가 되어야 한다. 똑같은 책을 보더라도 출세를 목적으로 한 공부와, 삶에 대한 문제의식을 갖고 하는 공부 사이에는 큰 차이가 있다(안광복, '처음 읽는 서양철학사'). 그러므로 자신만의 전문서적을 탐독할 뿐 아니라, 인문학(문文사史철哲)적 소양을 쌓아 '정신의 힘'을 기르는 것이 더없이 큰 독서의 목적임을 알아야 할 것이다.

숫자 쓰고 셈하기

( ) 안에 맞는 숫자를 바른 글씨(정서正書)로 써넣어 식을 완성하고, 정신을 집중하여 천천히 임서臨書(글씨본 보고 따라서 쓰기)한다.

※ 다음 단원, 140~151쪽의 '읽기·쓰기' 후에는 다른 교재로 5~10분 간 간단한 셈하기를 보충하도록 한다.

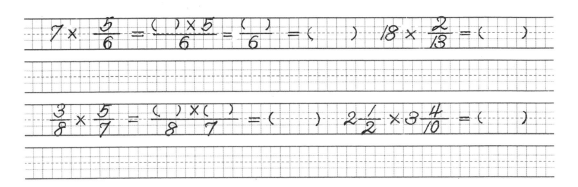

$$7 \times \frac{5}{6} = \frac{(\quad) \times 5}{6} = \frac{(\quad)}{6} = (\quad) \qquad 18 \times \frac{2}{13} = (\quad)$$

$$\frac{3}{8} \times \frac{5}{7} = \frac{(\quad) \times (\quad)}{8 \quad 7} = (\quad) \qquad 2\frac{1}{2} \times 3\frac{4}{10} = (\quad)$$

알파벳 (영문) 쓰기

Seek, and you shall find; Knock, and it shall be opened.
구하라, 그러면 찾을 것이요, 두드려라, 그러면 열릴 것이다.

Seek, and you shall find; Knock, and it shall be opened.

46 | 누구든 공부해야 한다. 남녀노소, 빈부귀천 등을 가릴 게 없다

>> 위대한 성인 공자孔子는 한평생 자신이 '배우기 좋아함'(好學호학)을 밝혀 거리낌 없이 말했는데, 이는 '학문·공부'가 인격을 갈고닦아 사람답게 잘 사는 바른 길이기에 그러했다. 그처럼 사람이면 누구든지 늘 자신의 모자람을 생각하여 평생토록 기꺼이 배움에 힘써야 한다.

"누구든 공부하게 도와라" 탄허스님은 승려만이 아니라 부엌에서 일하는 사람, 부목負木들도 함께 공부하게 하였다. 식사 준비 때문에 강의에 빠지지 않도록 아침에 점심밥까지 하게하여 3년 동안 점심을 찬밥으로 때우기도 하였다. 탄허스님은 "늘 초심자처럼 배워라"는 말을 몸소 행했는데, 대학 수련대회(월정사)에서 신학문 강의를 제자들과 함께 앉아 놓치지 않고 들었다. 배우는 데 나이의 고하를 가리지 않았다. '학문의 세계는 끝이 없다'(學海無邊 학해무변)

탄허스님은 학문에 힘써서 인성을 기르는 것이 더없이 중요하고, 무엇보다 우선되어야 함을 가르쳤다. '명예, 돈, 권력은 한순간에 물 건너가는 신기루다. 그러나 학문과 인격은 사라질 수 없다'(탄허 스님) 이 같은 학문에 대한 신념과 철학을 바탕으로 사람은 누구도 빠짐없이 평생토록 힘써 공부하기를, 탄허스님은 실천을 통하여 우리에게 부르짖었던 것이다.

이렇듯 인격을 갈고닦아 바르게 잘살기 위해서는 평생을 공부하지 않으면 안 된다. 늦었다는 생각이 들더라도 지금부터 다시 시작하면 되고, 그리하면 오히려 배움의 즐거움이 더 클 것이다. 그리고 성적이 안 좋거나 진학·취업이 늦어졌다하여 초조해 하고 기죽을 것 없다. 분발하여 더 열심히 공부하면 반드시 전화위복轉禍爲福, 역전逆轉될 것이고, '평생 공부'이므로 더뎌진 동안도 결코 긴 것이 아니다.

:: 공부는 의무가 아니라 인류가 부여받은 소중한 권리이다(센다 다쿠야, '어른의 공부법').
:: 배우기에 너무 많은 나이는 없다. Never too old to learn.
:: 공부에는 너무 늦다는 법은 없다. It is never too late to learn.
:: 늙어서도 학문을 좋아하는 것은 어둠속에 촛불을 밝히는 것과 같다.
   老而好學如炳燭之明 노이호학여병촉지명
:: 배움에는 노소(어리고 늙음)가 없으니 능력 있는 사람을 스승으로 삼아라(중국속담).
   學武老少 能者爲師 학무노소 능자위사

❖ 交友投分 벗을 사귀어 정의情義를 받고 나누며

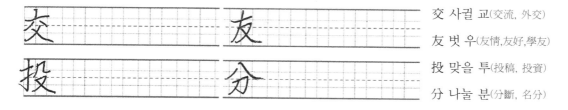

交 사귈 교(交流, 外交)

友 벗 우(友情, 友好, 學友)

投 맞을 투(投稿, 投資)

分 나눌 분(分斷, 名分)

>> 매일 1쪽씩만 습자習字(글씨 쓰기 익히기)하여야 하며, 반드시 정신을 집중하여 한 글자씩 천천히 임서臨書(글씨본 보고 따라 쓰기)한다.

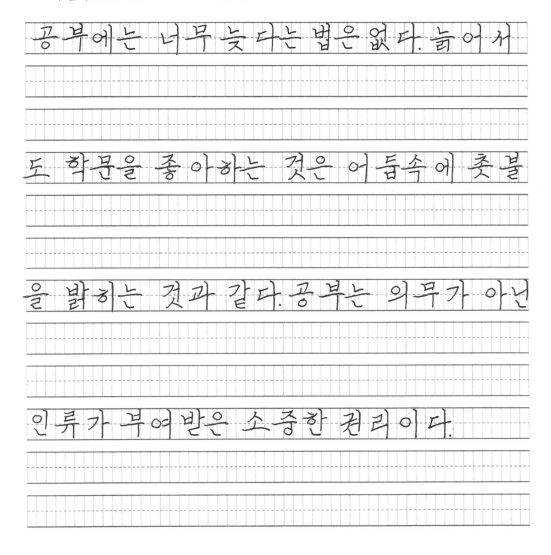

공부에는 너무 늦다는 법은 없다. 늙어서

도 학문을 좋아하는 것은 어둠속에 촛불

을 밝히는 것과 같다. 공부는 의무가 아닌

인류가 부여받은 소중한 권리이다.

✤ **切磨箴規** 절차탁마切磋琢磨하고 경계하며 모범이 된다.

切

磨

箴

規

切 간절(끊을) 절(切實)

磨 갈 마(磨滅, 鍊磨)

箴 바늘(경계할) 잠(箴言)

規 법 규(規範, 規則)

47 | 평생 공부다. 늦었다는 생각에 포기하면 안 되고 지금부터 시작하면 된다

≫ '후회는 아무리 빨라도 늦다. 그러나 시작은 아무리 늦어도 빠른 것이다' 이유가 어떻든 늦었다고 생각되더라도 지금부터 시작하면 된다. 더구나 '공부'는 평생 해야 하고, 하고자 하는 그 마음, 의지가 무엇보다 중요하다. 그러니 이제, 마음을 다잡고 열심히 공부하여라.

조조曹操의 위魏나라, 손권孫權의 오吳나라, 유비劉備의 촉蜀나라, 삼국이 서로 다투고 있을 때, 손권에게 여몽呂蒙이라는 장수가 있었다. 그는 졸병에서 장수가 되었는데 촉나라의 명장 관우關羽를 사로잡았던 '삼국지'의 스타 중에 한 사람이다. 어린 시절부터 가난해서 공부를 제대로 할 수 없었으나, 손권으로부터 책을 읽어 학식을 쌓으라는 권유를 받고 전쟁터에서도 쉼 없이 공부에 힘썼다. 어느 날, 학문이 뛰어나고 오나라의 중신인 그의 오랜 친구 노숙魯肅과 토론을 하게 되었다. 그런데, 노숙은 여몽의 학식이 상당한 경지에 이른 것을 알고 매우 놀라워하며 "자네가 무예만 뛰어난 줄 알았는데 보아하니 옛날의 여몽이 아닐세"라며 격찬하였다. 이에 여몽이 말하였다. "무릇 선비라면 헤어졌다가 사흘이 지나 만났을 때는 상대를 눈을 비비고 다시 봐야 하네"(刮目相對괄목상대)

※ 刮目相對괄목상대 : '눈을 비비고 다시 보다' 못 보는 사이에 비약했다는 뜻이다.

:: 많은 지식보다 배우려는 태도, 유대인들은 살아있는 한 배웠다. 성스러운 의무였기 때문이다. 많은 지식을 가지고 있는 사람보다 배우고 있는 사람이 더 훌륭하다고 생각했다 (마빈 토케이어, '탈무드적 처세술').
:: 곤궁할수록 더욱 더 마음을 굳게 가져 청운의 뜻(靑雲之志청운지지)을 버리지 않는다(왕발 王勃, '등왕각시서'騰王閣詩序). (靑雲之志청운지지란 학덕이 높은 어진 사람이 되거나, 입신 출세하고자 하는 의지를 뜻한다.)
:: 시작에 늦은 때란 없다. 넬슨 만델라는 27년 동안 감옥에 갇혀 옥수수 죽, 고기 한 조각으로 끼니를 때우며 살다가 71살에 석방된 후 남아프리카의 대통령이 되었다. 영화 슈퍼맨의 주인공 크리스토퍼 리브는 교통사고로 1급 장애인이었으나 50살에 재기하였다.

❖ 仁慈隱惻 어질어 사랑하며 측은히 여기는 마음이 (마음의 덕이 인仁이다)

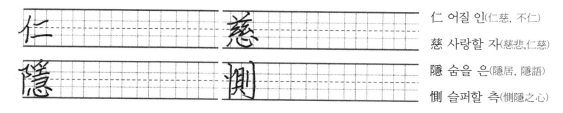

仁 어질 인(仁慈, 不仁)

慈 사랑할 자(慈悲, 仁慈)

隱 숨을 은(隱居, 隱語)

惻 슬퍼할 측(惻隱之心)

>> 매일 1쪽씩만 습자習字(글씨 쓰기 익히기)하여야 하며, 반드시 정신을 집중하여 한 글자씩 천천히 임서臨書(글씨본 보고 따라 쓰기)한다.

후회는 아무리 빨라도 늦다. 그러나 시작

은 아무리 늦어도 빠른 것이다. 늦었다는

생각이 들더라도 지금부터 시작하면 된

다. 지식보다 배우는 것이 더 훌륭하다.

❖ **造次弗離** 잠시 동안(造次)이라도 떠나지 않아야 한다. (논어論語 원용)

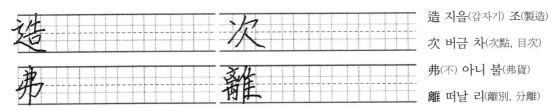

造 지을(갑자기) 조(製造)

次 버금 차(次點, 目次)

弗(不) 아니 불(弗貨)

離 떠날 리(離別, 分離)

Chapter 08

삶의 태도,
지혜롭게 사는 법

하늘의 운행은 건전하여 한 순간도 쉬는 일이 없다.
사람도 이를 따라서 쉬지 않고 스스로 노력하여야 한다.

역경易經

48 | 준비를 잘하면 반드시 성공한다

>> 흔히 사람들은 기회를 기다리고 있지만 기회는 기다리는 사람에게 잡히지 않는 법이다. 우리는 기회를 기다리는 사람이 되기 전에 기회를 얻을 수 있는 실력을 갖추어야 한다(도산 안창호). 승패의 대부분이 시합이 시작되기 전에 결정되어 있다. 승리할 수 있는 기회가 찾아 올 때를 대비하여 꾸준히 준비해야 한다(팀 쿡 '애플' CEO).

영국 어느 극단에 배우를 꿈꾸는 소년이 몇 년 동안 심부름, 청소 등 잡일만 하고 있었다, 그러던 어느 날, 단역 배우 한 사람이 사정상 빠지게 되어 대역을 맡게 되었다. 궁중의 만찬 중에 달려와서 임금에게 전쟁의 급보를 전하는 아주 단순한 역이었다. 그러나 소년은 깊은 생각 끝에 동료에게 무대에 올라갈 시간이 임박하면 알려달라고 부탁한 뒤, 무대 뒤뜰에 가서 쉬지 않고 달리기 시작하였다. 곧 얼굴은 땀이 흘러 엉망이 되었고, 신발과 바지가랑은 먼지투성이가 되었다. 숨이 턱까지 차서 금방 쓰러질 것 같을 때, 신호가 왔고 소년은 무대 위에 올랐다. 모든 관객은 정말로 먼 전쟁터에서 며칠 밤낮을 달려온 한 병사의 모습을 보았다.

이 소년이 로렌스 올리비에다. 그는 이렇게 항상 준비하며 살았다. 그리하여 세계적인 배우가 되었을 뿐 아니라 영국의 연극을 최고수준으로 끌어올렸고, 남작 작위를 받는 영광을 누렸다.

:: 준비를 잘한 일은 성공하고 준비가 부족하면 실패한다(중용中庸).

事豫則立 不豫則廢 사예즉립 불예즉폐

:: 태풍을 타고 멀리로 달려 나아간다. - 호기를 만나 큰일(대업)을 이룬다는 말이다. (그러나 배를 띄울 준비를 하지 않으면, 순풍이 온들 아무 소용이 없다.) 長風波長 장풍파장

:: 배가 뒤집혔을 때 수영 실력이 드러나 보이고, 말을 달릴 때 달리기의 기량을 볼 수 있다(회남자淮南子). 舟覆乃見善游 주복내견선유 馬奔乃見良御 마분내견량어

:: 나무를 배는데 한 시간이 주어진다면 도끼를 가는데 45분을 쓰겠다(에이브러햄 링컨).

❖ 節義廉退 절의와 청렴과 물러남은

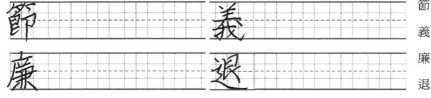

節 마디(절개) 절(節制)

義 옳을 의(義理, 道義)

廉 청렴 렴(廉探, 淸廉)

退 물러날 퇴(退任, 後退)

>> 매일 1쪽씩만 습자習字(글씨 쓰기 익히기)하여야 하며, 반드시 정신을 집중하여 한 글자씩 천천히 임서臨書(글씨본 보고 따라 쓰기)한다.

우리는 기회를 무작정 기다리는 사람이

되기 전에 기회를 얻을 수 있는 실력을

갖추어야 한다. 준비를 잘한 일은 성공하

고 준비가 부족하면 실패한다.

❖ **顚沛匪虧** 어려운 가운데서도 이지러뜨릴 수 없다.

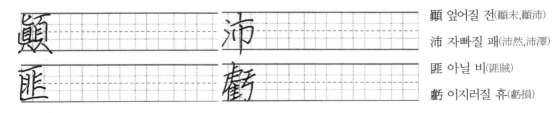

顚 엎어질 전(顚末, 顚沛)

沛 자빠질 패(沛然, 沛澤)

匪 아닐 비(匪賊)

虧 이지러질 휴(虧損)

49 | 노력한 만큼 이룬다. 모든 일에 최선을 다하여라

>> '나무 밑에 누워서 감 떨어지기를 바란다' 그렇게 꾀부리지 말고 부지런하여라. 아무리 좋은 목표, 하고자 하는 일이라도 노력하지 않고는 무엇 하나 이룰 수 없다. 열심히 일하고 하늘에 맡긴다. 謀事在人 成事在天 모사재인 성사재천 (학생으로서) 오로지 학업에만 열중하여야 한다. 그리하면 반드시 꿈은 이루어진다.

기필코 성공하기 위해서는 좋지 않은 여건과 어려운 상황 속에서도 노력하고 또 노력하여야 한다. 달마대사는 '9년 면벽'을 했으며, 우리나라의 성철 스님도 목숨을 걸고 8년간이나 밤에도 눕지 않고 앉아서 수행하였다. 중국의 차윤車胤과 송강松江은 반딧불과 눈빛으로 글을 읽으며(螢雪之功형설지공) 고생 가운데서 공부하여 뜻을 이루었다. 역사 속의 인물들뿐만 아니라 지금에나 미래에도 노력하지 않고 성공한 사람은 단연코 없을 것이다(고도곤 '피플컨설팅그룹' 상무).

나는 여태껏 열심히 하지 않고 정상에 오른 사람을 본 적이 없다. 그것이 비결이다. 열심히 해서 정상에 오른다고 단정할 수는 없지만 그것으로 아주 가까이는 갈 수 있다(마거릿 대처). 어떤 분야에서 무슨 일을 하던 자신이 현재 하고 있는 일에 마음과 뜻과 힘(情정·意의·知지)을 다하자. 그 안에 성공과 행복이 있다(차동엽, '무지개 원리').

:: **노력하는 자는 반드시 성공하며, 길을 떠나는 자는 반드시 목적지에 이른다**(안연晏然).
  爲者常成 行者常至 위자상성 행자상지
:: **공부하는 시간이 부족한 것이 아니라 노력이 부족한 것이다.**
  In study, its not the lack of time, but lack of effort.
:: **불가능이란 노력하지 않는 자의 변명이다.** Impossibility is the excuse made by the untried.
:: **가장 위대한 일은 남들이 자고 있을 때 이루어진다**(하버드대 도서관 경구).
  Most great achievements happen while others are sleeping.
:: **하느님은 우리에게 성공할 것을 요구하지 않는다. 우리가 노력할 것을 요구할 뿐이다**
  (마더 데레사).

❖ **性靜情逸** 성품이 고요하면 그 뜻함이 편안하고

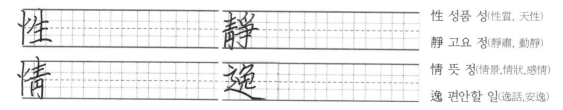

性 성품 성(性質, 天性)

靜 고요 정(靜肅, 動靜)

情 뜻 정(情景, 情狀, 感情)

逸 편안할 일(逸話, 安逸)

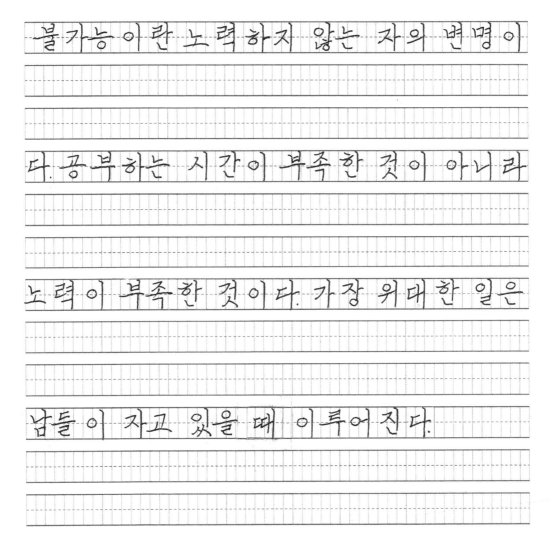

>> 매일 1쪽씩만 습자習字(글씨 쓰기 익히기)하여야 하며, 반드시 정신을 집중하여 한 글자씩 천천히 임서臨書(글씨본 보고 따라 쓰기)한다.

불가능이란 노력하지 않는 자의 변명이

다. 공부하는 시간이 부족한 것이 아니라

노력이 부족한 것이다. 가장 위대한 일은

남들이 자고 있을 때 이루어진다.

❖ **心動神疲** 마음이 움직이면 정신도 지친다.

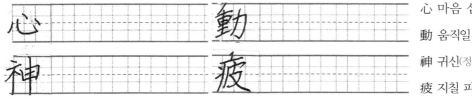

心

神

動

疲

心 마음 심(心神, 眞心)

動 움직일 동(活動力)

神 귀신(정신) 신(精神)

疲 지칠 피(疲困, 疲弊)

50 | 작은 일에도 성실해야 더 큰일을 이룰 수 있다

>> '작은 일을 두루 할 줄 안 다음에야 큰일을 이룰 수 있다' 能周小事 然後能成大事 능주소사 연후능성대사 (관윤자關尹子) 인사 깍듯이 잘하고, 공중도덕 잘 지키고, 수업시간에 정신 집중하고, 복습 철저히 하고, 작은 일부터 잘해야 한다. 그 작은 것들이 바로 큰일을 할 디딤돌이다.

도산 안창호 선생이 유학 겸 독립운동을 위해 미국의 샌프란시스코에 머물고 있을 때, 자금을 마련하기 위해 일자리를 구했다. 이력서의 취미 란에도 '청소', 특기란 에도 '청소'라고 써넣었다. 한 시간당 1달러를 받고 어느 집을 청소하게 되었는데 마치 자기 집처럼 정성껏 쓸고 닦고 하였다. 이를 지켜본 주인이 감동하여 일이 끝난 후, 시간당 50센트를 더쳐서 모두 12달러를 주었다 한다. 또 한 번은 그런 모습에 감명 받은 주인이 "당신은 어느 나라 사람입니까?"하고 물었는데, 한국 사람이라고 대답하자 "당신은 청소부가 아니라 신사입니다"라고 말했다 한다.

이뿐만 아니었다. 도산 선생은 틈나는 대로 동포의 집을 찾아 화장실 청소를 해주면서 성실과 청결의 모범을 보여주었다고 한다. 원래 도산 선생은 수많은 청중을 감동시킨 웅변가였다. 하지만 사소한 일까지도 가벼이 여기지 않는 성실로 일관된 인격人格이야말로 그 언변을 능가하는 웅변이었던 것이다(차동엽 신부, '시련을 이겨낼 희망의 메시지').

:: 아주 작은 일에 성실한 사람은 큰일에도 성실하고, 아주 작은 일에 불의한 사람은 큰일에도 불의하다(신약성서).

:: 큰불은 작은 불씨에서 자주 일어난다(서양속담).
A large fire often comes from a small spark.

:: 세상의 어려운 일은 반드시 쉬운데서 생기고, 큰일은 반드시 작은 일로 시작한다(도덕경 道德經). 天下難事 必作於易, 천하난사 필작어이 天下大事 必作於細. 천하대사 필작어세

:: 가장 좋은 것들은 조금씩 찾아온다. 작은 구멍으로도 햇빛을 볼 수 있듯, 사람들은 산에 걸려 넘어지지 않지만 조약돌에 걸려 넘어진다(코난 도일).

✤ 守眞志滿 참을 지키면 의지意志가 충만充滿해지고

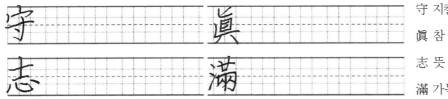

守 지킬 수(守護, 固守)

眞 참 진(眞理,眞實,眞意)

志 뜻 지(志望, 立志)

滿 가득할 만(滿足,充滿)

>> 매일 1쪽씩만 습자習字(글씨 쓰기 익히기)하여야 하며, 반드시 정신을 집중하여 한 글자씩 천천히 임서臨書(글씨본 보고 따라 쓰기)한다.

아주 작은 일에 성실한 사람은 큰 일에도

성실하고, 작은 일에 불의한 사람은 큰일

에도 불의하다. 세상의 어려운 일은 쉬운

데서 생기고, 큰일은 작은 일로 시작한다.

❧ **逐物意移** 사물事物을 쫓으면 뜻이 옮겨진다.

逐

意

物

移

逐 쫓을 축(逐出, 角逐)

物 물건 물(物質, 萬物)

意 뜻 의(意氣, 意味, 故意)

移 옮길 이(移動, 移徙)

누구든지 '명필'이 될 수 있다

고등학교 때까지도 글씨를 형편없이 못썼던 사람이 꾸준한 노력으로 악필에서 탈출하여 명필로 탈바꿈하였고, 마침내 훌륭한 서예가가 되었다. 한인자 선생은 월간 '좋은 생각'에 실린 '악필 덕분에'라는 글에서, 글씨를 무척 못 쓰는 악필이었는데 고교에 진학하여 존경하는 어느 선생님으로부터 "나는 글씨를 못 쓰는 사람을 이해할 수 없다. 노력만하면 잘 쓸 수 있는데 그렇지 않기 때문이다"라는 말을 듣는 순간 충격을 받았고, 오기가 생겼다. 그래서 경필硬筆 책(펜글씨 교본)을 사서 매일 그림 그리듯 따라서 썼더니 일 년쯤 지나서 글씨체가 많이 좋아졌다고 한다.

이 책의 서두에서 이미 그 중요성을 밝혔듯이 임서臨書의 효과가 나타났던 것이다. '글씨 쓰기'의 비결이란 결코 별난 것이 아니다. 좋은 글씨(모범 글씨본, 체본體本)를 보고 그대로 따라서 쓰는 것이며, 정신 수양한다는 생각으로 그렇게 습자習字를 꾸준히 하면 누구든지 글씨를 잘 쓸 수 있다.

세월이 흘러 한인자 선생은 교직생활을 하게 되었는데, 다른 선생님들로부터도 글씨를 잘 쓴다는 평판을 받는다. 그 후 교원 서예대회에서 최우수상을 수상하는 영광을 차지했고, 본격적으로 서예 공부에 진력盡力하여 많은 상을 받았다고 했다. 한 선생은 끝으로 말하기를, '한 번 기억한 것은 결코 잊어버린 적 없었던 기억력은 나를 그 무엇이 되게 하지 못하였지만, 악필은 나를 서예에 매달리게 했고 마침내 서예가로 거듭나게 하였다'

이렇게 실재의 경험을 통하여 입증되었듯이 어떤 일이든 노력만하면 이루지 못할 게 없다. 모두가 마음먹기에 달린 것이다(一切唯心造일체유심조). 그러므로 지금, 악필 콤플렉스에 시달리는 사람 누구라도 한인자 선생이 그랬던 것처럼 마음을 다잡고 진득하게 글씨 공부에 힘쓰면 명필이 될 수 있다.

숫자 쓰고 셈하기

( ) 안에 맞는 숫자를 바른 글씨(정서正書)로 써넣어 식을 완성하고, 정신을 집중하여 천천히 임서臨書(글씨본 보고 따라서 쓰기)한다.

※ 다음 단원, 154~163쪽의 '읽기 · 쓰기' 후에는 다른 교재로 5~10분 간 간단한 셈하기를 보충하도록 한다.

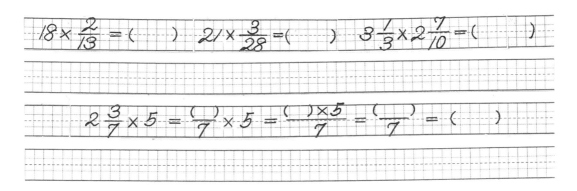

$$18 \times \frac{2}{13} = (\quad) \qquad 21 \times \frac{3}{28} = (\quad) \qquad 3\frac{1}{3} \times 2\frac{7}{10} = (\quad)$$

$$2\frac{3}{7} \times 5 = \frac{(\quad)}{7} \times 5 = \frac{(\quad) \times 5}{7} = \frac{(\quad)}{7} = (\quad)$$

알파벳 (영문) 쓰기

Sleep now, you will be dreaming, study now,

you will be achieving your dream.

지금 잠을 자면 꿈을 꾸지만, 지금 공부하면 꿈을 이룬다.

Sleep now, you will be dreaming, study now, you

will be achieving your dream.

51 | 정신일도하사불성精神一到何事不成, 집중하여라. 이루지 못할 게 없다

>> 일, 공부에 '집중'하여야 한다. 온 마음을 다해 정신을 집중하면 강한 의지가 생기고, '의지가 바로 힘, 능력이다'(안셀무스) 힘은 '통찰력·창의력·실천력'이다. 집중력을 키우고 높여서 내 안에 저장된 힘(잠재력)을 끌어내라. 성공을 위하여 잠재된 힘을 꺼내서 써야 한다.

　　열자列子(우공이산愚公移山, 조삼모사朝三暮四, 기우杞憂 등의 고사가 실려 있다)를 보면, 명궁名弓 기창紀昌이 궁술을 연마하면서 가장 먼저 했던 것은 주변상황이 극히 혼란스럽고 불안정하더라도 정신이 그에 동요되어 흔들림이 없도록 한 곳에 잡아두는 훈련이었다. 아내가 베를 짤 때, 그 베틀 밑에 누워 실북이 좌우로 어지럽게 오가도 눈꺼풀이 깜박거리거나 눈동자가 움직이지 않도록 2년 동안 단련시켰다. 그렇게 마음과 정신의 확고한 정처定處가 잡힌 후에는 아무리 작은 것이라도 그것을 커보이게 하는 눈의 집중 훈련을 거듭하였다. 남쪽 창문 밖의 말총에다 이 한 마리를 메어놓고 멀리 떨어져서 쏘아보기 시작하였고, 세월이 지나면서 점점 커 보이더니 3년이 되어서는 수레바퀴만큼 크게 보였다 한다.

　　우리도 기창처럼 자신을 둘러싼 어떠한 상황과 여건에도 한 치의 흔들림이 없도록 '마음가짐'을 바로 해야 한다. 그런 다음, 자신의 무한한 잠재력을 정신을 집중하여 끌어내야 한다. 무슨 일을 하건 마음을 다잡아 '정신 집중'을 하면 내면 깊숙이 쌓여있던 잠재력, 곧 지혜와 힘이 끌려나온다. 그리하면 명궁 기창처럼 아무리 어려운 큰일이라도 얼마든지 해낼 수 있고, 틀림없이 성공을 거두게 된다.

> :: 바로 맞은 화살촉은 돌을 뚫고나간다. - 굳은 의지로 집중하면 안 될게 없다는 뜻이다. 中石沒鏃 중석몰족
> :: 미치지 않으면 이룰 수 없다. 不狂不及 불광불급
> :: 사람들은 자신의 능력(잠재력)을 10~20퍼센트밖에는 발휘하지 않는다. 아예 생각조차 없거나 방법을 모르거나 그런 노력을 전혀 하지 않기 때문이다.
> :: 똑같은 일을 똑같은 시간에 해도 왜 차이가 나는가? 그것은 바로 집중력의 차이에서 오는 것이다. 집중력을 발휘할 수 없다면 성공과 발전은 기대하기 어려울 것이다(박정수, '오늘을 사는 지혜').

❖ 堅持雅操 바르게 지조志操를 굳게 지키면

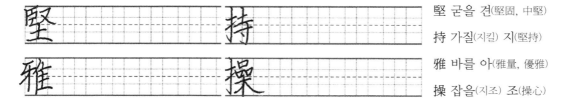

堅 굳을 견(堅固, 中堅)

持 가질(지킬) 지(堅持)

雅 바를 아(雅量, 優雅)

操 잡을(지조) 조(操心)

>> 매일 1쪽씩만 습자習字(글씨 쓰기 익히기)하여야 하며, 반드시 정신을 집중하여 한 글자씩 천천히 임서臨書(글씨본 보고 따라 쓰기)한다.

온 마음을 다하여 정신을 집중하면 강

한 의지가 생기고 의지가 바로 힘·능력이

다. 바로 맞은 화살촉은 돌을 뚫고 나간다.

굳은 의지로 집중하면 안될게 없다.

❖ **好爵自縻** 좋은 벼슬이 저절로 따른다.

好 좋을 호(好評, 好奇心)

爵 벼슬 작(爵位, 天爵)

自 스스로 자(自我, 自由)

縻 얽어맬 미(拘縻)

52 | 열정을 불태워라. 열정은 아무리 힘든 일도 이뤄내는 에너지다

>> 간절한 바람, 꿈·희망이 열정을 불타오르게 한다. 또한 열정은 꺾이지 않는 의지와 인내, 일에 몰두케 하는 집중력을 키운다. 큰 꿈을 향하여 열정을 다하고 인내하며, 온 정신을 그 하나에 집중하여 열심히 공부하고 일한다. 그리하여 기필코 꿈을 이룬다.

소크라테스의 제자 한 사람이 자못 진지한 표정으로 스승에게 정중하게 여쭈었다. "지식을 얻고 싶습니다. 어떻게 하면 좋겠습니까?" 소크라테스는 물음에는 대답하지 않고 그를 바닷가로 데리고 가서 얼굴이 물 위에 닿을 정도로 허리를 굽히게 했다. 그리고는 느닷없이 그의 머리를 바닷물 속에 밀어 넣었다. 그 제자는 숨이 막혀 물 위로 머리를 들어 올리려고 버둥거렸다. 겨우 물 밖으로 머리를 든 그에게 소크라테스가 "여보게, 물속에 머리가 잠겼을 때 어떤 생각을 했는가?"하고 물었다. 제자는 가쁜 숨을 내쉬며 대답했다. "오직 숨을 쉬고 싶다는 생각뿐이었습니다" 그러자 소크라테스가 빙그레 웃으면서 말하였다. "간절하게 숨쉬기를 바랐던 것처럼 지식을 얻는 데 열정을 불태우면, 그렇게 열망하는 대로 될 것이네"

아메리카 인디언들은 가뭄이 들면 비가 올 때까지 기우제를 지낸다. 그래서 백 퍼센트 성공한다. 에디슨은 굳은 의지(열정이 의지를 키운다)로 백열전구를 발명하기까지 수백, 수천 번의 실험에 열정을 쏟았다. 이처럼 자신의 일에 끈기 있게 열중한다면 마침내 성공할 것이다.

:: 사람들은 안락과 호사가 삶에서 가장 필요한 것처럼 행동한다. 그러나 진정으로 행복하게 살기 위해서는 '열중' 할 무엇인가가 필요하다(찰스 킹슬리).
:: '열정'의 어원은 라틴어 pati, 그 뜻은 '견디다' undergo이다. 열정은 시련과 역경을 견디어 이겨내게 하고, 더욱 굳건하게 만드는 마음의 결정체다(이미도, 문화일보 '인생을 바꾼 대명사').
:: 위대한 것치고 열정 없이 이루어진 것은 없다(조엔 롤링).

❖ 都邑華夏 화하華夏(중화中華)의 도읍都邑은

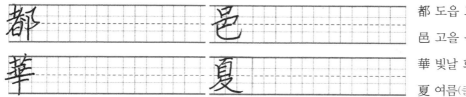

都 도읍 도(都賣, 首都)

邑 고을 읍(邑內, 都邑)

華 빛날 화(華麗, 榮華)

夏 여름(클) 화(夏服)

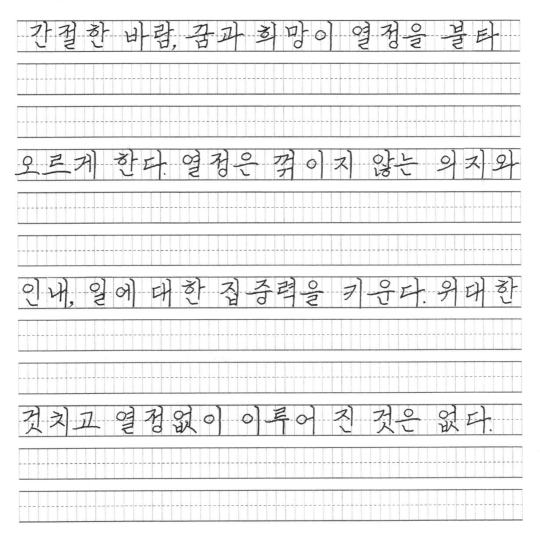

 바르게
글씨
쓰기

>> 매일 1쪽씩만 습자習字(글씨 쓰기 익히기)하여야 하며, 반드시 정신을 집중하여 한 글자씩 천천히 임서臨書(글씨본 보고 따라 쓰기)한다.

간절한 바람, 꿈과 희망이 열정을 불타

오르게 한다. 열정은 꺾이지 않는 의지와

인내, 일에 대한 집중력을 키운다. 위대한

것치고 열정없이 이루어 진 것은 없다.

✣ 東西二京 동쪽과 서쪽의 두 서울이다(동경;낙양洛陽, 서경;장안長安).

東

二

西

京

東 동녘 동(東洋, 東風)

西 서녘 서(西紀, 湖西)

二 두 이(異心, 二重, 第二)

京 서울 경(京畿, 京鄉)

53 | 계획을 세워야 한다. 성공 가능성을 높여 큰 성과를 거둘 수 있게 한다

>> 온힘을 기울여 최선을 다하여라. 그리고 집을 잘 지으려면 설계도가 필요하듯, 일을 시작하기 전에 반드시 치밀하게 계획을 세운다. 그렇게 해야 보다 적은 시간과 노력으로 목표를 효율적으로 차질 없이 실행할 수 있고, 성공 가능성을 높여 더 큰 성과를 거둘 수 있다.

크게 성공을 거둔 사람들은 하나같이 확실한 비전과 남다른 아이디어, 그에 더하여 탄탄한 '실행계획'이 뒷받침되어 있다. 모든 일은 전략과 추진계획만 살펴봐도 그것이 성공할지, 실패할지를 가늠할 수 있다. 그러므로 크던 작던, 어떤 일을 하든지 사전에 깊이 생각하여 그 일, 목표에 맞게 계획을 잘 세우는 것이 무엇보다 중요하고, 우선되어야 한다.

하물며 기나긴 인생 여정의 계획을 제대로 세워야 함은 더 말할 나위 없다. 평생을 걸쳐 이루고자 하는 '꿈과 희망'에 따라 해야 할 일들을 단계 · 기간별로 나누어서 정하도록 한다. 그 할 일들 중에서 지금 바로 해야 할 일, 3년 안에, 10년 안에 해야 할 일, 그리고 평생을 두고 해야 할 일에 대하여 정리한다. 그렇게 삶의 설계도 · 청사진을 만들고, 그에 맞춰 세부 실행계획을 세운다. 계획이 차질 없이 실행되어야 성공을 거둘 수 있으므로 '시간의 효과적인 관리'에 특히 유의하여 일 · 월 · 년 단위로 일정표를 작성, 그대로 추진해야 한다. 아울러 모든 계획은 육하원칙六何原則 (누가 · 언제 · 어디서 · 무엇을 · 왜 · 어떻게), 곧 '5W2H원칙'에 따라 계획의 목적what, 이유why를 명확히 하고 시간when, 장소where확인, 사람who의 중요성을 인식해야 하며 실행방법how, 비용how much 산출 등 일반원칙을 철저히 지켜야 완성도를 높일 수 있다.

> :: 어떤 프랜차이징 컨설턴트가 "하나의 훌륭한 아이디어가 1달러의 가치를 지닌다면, 그러한 아이디어를 실현시키는 계획은 1백만 달러의 가치를 가집니다"라고 나에게 말한 적이 있다(로리 베스 존스, '최고경영자 예수').
> :: 계획은 일의 근본적 요소다. 그것은 많은 일을 원만하게 이루어지게 한다(스마일즈).
> :: 꿈을 날짜와 함께 적어놓으면 그것은 목표가 되고, 목표를 잘게 나누면 그것은 계획이 되며, 그 계획을 실행에 옮기면 꿈은 이루어진다.

❖ 背邙面洛 망산邙山을 뒤로, 낙수洛水를 앞에 두었고

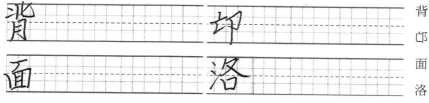

背 등 배(違背, 背水陣)

邙 뫼 망(北邙山)

面 낯 면(面目, 面會, 外面)

洛 낙수 락(洛書, 洛陽)

>> 매일 1쪽씩만 습자習字(글씨 쓰기 익히기)하여야 하며, 반드시 정신을 집중하여 한 글자씩 천천히 임서臨書(글씨본 보고 따라 쓰기)한다.

일을 시작하기에 앞서 치밀하게 계획을

세운다. 적은 시간과 노력으로 목표를 차질

없이 실행할 수 있고 성공 가능성을 높여

더 큰 성과를 거둔다. 계획은 일의 기초다.

❖ **浮渭據涇** 동쪽과 서쪽의 두 서울이다(동경;낙양洛陽, 서경;장안長安).

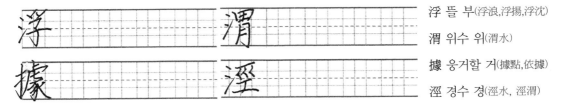

浮 뜰 부(浮浪,浮揚,浮沈)

渭 위수 위(渭水)

據 웅거할 거(據點,依據)

涇 경수 경(涇水, 涇渭)

54 | '시간은 금이다', 소중한 시간을 허비하지 말고 알차게 써야 한다

>> '시간은 금이다' 시간과 기회는 기다림이 없다. 지나간 시간은 되돌릴 수 없고 삶에는 연습이란 없다. 그러므로 바로 오늘, 지금 이 시간을 열심히 잘살아야 한다. 짧은 순간이 모여 긴 삶을 이룬다. 한 시간 한 시간에 충실하여 하루하루를 즐겁고 보람차게 살아가자.

아침 5시 반에 기상, 6시에 집을 나와 6시 40분부터 7시까지 워밍업을 하고, 9시 반까지 연습, 10시부터 학교수업을 받고, 하교 후 다시 체육관에 가서 4시 반부터 7~8시까지 연습, 귀가하여 공부하다가 11시 취침, 이렇게 마쓰밍(馬思明마사명, 전미체조선수권대회 금메달리스트)의 일과는 매일같이 되풀이 된다. 남들은 잠자리에서 일어나 감기는 눈을 부비며 양치질을 하고 있을 때, 마쓰밍은 힘차게 워밍업을 한다. 다른 학생들이 졸음을 쫓기 위해 세수를 하거나 밤참을 먹으며 궁시렁 거리고 있을 때, 그는 마무리 공부를 끝내고 정해진 시간에 잠이 든다. 마쓰밍은 육체적으로 몇 배는 더 피곤하고 시간도 빠듯하지만, 충실하고 계획성 있게 시간을 관리하여 매일의 목표를 한 치도 어김없이 완수해 나간다.

한 평생의 시간이 다하면 생명도 끝난다. 그럴진대 시간이 곧 생명인 것이다. 이처럼 귀중한 시간을 헛되게 하는 주된 원인은 첫째가 목적의식 없는 방황이고, 둘째는 게으름이다. 목표를 확실하게 정하고 계획을 치밀하게 잘 세워서 이를 이루는 데 진력盡力해야 한다. 그것이 '생명인 시간'의 가치를 높이는 것이고 후회하지 않는 삶, 행복의 지름길이다.

:: **할일이 없어 허송세월**虛送歲月**한 때문에 넓적다리에 살만 찐 것이 한탄스럽다.**
髀肉之嘆 비육지탄

:: **세월은 사정없이 달려서 머지않아 늙음이 닥쳐올 텐데 아무 공업**功業**도 이룬 것이 없어 그것을 슬퍼하였다**(유비劉備). **– '비육지탄'의 까닭을 이른 말이다.**
日月若馳 老將至矣 일월약치 노장지의 而功業不建 是以悲耳 이공업불건 시이비이

:: **오늘 보낸 하루는 내일 다시 돌아오지 않는다.** Today never returns again tomorrow.

:: **내가 헛되이 보낸 오늘은 죽은 이가 갈망하던 내일이다**(하버드대 도서관 경구).
Today that you wasted is the tomorrow that a dying person wished to live.

❖ **宮殿盤鬱** 궁전宮殿이 들어차 있고

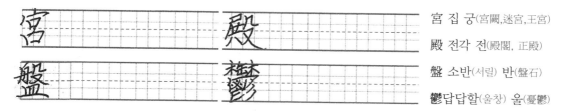

宮 집 궁(宮闕, 迷宮, 王宮)

殿 전각 전(殿閣, 正殿)

盤 소반(서릴) 반(盤石)

鬱 답답할(울창) 울(憂鬱)

>> 매일 1쪽씩만 습자習字(글씨 쓰기 익히기)하여야 하며, 반드시 정신을 집중하여 한 글자씩 천천히 임서臨書(글씨본 보고 따라 쓰기)한다.

오늘 보낸 하루는 내일 다시 돌아오지

않는다. 내가 헛되이 보낸 오늘은 죽은 이

가 갈망하던 내일이다. 따라서 오늘, 지금

이 시간을 열심히 보람차게 살아야 한다.

❖ 樓觀飛驚 누관樓觀은 나는 듯하며 놀라서 모습을 바꾸는 듯도 하다.

樓

飛

觀

驚

樓 다락 루(望樓, 樓閣)

觀 볼(집) 관(觀客, 壯觀)

飛 날 비(飛躍, 飛行)

驚 놀랄 경(驚愕, 驚歎)

55 | '시작이 반이다', 머뭇거리지 말고 바로 시작해야 한다

>> '오늘 할 일을 내일로 미루지 말라' 꼭 해야 할 일, 마음먹었던 일을 지금, 바로 시작하자. '우물쭈물하다가 내 이렇게 될 줄 알았지' I knew if I stayed long enough, something like this would happen. (조지 버나드쇼, 자작묘비명) 절대로 그렇게 후회해선 안 된다. '시작이 반이다' 힘차게 발걸음을 내딛고, 매일 한 걸음 한 걸음 꾸준하게 앞으로 나아가야 한다.

항구에 닻을 내리고 있는 배는 안전하기는 해도 그것이 배가 있는 이유는 아니다(존 세드). 아무리 아이디어와 계책이 뛰어나고 돈이 많다하여도 머뭇거리며 계획한 일을 실행에 옮기지 못한다면 그 좋은 조건들은 있으나마나하다. 세네카는, 어떤 일이 어려워서 시도하지 못하는 것이 아니라, 과감하게 시도하지 않기 때문에 어려운 것이라고 말하였다.

이렇듯 무슨 일이든 시작하기가 결코 쉽지 않고, 그래서 다소 늦어졌다 하더라도 확실하게 판단이 섰다면 결행을 해야만 한다. 왜냐하면 '후회는 아무리 빨라도 늦고 시작은 아무리 늦어도 빠른 것'이기 때문이며, '성공의 확실한 디딤돌은, 지금 여기New & here에서다', 실천하기 좋은 날은 '오늘'이고 실행하기 좋은 시간은 '지금'인 것이다(이민규, '실행은 으뜸이다').

:: 실행하지 않으면 한 걸음도 앞으로 나아갈 수 없다. – 실행이 방편 · 요법이다.
You'll never get ahead until you start advancing.– Action is therapy.
:: 실행은 불안과 두려움, 의구심을 사라지게 해주는 요법이며, 창의적인 사고력은 실행을 통해 커진다. Action erases doubts, fears, and anxieties, action exercises the mind for creativity.
:: 믿음을 갖고 첫걸음을 떼보라. 처음부터 전체를 볼 필요까지는 없다. 우선 첫걸음을 떼보아라. '시작이 반이다'라는 속담이 있다. 시작이 쉽지 않더라도, 모든 것이 완벽하게 준비되기를 기다릴 수는 없다. 기회는 사라지고 없을 것이다(마틴 루터 킹).
:: 지금 적극적으로 실행하고 있는 괜찮은 계획이 다음 주의 완벽한 계획보다 낫다(조지 패튼).

❖ 圖寫禽獸 (궁전과 누관에) 새와 짐승(용 · 호랑이, 기린 · 봉황)을 그렸고

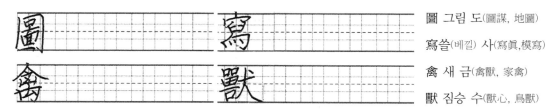

圖 그림 도(圖謀, 地圖)

寫 쓸(베낄) 사(寫眞, 模寫)

禽 새 금(禽獸, 家禽)

獸 짐승 수(獸心, 鳥獸)

>> 매일 1쪽씩만 습자習字(글씨 쓰기 익히기)하여야 하며, 반드시 정신을 집중하여 한 글자씩 천천
히 임서臨書(글씨본 보고 따라 쓰기)한다.

오늘 할 일을 내일로 미루지 말라. 꼭 해

야 할 일, 마음먹었던 일을 지금, 바로 시작

하자. 지금 적극 실행하고 있는 괜찮은 계

획이 다음주의 완벽한 계획보다 낫다.

✽ **畫綵仙靈** 신선과 신령을 그리고 무늬를 넣어 색을 칠하였다.

畫   綵

仙   靈

畫 그림 화(畫家, 名畫)

綵 채색 채(綵絲, 文綵)

仙 신선 선(仙女, 神仙)

靈 신령 령(靈感, 神靈)

엄마가 아들에게 주는 시

아들아, 난 너에게 말하고 싶다.
인생은 내게 수정으로 된 계단이 아니었다는 걸.
계단에는 못도 떨어져 있었고
가시도 있었다.
그리고 판자에는 구멍이 났지.
바닥에는 양탄자도 깔려 있지 않았다.
맨바닥이었어.

그러나 난 지금까지
멈추지 않고 계단을 올라왔다.
층계참에도 도달하고
모퉁이도 돌고
때로는 전깃불도 없는 캄캄한 곳까지 올라갔지.

그러니 아들아, 너도 돌아서지 마라라.
계단 위에 주저앉지 말거라.
왜냐하면 넌 지금
약간 힘든 것뿐이니까.
너도 그걸 알게 될 테니까.
지금 주저앉으면 안 된다.

왜냐하면 애야 나도 아직
그 계단을 올라가고 있으니까.
난 아직도 오르고 있다.
그리고 인생은 내게
수정으로 된 계단이 아니었지.

랭스톤 휴즈

다음을 계산하여 바른 글씨(정서正書)로 답을 쓰고, 정신을 집중하여 천천히 임서臨書(글씨본 보고 따라서 쓰기)한다.

※ 다음 단원, 166~177쪽의 '읽기 · 쓰기' 후에는 다른 교재로 5~10분 간 간단한 셈하기를 보충하도록 한다.

$$2\frac{1}{6} \times 20 = (\quad) \qquad\qquad 15 \times \frac{3}{10} = (\quad)$$

$$6 \times 2\frac{3}{4} = (\quad) \qquad\qquad \frac{4}{7} \times 3 = (\quad)$$

On apprend a tout age. It is never too late to learn.
배움에는 나이가 없다. 공부에는 너무 늦다는 법은 없다.

On apprend a tout age. It is never too late to learn.

56 | 최선을 다하고, 결과에 일희일비 喜 悲 하지 않는다. 그리고 다시 시작한다

>> 어떤 일이든 대충하거나 포기하면 아니함만 못하다. 지금 하는 일에 온 마음과 온힘을 다하자. 그렇게 '일에 최선을 다하고 하늘의 뜻을 기다린다' 盡人事待天命진인사대천명 (제갈량 諸葛亮) 그리고 결과에 연연하지 않으며, 너무 좋아하거나 낙담치 말아야 한다. '모든 것이 끝났다고 믿을 때, 그 때가 시작인 것이다'(루이 라무르)

마틴 마루터 킹 목사가 젊은 시절 어느 날, 열심히 수레를 끌고 가파른 언덕길을 올라갔지만, 짐이 워낙 무거웠다. 힘이 부치고 지쳐서 더는 오를 수가 없었기 때문에 누구인가가 밀어주지 않으면 안될 지경이었다. 그래서 어쩔 수 없이 멈춰 서서 밀어줄 사람을 기다려 봤으나, 어느 누구도 선뜻 나서서 도와주는 사람이 없었다. 그러나 그는 포기하지 않고 있는 힘을 다하여 수레를 끌고 언덕길을 다시 오르기 시작하였다. 온몸이 땀에 젖고 숨이 턱까지 차올랐다. 바로 그때였다. 안간힘을 쓰며 수레를 끄는 그의 기진맥진한 모습을 본 건장한 젊은 행인 한 사람이 뒤에서 수레를 힘차게 밀어주었다.

이렇듯 역경에 맞서서 비관, 절망, 두려움을 떨쳐버리고 마음을 다잡으며 견디어내야 한다. 그리하면 어떤 어려움도 반드시 이겨낼 수 있고, 시간이 지난 후에는 그 고통과 시련에 감사하는 결과를 맺게 된다.

:: 모든 노력을 다 기울여 최선을 다하고 나머지는 하느님에게 맡겨라. Do you best, and God will do the rest.
:: 하느님이 손을 들어 도와주고 싶을 정도로 일에 전념하여라. 그러면 아무리 고통스러운 일일지라도 반드시 하느님이 손을 내밀 것이고, 기어코 성공할 수 있을 것이다(이나모리 가즈오, '왜 일하는가').
:: 이겨도 교만하지 않고 저도 낙심하지 않는다. 勝不驕敗不餒 승불교패불뢰
:: 인생에 있어 가장 중요한 것은 실패했다고 낙심하지 않는 일이며, 성공했다고 해서 지나친 기쁨에 도취되지 않는 것이다(도스토예프스키).

❖ 丙舍傍啓 병사丙舍(신하와 관원의 거처)를 열어 그 곁에 두었고

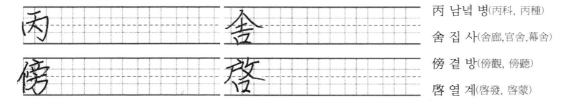

丙 남녘 병(丙科, 丙種)
舍 집 사(舍廊, 官舍, 幕舍)
傍 곁 방(傍觀, 傍聽)
啓 열 계(啓發, 啓蒙)

>> 매일 1쪽씩만 습자習字(글씨 쓰기 익히기)하여야 하며, 반드시 정신을 집중하여 한 글자씩 천천히 임서臨書(글씨본 보고 따라 쓰기)한다.

온 힘을 다하고 나머지는 하느님께 맡기

거라. 가장 중요한 것은 실패했다고 낙심

하지 않는 일이며, 성공했다고 해서 지나

친 기쁨에 도취되지 말아야 할 것이다.

✤ **甲帳對楹** 갑장甲帳(임금의 군막)도 기둥 사이에 마주하고 있다.

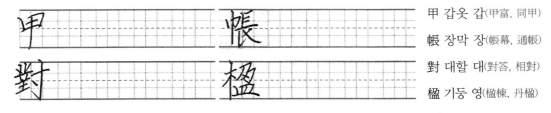

甲 갑옷 갑(甲富, 同甲)

帳 장막 장(帳幕, 通帳)

對 대할 대(對答, 相對)

楹 기둥 영(楹棟, 丹楹)

57 | 해야만 한다는 직관이 오면, 위험을 무릅 쓰고라도 대담하게 도전하라

>> 미래에 대한 계획은 대단히 중요하다. 하지만, 간혹 홈런을 치고 싶다면 예측 가능한 인생만을 살아서는 안 된다(팀 쿡 '애플' CEO). '해야 한다', '바로 이거다' 자신을 끌어당기는 강렬한 '직감'이 올 때, 위험을 무릅쓰고 대담하게 도전하라. '모험'을 해야만 크게 성공한다.

자신이 할 수 있는 것보다 쉬운 일만 하려고 든다면 그 사람은 평생 불행할 것이다. 자신의 능력과 가능성을 회피하고 있기 때문이다(아브라함 메슬로우). 항우項羽는 그렇지 않았다. 그는 삼촌(숙부) 항량項梁과 함께 진시황秦始皇의 순시행렬을 구경할 때, "저 사람의 자리를 내가 대신 차지해야지"라며 중얼거렸다. 몹시 놀란 항량이 그의 입을 막았으나, 항우는 순간의 직관直觀을 따라 후일 진秦나라가 기울고 세상이 어지럽게 되자 항량과 같이 봉기하게 된다. 곳곳에서 진의 군사를 무찔렀으나, 장한章邯이 지휘하는 진에게 크게 패하여 항량도 전사하고 말았다.

이후 조趙나라가 진나라의 공격을 당하자 초楚나라가 구원에 나섰는데, 초왕 송의宋義는 안양에 이르러 40일이 지나도록 움직이지 않았다. 이에 함께한 항우가 진군을 재촉해도 듣지 않자 송의의 목을 베고 황하를 건너 진격하였다. 이때 타고 온 배는 모두 가라앉히고 가마솥과 시루는 다 깨부수고 진영은 불태운 뒤 사흘 치의 식량만 지급하여 결사항전의 결의를 다졌다. (皆沈船破釜甑개침선파부증) 그리하여 항우군은 일당백의 용전勇戰으로 대승을 거두었다. 뿐만 아니라, 그 여세로 항우는 반진反秦 세력을 아우르고, 마침내 초패왕楚霸王이 되었다.

※ '破釜沈船'파부침선이란 죽음을 무릅쓴 사생결단死生決斷을 뜻하는 말이다.

:: 열매를 따려면 나무 위에 올라가야 한다 He that would have the fruit must climb the tree.
:: 모험하지 않으면 아무것도 얻지 못한다. Nothing venture, Nothing have(gain).
:: 호랑이를 잡으려면 호랑이 굴로 들어가야 한다. 不入虎穴不得虎子 불입호혈부득호자
:: 물고기를 먹고 싶으면 물이 깊은 것을 겁내지 말라. 要想吃息莫怕河深 요상흘식막파하심
:: 성공하는 사람은 성공하지 못한 사람들이 꺼려하는 일을 하는 습관을 가지고 있다.

❖ 肆筵設席 자리를 펴고 방석을 갖추어 놓으며

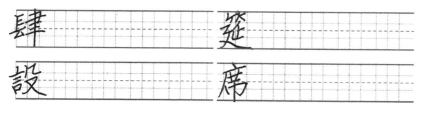

肆 베풀 사(放肆, 書肆)

筵 자리 연(筵席, 經筵)

設 베풀 설(設計, 設立)

席 자리 석(席次, 陪席)

>> 매일 1쪽씩만 습자習字(글씨 쓰기 익히기)하여야 하며, 반드시 정신을 집중하여 한 글자씩 천천
히 임서臨書(글씨본 보고 따라 쓰기)한다.

해야만 한다는, 자신을 끌어당기는 강렬

한 직감이 올 때는 위험을 무릅쓰고라도

대담하게 도전하라. 물고기를 먹고 싶다

면 물이 깊은 것을 두려워 하지 말라.

❖ **鼓瑟吹笙** 비파를 타고 생황을 분다.

鼓		瑟
吹		笙

鼓 북(두드릴) 고(鼓動)

瑟 비파 슬(琴瑟)

吹 불 취(吹入, 鼓吹)

笙 생황 황(笙鼓, 笙簧)

58 | 잘못됐다는 확실한 판단이 서면 서슴없이 방향을 바꿔야 한다

>> 지금까지 자신이 한 일이, 걸어온 길이 잘못되었다는 확실한 판단이 서면, 주저치 말고 처음부터 다시 시작하여야만 한다. 남들보다 뒤쳐졌다고 불안·초조해서는 안 된다. 용기를 잃지 말고 자신 있게 지금까지 걸어온 길을 처음부터 다시 한 번 더 힘차게 걸어 나아가라.

세계적인 명화 시스티나 성당 벽화는 보는 이들로 하여금 경탄을 자아내게 하는 미켈란젤로의 위대한 걸작傑作이다. 이 벽화를 그리던 미켈란젤로는 거의 반 정도를 남겨놓고 작업을 중단한다. 그림이 처음 구상했던 만큼 좋지 않다는 생각 때문이었다. 하지만 오랫동안 심혈을 기울여 그렸는데, 새로 시작하자니 도저히 엄두가 나질 않았다. 번민과 고뇌에 휩싸인 미켈란젤로는 술에 취하여 고민을 잠시라도 잊고 싶은 마음에서 술집을 찾는다. 그런데, 그 술집 주인이 새로 담은 술이 제대로 빚어지지 않았다며 커다란 항아리에 가득 찬 술을 남김없이 쏟아버리는 것이었다. 이에 감명 받은 미켈란젤로는 그때까지 그렸던 벽화를 다 지워버리고 다시 그리기 시작하였다. 그리하여 시스티나 성당 벽화는 처음과 다른 모습으로 완성되었고, 세계 최고의 명화로 재탄생하였던 것이다.

'군자는 표변한다'君子豹變군자표변 (역경易經) 표범이 달리던 방향을 갑자기 바꾸듯, 군자는 잘못을 알면 주저하지 않고 고친다는 뜻이다. 이리저리 깊이 생각한 끝에 안 된다는 판단이 섰는데도 망설이면 일을 그르칠 수 있다. 그러므로 분명히 잘못됐다고 생각됐을 때는 서슴없이 방향을 바꾸어야 한다. 그리고 절대로 포기하지 말고 자신 있게 다시 시작하면 그 경험이 디딤돌이 되어 크게 성공할 수 있다는 것이 선현들의 한결같은 가르침이다.

:: **후회는 아무리 빨라도 늦고, 시작은 아무리 늦어도 빠른 것이다.**
:: **가로막힌 벽이 문으로 바뀌길 바라고 그 벽을 두드리며 허송세월하지 말라**(이미도, 문화일보 '역사를 바꾼 대명사'). Don't spend time beating on a well, hoping to transform it in to a door.
:: **틀린 길을 가느니 돌아가는 것이 낫다**(서양속담). Better go back than go wrong.

❖ 陞階納陛 (신하들은) 섬돌에 오르고 (존자尊者는) 뜰로 들어가며

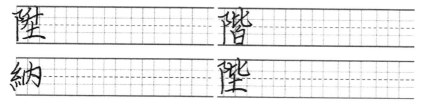

陞 오를 승(陞級, 陞進)
階 섬돌 계(階段, 階層)
納 들일 납(納付, 出納)
陛 뜰 폐(陛下, 陛見)

>> 매일 1쪽씩만 습자習字(글씨 쓰기 익히기)하여야 하며, 반드시 정신을 집중하여 한 글자씩 천천히 임서臨書(글씨본 보고 따라 쓰기)한다.

군자는 표변한다는 말은 표범이 달리던

방향을 갑자기 바꾸듯 군자는 잘못을 알

면 주저함 없이 고친다는 뜻이다. 틀린 길

을 가느니 돌아가는 것이 낫다.

✤ **弁轉疑星** 고깔(관冠)에 달린 구슬이 돌아가니 별이 아닌가싶다.

弁

疑

轉

星

弁 고깔 변(弁冕, 武弁)

轉 구를 전(轉勤, 回轉)

疑 의심할 의(疑懼, 疑問)

星 별 성(星霜, 北極星)

Chapter 09

인내와 의지,
희망과 긍정의 힘

성공이란 넘어지는 횟수보다 한 번 더 일어서는 것이다.

올리버 골드스미스

지력과 인성을 기르는 힘

파워 독 · 서 · 산

– 읽기 · 쓰기 · 셈하기

Reading ·hand writhing ·mental arithmetic power

59 | '젊어서 고생은 사서도 한다', 고통 속에서 힘이 길러진다

>> '젊어서 고생은 사서도 한다' 고통을 통한 단련과, 뼈저린 경험은 지혜가 되어 나를 업그레이드시키고 힘을 길러준다. '하느님은 인간이 감당치 못할 시련은 주지 않는다'(신약성서) 그러니 용감하게 시련과 고통에 맞서라. 결코 '고통 없이는 성공할 수 없다' No Pain, No Gain.

'아프니까 청춘이다' 라는 책이 베스트셀러가 될 정도로 요즘 젊은이들이 많이 아픈 것 같다. 인간은 본질적으로 참는 존재다. 아픈 것을 참는 게 인생이다. 그런데 요즘은 '참는 교육'이 없어졌다. 아프다고 하니 아픔을 덜어주려고만 하지 그것을 참아야 한다고 가르쳐주지 않는다. 그냥 참아야 한다. 고통을 받아들이고 그것을 참고 인내하는 가운데서 더 낫게 만들어야 한다. 그러려면 삶은 고통이라는 전제를 받아들여야 한다. 그렇지만 지금은 전부 아픔을 덜어주려는 행동만 한다. 참을성 없이 아픔을 덜어주려면 끝없이 베풀어줘야 하는데 한도 끝도 없다.

기성세대 역시 아파하는 젊음을 겪고 노인이 되었다. 그때의 젊음에는 아픔만 있었던 것이 아니라 아픔을 참고 극복하는 고진감래苦盡甘來 정신이 있었다. 그 힘이 있었기에 이만큼 풍요한 사회를 만들 수 있었던 것이다. 지금 젊은이들에게 필요한 교육은 고통을 견디는 교육이다. 한 사회의 창조력은 행복과 유토피아에 대한 꿈이 아니라, 모진 고통을 참고 견디는 과정에서 탄생한다. 흔한 말이지만 '진주는 병든 조개의 아픔 속에서 태어난다' 하지 않던가(이어령 전 문화부장관).

:: 젊은 시절의 폭풍에 당황하지 말라. 앞으로 더 좋은 시간이 올 것이다(제임스 돕슨).
:: 고통은 성장의 법칙이요, 우리의 인격은 세계의 폭풍우와 긴장 속에서 만들어지는 것이다(마더 테레사).
:: 고통은 인간을 생각하게 만든다. 사고는 인간을 현명하게 만든다. 지혜는 인생을 견딜 만한 것으로 만든다(제이 패트릭).
:: 고통을 당하더라도 기뻐하자. 고통은 인내를 낳는다. 인내는 시련을 이겨내는 끈기를 낳는다. 끈기는 희망을 낳는다. 희망은 승리를 낳는다(신약성서).

❖ 右通廣內 오른쪽은 광내(연각延閣과 함께 비서秘書 보관)와 통하고

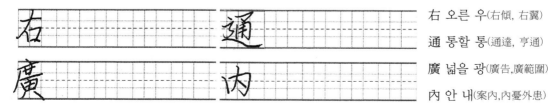

右 오른 우(右傾, 右翼)

通 통할 통(通達, 亨通)

廣 넓을 광(廣告, 廣範圍)

內 안 내(案內, 內憂外患)

>> 매일 1쪽씩만 습자習字(글씨 쓰기 익히기)하여야 하며, 반드시 정신을 집중하여 한 글자씩 천천히 임서臨書(글씨본 보고 따라 쓰기)한다.

고통을 당해도 기뻐하자. 고통은 인내를

낳고 인내는 시련을 이겨내는 끈기를 낳

는다. 끈기는 희망을 낳는다. 희망은 승리

를 낳는다. 그리하여 행복의 꽃이 핀다.

❖ **左達承明** 왼쪽은 승명려承明廬(서적 · 사서의 교열校閱)로 통한다.

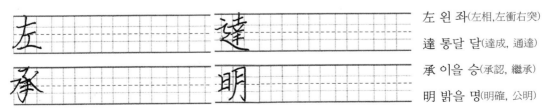

左 왼 좌(左相, 左衝右突)

達 통달 달(達成, 通達)

承 이을 승(承認, 繼承)

明 밝을 명(明確, 公明)

60 | 절대로 포기해서는 안 된다. 의지와 지혜로 위기를 넘어서라

>> '하늘이 무너져도 솟아날 구멍은 있다' 위기와 역경에 맞서서 두려움과 불안, 비관과 절망을 물리쳐라. 자신감을 갖고 마음을 바로 세우면 어떤 어려움도 이겨낼 수 있다. 용기를 내고 인내하며 지혜롭게 난관의 벽을 뚫고나가라. 그렇게 노력하면 반드시 성공을 거둘 것이다.

독일의 재상 비스마르크가 친구와 둘이서 사냥을 나갔는데, 친구가 그만 늪에 빠지고 말았다. 비스마르크가 급히 달려갔으나, 이미 허리까지 빠져들고 있었다. 총대도 닿지 않아 안절부절, 이런저런 생각을 다해봤지만 뾰족한 수가 금방 떠오르지 않았다. 친구가 목까지 빠져드는 순간, 비스마르크가 총을 들어 친구를 겨누며 소리쳤다. "자네를 구하려다 나까지 죽을 수는 없고, 자네의 고통을 더는 못 보겠네. 이 총으로....이해하게나!" 그렇게 고함을 지르며 실탄을 넣더니 방아쇠를 당기려 했다. 놀란 친구는 총구를 피하려고 안간힘을 다해 허우적거렸고, 늪가로 조금씩 다가왔다. 비스마르크는 얼른 총대를 내밀어 친구를 건져주었다.

위기상황, 급박한 지경에서도 비스마르크는 끝까지 포기하지 않고 지략을 짜내어 죽어가는 소중한 생명을 살려냈다. 이렇듯 어떤 난관에서도 흔들림 없는 강인强忍한 의지, 위기를 뚫고나가는 용기와 지혜가 비스마르크를 독일을 통일한 위대한 '철혈鐵血재상'이 되게 하였다.

:: 난관에 부딪혔을 때, 그 온갖 어려움을 참고 견디어 초지일관하여라(채근담菜根談).
處變當堅百忍以圖成 처변당견백인이도성
:: 모든 두려움과 불안, 비관과 절망을 떨쳐버리고 마음을 바로 세우면 반드시 그 어려움을 이겨낼 수 있고, 시간이 지난 후에는 오히려 그 시련과 고통에 감사하는 결과를 맺게 된다(마빈 토케이어).
:: 사람은 한계 상황에 놓이지 않으면 그다지 좋은 지혜가 나오지 않는다. 벼랑 끝에 서서 퇴로도 없는 절망감에서 살아남기 위한 방법을 생각한다면 바로 그때 생각지 못한 좋은 지혜가 나온다(후지쯔 고바야시).

❖ **旣集墳典** 이미 삼분三墳, 오전五典(삼황三皇과 오제五帝의 책)을 모으고

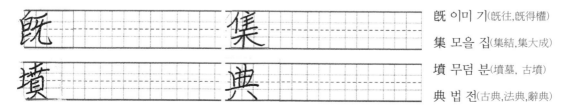

旣 이미 기(旣往,旣得權)

集 모을 집(集結,集大成)

墳 무덤 분(墳墓, 古墳)

典 법 전(古典,法典,辭典)

>> 매일 1쪽씩만 습자習字(글씨 쓰기 익히기)하여야 하며, 반드시 정신을 집중하여 한 글자씩 천천
히 임서臨書(글씨본 보고 따라 쓰기)한다.

하늘이 무너져도 솟아날 구멍은 있다. 난

관에 부딪혔을 때, 그 온갖 어려움을 참고

견디어 초지일관하여라. 그렇게 노력하면

시련은 가고 성공이 찾아올 것이다.

❖ **亦聚群英** 또한 뭇 영재英才의 무리를 모았다.

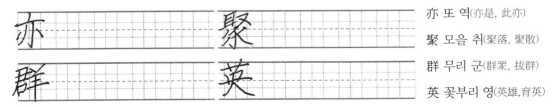

亦 또 역(亦是, 此亦)

聚 모을 취(聚落, 聚散)

群 무리 군(群衆, 拔群)

英 꽃부리 영(英雄, 育英)

고통의 가치, 삶의 에너지

나비 한 마리가 고치에서 빠져나오려고 안간힘을 쓰고 있다. 그 모습을 알프레드 윌리스라는 영국의 유명한 생물학자가 유심히 관찰하고 있었다. 나비는 고치를 벗어나야만 힘차게 날갯짓을 하며 살아갈 수 있다. 윌리스는 몹시 힘들어하며 고통스러운 듯 버둥거리는 그 나비를 들여다보다가 문득 자신이 도와주면 어떨까하는 생각이 들었다. 그래서 그는 나비가 빠져 나올 수 있을 만큼 고치를 칼로 베어주었다. 그런데, 안쓰럽게도 고치에서 벗어난 나비는 날개를 펴자마자 이내 날갯죽지를 늘어뜨리며 죽고 말았다. 이렇게 별다른 이유 없이 금방 죽게 된 까닭은 무엇이겠는가?

그것은 세상으로 나가기 위한 마지막 진통의 과정을 참아 견디며 스스로 뚫고나오지 않았기 때문이었다. 고통을 겪으면서 생명의 힘을 받아 세상으로 나와야 했는데 그렇지 못했던 것이다. 그러므로 바깥세상으로 나아갈 준비하는 젊은이들, 그대들은 세상살이를 위한 단련을 피하려해서는 결코 안 된다. 불굴不屈의 의지로 정신과 힘을 닦고 길러서 패기만만覇氣滿滿하게 세상을 향해 뚫고 나가야 한다. 그것이 바로 아무리 어렵고 고통스러워도 열심히 공부해야 하는 가장 큰 이유다.

먼저 ( ) 안에 들어갈 수 있는 자연수를 모두 쓰고, 아래의 문제는 계산하여 답을 쓴다. 그런 다음 정신을 집중하여 천천히 임서臨書(글씨본 보고 따라서 쓰기)한다.

※ 다음 단원, 180~191쪽의 '읽기·쓰기' 후에는 다른 교재로 5~10분 간 간단한 셈하기를 보충하도록 한다.

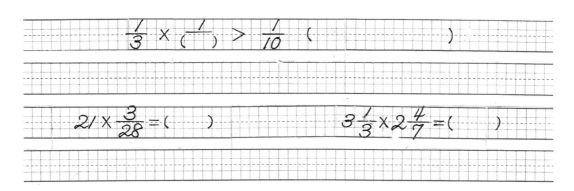

$$\frac{1}{3} \times \left(\frac{1}{}\right) > \frac{1}{10} \quad ()$$

$$21 \times \frac{3}{28} = () \qquad 3\frac{1}{3} \times 2\frac{4}{7} = ()$$

Adversity makes a man wise. No joy without annoy.
역경은 사람을 지혜롭게 만든다. 고통 없는 기쁨은 없다.

Adversity makes a man wise. No joy without annoy.

61 | 난관에 처했을 때 낙담하지 말라. 어떤 문제이든 해결책은 있다

>> 어려움(難關난관)에 부딪쳐 이러지도 저러지도 못할 때가 있다. 이럴 때 좌절하여 주저앉아서는 안 된다. '호랑이굴에 들어가도 정신만 차리면 산다' 아무리 어려워도 방법은 있다. 정신을 바짝 차리고 해결책을 찾아라. 머리를 써서 지혜·기지를 짜내어 길을 찾아야 한다.

'달과 6펜스'The Moon and Sixpence, '인간의 굴레'Of Human Bondage를 저작한 영국의 대문호 서머세트 몸이 무명의 시절, 책 한 권을 내려고 했으나, 출판사에서는 무명작가의 소설이기에 많은 돈을 들여 광고하기를 꺼려하였다. 그는 고심 끝에 짤막한 카피를 신문에 광고하였다.

"마음씨 착한 아름다운 여성을 찾습니다. 저는 스포츠와 음악을 좋아하고, 성격이 온화한 청년입니다. 제가 바라는 여성은 '서머세트 몸'이 쓴 소설의 주인공과 닮은 사람입니다. 착한 마음, 지혜와 아름다움을 지닌 바로 그런 여성이지요. 자신이 그 책의 주인공과 닮았다고 생각한다면 제게 즉시 연락을 주십시오. 꼭 그런 여성과 결혼하고 싶습니다"

이 짧은 광고에 힘입어 책이 날개 돋친 듯 팔려 나갔다. 발매한지 1주일도 안 되어 어느 서점에서도 살 수 없었던 이 책이 바로 서머세트 몸의 첫 번째 소설 '램버스 라이자'Liza of Lambeth이다. 칠흑 같은 난관의 어둠 속에서 빛을 발한 무명작가의 번뜩이는 기지奇智가 그를 순식간에 위대한 작가로 탈바꿈시켰던 것이다.

:: 역경은 사람을 지혜롭게 만든다. Adversity makes a man wise.
:: 고난은 우리 삶에 박힌 보석이다. 그 보석을 통하여 하느님은 빛을 발하는 것이다(필립스 브룩스).
:: 마음속으로 지혜의 길을 찾고 그 신비를 묵상하는 사람은 행복하다. 그는 사냥꾼과도 같이 지혜를 뒤 쫓고 지혜가 가는 길목을 지킨다(구약성서).
:: 운명은 뜻이 있는 자를 안내하고 뜻이 없는 자는 질질 끌고 다닌다(클레안티스).

❖ 杜稾鍾隷 두조杜操(진)는 초서草書, 종요鍾繇(동한)는 예서隷書이고

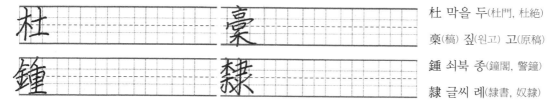

杜 막을 두(杜門, 杜絶)

稾(稿) 짚(원고) 고(原稿)

鍾 쇠북 종(鐘閣, 警鐘)

隷 글씨 례(隷書, 奴隷)

>> 매일 1쪽씩만 습자習字(글씨 쓰기 익히기)하여야 하며, 반드시 정신을 집중하여 한 글자씩 천천히 임서臨書(글씨본 보고 따라 쓰기)한다.

호랑이굴에 들어가도 정신만 차리면 산

다. 아무리 어려워도 방책은 있다. 정신 바

짝 차리고 해결책을 찾아라. 지혜·기지로

길을 찾자. 역경은 사람을 지혜롭게 한다.

✤ 漆書壁經 (죽간竹簡에) 옻칠하여 쓴 벽 속의 경서經書이다.

漆 옻 칠(漆器,漆板,漆黑)

書 글(쓸) 서(書藝, 讀書)

壁 벽 벽(壁報,壁畵,絶壁)

經 글 경(經歷, 聖經)

62 │ 고진감래 苦盡甘來, 고통을 끝까지 견디어내면 꿈은 반드시 이루어진다.

>> 누구에게든 생각지도 않은 시련, 고통이 찾아온다. 그러나 용기와 희망을 잃지 말고 인내하여 이겨내야 한다. 그리하면 고통은 '나'를 한층 더 성장 up grade 시키는 밑거름이 된다. 깨달아 바른 길을 찾고, 두려움을 없애고, 보는 눈이 넓어지게 하며, 마음이 열려 커지게 한다. 시련과 고통이 지나가면 기쁨과 희망의 문이 열린다.

세르반테스는 쉰 살의 나이에 돈벌이를 위해 용병으로 외인부대에 들어갔다. 군대생활은 고통스러웠다. 많은 나이에 힘든 훈련을 받아야만 했고, 게다가 자유롭지 못한 것이 그에게는 더 없이 큰 고통이었을 것이나 꿋꿋하게 참아 견디었다. 그렇게 하루하루를 힘겹게 지내던 중에 더 큰 시련이 찾아왔다. 전투가 벌어졌고, 죽고 죽이는 목숨을 건 싸움은 정말 견디기 어려운 고통이었다. 여하튼 자신이 결정한 일이었기에 이를 악물고 참아냈다. 하지만, 그의 부대가 전투에서 크게 지는 바람에 투옥되었고 전혀 생각지도 못했던 옥살이의 고통이 이어졌다.

그런 가운데서도 세르반테스는 결코 희망을 잃거나 낙담하지 않고 고통을 통해 자신을 성찰하고, 자기를 재발견함으로써 반전反轉의 계기로 삼았다. 소설을 쓰기 시작한 것이다. 감옥에서는 허기는 면하게 해주고, 누구의 간섭도 없으니 글짓기에는 안성맞춤이라고 좋게 생각하며, 소설을 쓰는 데 온힘을 다하였다. 그렇게 옥중의 고통 속에서 탄생한 불후의 명작이 바로 '돈키호테'다.

> :: **고통 없는 기쁨은 없다.** No joy without annoy.
> :: **바람 속에서 자란 나무가 뿌리가 튼튼하다. 비온 뒤에 볕이 난다.**
> :: **피할 수 없는 고통을 즐겨라**(하버드대 도서관 경구).
>   You might as well enjoy the pain that you can not aviod.
> :: **매가 비바람에 닥쳐 날개가 단련되고, 사람은 환난과 위험을 겪으면 연단되어 담대해진다.**
>   應遇風雨練翅膀, 응우풍우련시방 人逢難險膽略. 인봉난험담략

✤ **府羅將相** 관청에는 장수와 정승이 벌려 있고

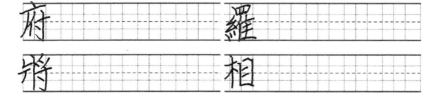

府 마을(관서) 부(政府)

羅 벌릴 라(羅列, 網羅)

將 장수 장(將軍, 將來)

相 서로 상(相關, 宰相)

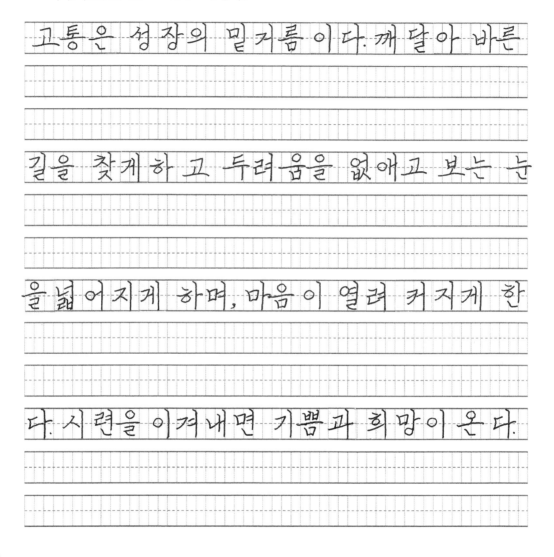

>> 매일 1쪽씩만 습자習字(글씨 쓰기 익히기)하여야 하며, 반드시 정신을 집중하여 한 글자씩 천천히 임서臨書(글씨본 보고 따라 쓰기)한다.

고통은 성장의 밑거름이다. 깨달아 바른

길을 찾게 하고 두려움을 없애고 보는 눈

을 넓어지게 하며, 마음이 열려 커지게 한

다. 시련을 이겨내면 기쁨과 희망이 온다.

❖ **路挾槐卿** 길 양옆에는 삼공三公(槐괴)과 구경九卿이 늘어서 있다.

路

挾

槐

卿

路 길 로(路上, 道路, 要路)

挾 낄 협(協定, 協同組合)

槐 회화나무 괴(槐木)

卿 벼슬 경(卿相, 樞機卿)

63 | '희망'이 가장 강력한 힘이다. 절망하지 말고 심기일전心機一轉하여라

>> 절대로 포기해서는 안 된다. 지금 당장 이루지 못했다고 절망하여 중단하면 아무것도 할 수 없다. '실패는 성공의 어머니' 문제점을 찾아 고쳐야 한다. 노력이 부족했다면 온힘을 다하고, 방법이 잘못됐다면 바꾸면 된다. 희망을 잃지 말고 용기를 내어 다시 시작하여야 한다.

'인내는 쓰나 그 열매는 달다' 4년 내내 꼴지를 면치 못하였던 우리은행 여자 농구팀이 '2012~2013 케이디비KDB그룹 여자 프로농구' 정규리그에서 당당하게 1위, 우승을 차지했다. 지난 시즌 7승33패의 최약체 팀이 놀랍게도 단숨에 최강자가 된 데는 피눈물 나는 훈련과 각고刻苦의 노력이 있었다. 꼴지의 부끄럽고 암담한 처지인데도 결코 실망하거나 포기하지 않고 고강도의 훈련을 묵묵히 견디어 낸 '쓰디 쓴 인내'의 값진 열매였다.

우리은행 여자농구팀의 우승은, 만년 최하위 팀이 꼴지 신세나 면해보자는 안이한 생각에 머물렀다면 불가능한 일이었을 것이다. 그러나 그들은 큰 꿈, 희망을 품었다. 희망은 어떠한 역경, 모든 고난을 다 이겨낼 수 있는 강력한 힘이다. 그 희망, 꿈을 이루기 위해 기필코 해내고야 말겠다는 자신감과 결연한 의지를 다지고 다시 시작했다. 문제점을 찾아내어 훈련방식을 바꾸고, 끊임없이 정신력과 체력을 키우면서 온힘을 다해 연습과 훈련을 거듭하였다. 그리하여 긴 세월 수없이 당했던 패배의 쓰라림을 우승의 기쁨으로 역전시킬 수 있었던 것이다.

:: **사람의 걸음걸이는 넘어짐의 연속이다. 실패는 성공을 가르친다.**
A man's walking is succession of fail. Failure teaches success.

:: **굳은 뜻**(의지)**만 있다면 반드시 이루어 낸다.** 有志意成 유지의성 **의지로부터 힘이 솟는다**(비스마르크).

:: **최고의 성공은 한 번도 쓰러지지 않는 것이 아니다. 쓰러졌을 때 다시 일어서는 것이다**(빈스 롬바디).

❖ **戶封八縣** 여덟 현縣을 봉하여 민호民戶(민가)를 다스리게 하고

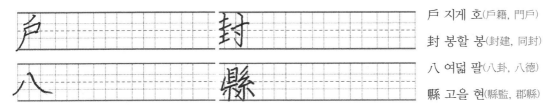

戶 지게 호(戶籍, 門戶)

封 봉할 봉(封建, 同封)

八 여덟 팔(八卦, 八德)

縣 고을 현(縣監, 郡縣)

>> 매일 1쪽씩만 습자習字(글씨 쓰기 익히기)하여야 하며, 반드시 정신을 집중하여 한 글자씩 천천히 임서臨書(글씨본 보고 따라 쓰기)한다.

지금 당장 이루지 못했다고 좌절하여 포

기하면 아무것도 할수 없다. 실패는 성공

어머니, 문제점을 찾아 고쳐야 한다. 용기

를 내고 온힘을 다하여 다시 시작하자.

❖ 家給千兵 가家(제후국諸侯國)에는 천명의 군사를 주었다.

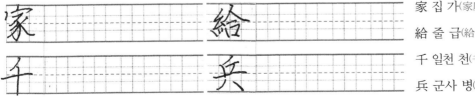

家

千

給

兵

家 집 가(家庭, 藝術家)

給 줄 급(給食,給與,配給)

千 일천 천(千金, 千秋)

兵 군사 병(兵力, 義兵)

64 | 자신감과 긍정의 힘은 모든 악조건을 반전시킨다

>> 이순신 장군의 삶은 우리들의 영원한 귀감이다. 그를 닮고 본받아 어떤 역경에 부딪쳐도 희망을 놓치지 말아야 하고, 결코 낙담하여 주저앉아서도 안 된다. 시련에 맞서 고통을 견디며 용감하게 역경을 뚫고 나가면 마침내 성공에 이르고, 꿈은 반드시 이루어진다.

이순신李舜臣 장군이 도원수 권율權慄 장군의 휘하에서 백의종군할 때, 조선 수군은 패전을 거듭하여 전함은 고작 13척밖에 남지 않았고 군사들의 사기는 밑바닥까지 떨어졌다. 이지경이 되자 나라에서는 이순신을 다시 삼도수군통제사로 임명한다. 전력戰力이 바닥난 최악의 상황이었으나 장군은 결코 자신감을 잃지 않았다. 결사항전의 의지로 전투준비에 온힘을 다하며, 선조宣祖 임금에게 전의를 다지는 상소上疏를 한다. '신에게는 아직 전함 12척이 있나이다. 제가 죽지 않은 한 적이 감히 우리 수군을 얕잡아 보지는 못할 것이 옵니다'

앞이 캄캄한 절망적 상황에서 다른 사람들 같았으면, '겨우 12척의 배로 어떻게 싸운단 말인가?' 지레 겁먹고 남을 탓하며 자포자기했을 것이다. 그러나 이순신 장군은 남달랐다. '아직도 12척의 배가 있다' 끝까지 희망을 놓지 않는 놀라운 긍정의 힘, 그 용기와 자신감으로 13척의 전함을 추슬러 이끌고 133척의 적함을 맞아 용감하게 싸운다. 그리하여 도저히 이길 수 없을 중과부적眾寡不敵의 전투에서 대승을 이루었다. 감격스럽지만 비장함 마저 느껴져 가슴을 뭉클하게 하는, 저 이름 높은 명량해전의 승리였다.

충무공忠武公은 우리 겨레의 영원한 스승이다. 그가 그러했듯이 아무리 어렵고 힘들어도 희망을 잃지 말아야 하고, 결코 좌절하거나 포기해서는 안 된다. 시련과 고통에 맞서 용감하게 역경을 뚫고 나가면 '꿈은 반드시 이루어진다'

:: **새는 알에서 나오려고 투쟁한다. 알은 세계다. 태어나려는 자는 하나의 세계를 깨뜨려야 한다**(헤르만 헤세, '데미안').

:: **죽기로 싸우면 반드시 살고, 살려고 비겁하면 반드시 죽는다**(충무공 이순신). (명량해전에서, 위기에 빠진 나라를 구해야한다는 비장한 각오를 나타낸 말이다) 必死則生 必生則死 필사즉생 필생즉사

:: **당신이 무언가를 간절히 원할 때 온 우주가 그 소망이 실현되도록 도와준다**(파울루 코엘류, '연금술사').

✤ 高冠陪輦 높은 관冠을 쓰고 임금의 연輦(임금의 수레)을 모시며

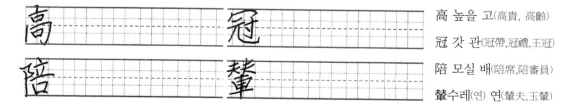

高 높을 고(高貴, 高齡)

冠 갓 관(冠帶, 冠禮, 王冠)

陪 모실 배(陪席, 陪審員)

輦 수레(연) 연(輦夫, 玉輦)

>> 매일 1쪽씩만 습자習字(글씨 쓰기 익히기)하여야 하며, 반드시 정신을 집중하여 한 글자씩 천천히 임서臨書(글씨본 보고 따라 쓰기)한다.

충무공 이순신 장군은 우리 한겨레의 위

대한 스승이다. 그가 그러했듯이 아무리

어렵고 힘들어도 희망을 잃어서는 안 된

다. 역경을 뚫고 나가면 꿈은 이루어진다.

❖ 驅轂振纓 수레를 몰아 달리니 끈이 진동한다.

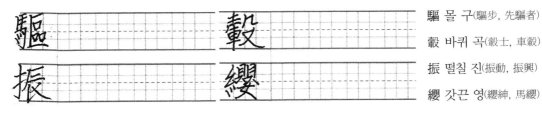

驅 몰 구(驅步, 先驅者)

轂 바퀴 곡(轂士, 車轂)

振 떨칠 진(振動, 振興)

纓 갓끈 영(纓紳, 馬纓)

Chapter 10

열린 마음(知情意지정의),
슬기로운 삶

유대인은 하느님에게 기도함으로써 무슨 부탁을 하는 것이 아니라,
자신의 행위가 얼마나 옳았는가, 이 세상을 얼마나 더 낫게 하였는가,
스스로를 평가가해 보는 것이다.
자기가 존경할 수 있을 만한 자신을 만듦으로써 하느님이 만족한다.

마빈 토케이어

65 | 웃으면 복이 오고, 건강해 진다

>> 웃으면 면역력이 강해져서 감기도 잘 안 걸리고 바이러스가 쉽게 감염되지 않는다. 온몸 마사지 효과로 근육통을 없애준다. 소화기능 강화, 유산소운동 효과, 10킬로미터를 뛰는 운동효과가 있다. 웃음은 세상을 긍정적으로 보게 한다. 활짝 웃는 사람이 있으면 마음이 편하고 기분이 좋아진다. 내 얘기를 웃는 얼굴로 들어주면 호감이 간다(황창연, '사는 맛 사는 멋').

사람들은 나이가 많아질수록 웃음을 잃어간다. 영국의 옥스퍼드대 의과대학 연구팀은 어린아이는 하루에 4~5백 번, 어른은 20번 웃고, 노인은 5번도 채 웃지 않는다는 사실을 알아냈다. 이렇듯 나이가 들어갈수록 웃음이 줄어드는 까닭은 세상살이의 어려움에 부대끼면서 느끼는 '불안, 걱정' 때문이라고 한다. 그런데, 한 전문연구기관의 조사 결과, '사람들의 걱정 40퍼센트는 결코 있을 수 없는 사건에 대하여, 30퍼센트는 이미 지나버린 사건에 대한 걱정, 22퍼센트는 신경 쓰게 아닌 아주 작은 일에, 4퍼센트는 우리로서는 도저히 바꿀 수 없는 사건에, 그 나머지 우리가 반드시 해결해야 할 사건에 대한 걱정이 4퍼센트'로 밝혀졌다. 우리는 96퍼센트의 하지 않아도 될 괜한 걱정을 하고 있는 것이다.

그러니 부질없는 일로 근심하거나 걱정하지 않기로 작심作心하고 (억지로라도) 자주 웃어야 한다. (왜냐하면) 웃음은 일종의 체내운동이다. 웃음은 내부 기관을 회전하게 하고, 호흡을 증진시킨다. 그것은 또한 '포부'에 불을 붙여주기도 한다. Laughter is a form of internal jogging. It moves your internal organs around. It enhances respiration, it is an igniter of great expectation. (노먼 커즌스)

:: 웃으면 많은 복이 들어온다. 笑門萬福來 소문만복래
:: 웃음과 긍정이 우리에게 주는 선물은 건강한 삶이다(노먼 커즌스).
:: 웃음은 전염된다. 웃음은 감염된다. 이 둘은 건강에 아주 좋다(윌리엄 프라이).
:: 우리가 행복하기 때문에 웃는 것이 아니라 웃기 때문에 행복하다(윌리엄 제임스).

❖ **世祿侈富** (공신의 자손은) 대대로 녹을 받아 사치하고 부유하니

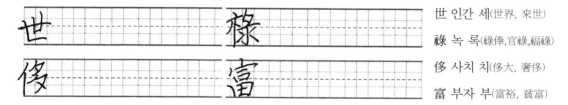

世 인간 세(世界, 來世)
祿 녹 록(祿俸, 官祿, 福祿)
侈 사치 치(侈大, 奢侈)
富 부자 부(富裕, 貧富)

>> 매일 1쪽씩만 습자習字(글씨 쓰기 익히기)하여야 하며, 반드시 정신을 집중하여 한 글자씩 천천히 임서臨書(글씨본 보고 따라 쓰기)한다.

웃음은 일종의 체내 운동이다. 내부 기관

을 회전하게 하고 호흡을 증진시킨다. 또

한 큰 희망에 불을 붙여주기도 한다. 웃으

면 젊어지고 화내면 늙어지니 웃어라.

❖ 車駕肥輕 수레와 말이 살찌고 가볍다.

車 수레 거(차)(乘車)

駕 멍에할 가(駕御, 車駕)

肥 살찔 비(肥大, 肥沃)

輕 가벼울 경(輕率, 輕重)

동방박사들, '희망의 별'을 찾다

신약성서는 동방에서 박사들이 밤하늘의 별을 보고 유다의 베들레헴에서 태어난 예수를 찾아 나선 일을 전하고 있다. 그런데 이 사실을 확실하게 뒷받침할 만한 다른 기록이 있다. 예수 탄생 1년 전 BC 7년, 유프라테스 강 중류에 있는 시파르 천문대에서 '별들의 움직임'을 예측한 학자들이 쐐기문자로 점토판에 새겨서 쓴 것이다. 이 시파르의 성력星曆은 거의 팔백년 만에 벌어지는 행성行星 운행의 진기한 변동에 관하여 날짜까지 밝혀 명확하게 기록하였다.

요컨대, '별 하늘에서의 사건. 봄에 목성이 금성과 만나고, 여름·가을에는 목성이 어좌魚座(물고기자리) 가운데서 토성과 다섯 차례 만난다'는 것이다. 이때에 바빌로니아의 점성학은 목성을 세계의 지배자, 물고기자리는 종말, 토성은 팔레스티나의 상징으로 보았다. 따라서 별의 운행에 의하면 '종말의 시대에 팔레스티나에서 세계의 통치자가 출현한다'는 것이다. 종말에 이른 세상을 다스릴 '왕중왕'王中王·king of the king의 탄생을 알아낸 동방의 천문학자들. 그들은 칠흑 같이 어두운 밤, 아득히 먼 하늘에서 유난히도 밝게 빛나는 그 별을 우러러보며 경이와 감동에 벅찬 가슴을 주체할 수 없었을 것이다.

그리하여 위대한 탄생, 그 놀라운 발견을 확인해야 하고 곧 태어날 희망의 왕을 찾아뵈어야만 한다는 열망이 마음가득 차올랐다. 그러나 주저하고 망설이지 않을 수 없었으리라. 바빌로니아(메소포타미아)에서 팔레스티나(유다)까지 서너 달은 걸릴 머나먼 길을 떠난다는 것이 얼마나 무모한가. 기약도 없고 목적지도 분명하지 않은 초행길이 어찌 두렵지 않았겠는가. 하지만 '희망'을 향한 뜨거운 열정은 망설임과 두려움을 넘어섰다. 그들은 걱정과 불안을 떨쳐버리고 힘차게 첫걸음을 내딛었다. 위대한 왕과의 만남, 그 큰 희망을 이뤄야 한다는 일념에 발걸음은 가벼웠고, 마음속 가득한 희망이 별처럼 밝게 빛났다.

그렇게 하루하루가 가고 한 달이 지났다. 낮에는 잠시 쉬면서 눈을 부치고 밤이면 별을 따라서 발걸음을 재촉했다. 그러나 견디기 어려운 고통이 밀려왔다. 휘몰아치는 비바람을 뚫고나가야 했고, 숨이 턱턱 막히는 열풍에 맞서나가야 했다. 날이 갈수록 지쳐만 갔고 힘이 빠졌다. 더구나 몸살이 나서 머리가 지끈거리며 온몸이 쑤시는 듯 아팠고, 다리는 더 참을 수 없을 만큼 욱신거리며 저려왔다. 그런데도, 그들은 절망하지 않고 역경과 고난을 참아 견디며 오로지 희망을 향하여 전진하였다.

이렇듯 '희망은 시련과 고통을 이겨내는 강력한 에너지다' 그래서 마침내 그리스도 예수를 만나볼 수 있었으며, 천신만고 끝에 그 큰 희망을 확인한 기쁨에 돌아가는 발걸음도 가벼웠을 것이다.

( ) 안에 맞는 숫자를 바른 글씨(정서正書)로 써넣어 식을 완성하고, 정신을 집
중하여 천천히 임서臨書(글씨본 보고 따라서 쓰기)한다.

※ 다음 단원, 194~203쪽의 '읽기 · 쓰기' 후에는 다른 교재로 5~10분 간 간단한 셈하기를 보
충하도록 한다.

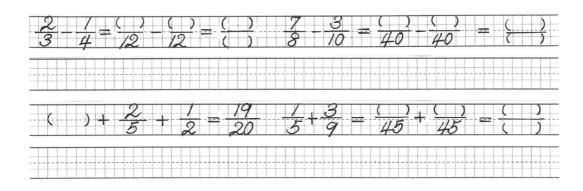

$$\frac{2}{3} - \frac{1}{4} = \frac{(\ )}{12} - \frac{(\ )}{12} = \frac{(\ )}{(\ )} \qquad \frac{7}{8} - \frac{3}{10} = \frac{(\ )}{40} - \frac{(\ )}{40} = \frac{(\ )}{(\ )}$$

$$\frac{(\ )}{(\ )} + \frac{2}{5} + \frac{1}{2} = \frac{19}{20} \qquad \frac{1}{5} + \frac{3}{9} = \frac{(\ )}{45} + \frac{(\ )}{45} = \frac{(\ )}{(\ )}$$

Imagination is more important than knowledge.
상상력은 아는 것 보다 더 중요한 것이다.

Imagination is more important than knowledge.

66 | 유머와 재치가 삶을 즐겁고 여유롭게 만든다

>> 남들을 자연스럽게 웃겨보자. 유머가 웃음을 만든다. 유머는 지혜 · 창의력 · 마음의 여유 · 자신감으로부터 나오고, 다시 그것들을 더 크게 자라게 한다. 무엇보다도 유머는 '웃음꽃'을 피우게 해서 더욱 좋다. 그러니 유머와 재치가 넘치는 유쾌한 사람이 되도록 노력하여라.

'도둑놈 머리 위에서 모자가 탄다'(이스라엘속담) 무슨 뜻인가? 어느 유대인이 모자를 도둑맞고, 바로 길거리로 나가보니 자기 것처럼 보이는 모자를 쓴 사람들이 많았다. 도저히 구별을 할 수가 없었다. 그래서 "도둑놈 모자에 불이 붙었다"고 크게 소리쳤다. 물론 자기 모자에 손을 올린 사람이 도둑이었다.

프란치스코는 겸손하고 유머와 여유가 넘치는 교황이다(로이터통신). 교황에 선출된 뒤 성베드로 대성당 발코니 앞에 모인 군중들에게 "내 동료 추기경들이 새 지도자(아르헨티나 출신)를 찾기 위해 세상 맨 끝(로마~남미)까지 갔다"는 인사말로 사람들을 웃음 짓게 하였다. 리무진을 마다하고 숙소 행 셔틀버스를 타자 다들 깜짝 놀랐지만, 기사에게 "괜찮아, 난 얘들(boys, 추기경들)이랑 갈래"라고 말했다. 만찬 중에는 축배를 들면서 "하느님이 (나를 뽑은) 당신들을 용서해 주시길"이라고 말해 추기경들은 폭소를 터뜨렸다.

유머가 웃음을 자아내는 까닭은 고정관념을 깨는 의외성 · 독창성 때문이며, 그것은 강한 자신 감과 창조적 마인드 또는 문제의식과 비판정신, 곧 지혜로부터 솟아난다. 유머의 큰 힘은 긴장 속에서도 웃음꽃을 피우듯 위험에 처해서도 당황하거나 낙담치 않는 것이다. 그리하여 여유 있고 의연하게 그 특유의 마인드인 창조적 반전反轉을 통하여 해결책을 끌어낸다. 처칠은 유머가 넘치는 사람이었다. 그런 기질로써 자기 삶의 역경뿐만 아니라 나라와 세계의 위기를 뚫고 나갔고, 그리하여 위대한 인물로 칭송받고 있는 것이다.

:: **유머는 머리에서 나오는 것이 아니라 마음으로부터 나온다**(르네 뒤보).
:: **나를 키운 것은 유머이고 내 최대의 장기는 유머이다**(알베르트 아인슈타인).
:: **유머감각이 없는 사람은 스프링 없는 마차와 같다. 길 위의 모든 조약돌마다 삐걱 거린다**
(헨리와드 비처).

❖ 策功茂實 공로를 기록하고 실적을 표창하여 많은 상을 주며

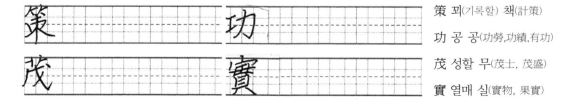

策 꾀(기록할) 책(計策)

功 공 공(功勞, 功績, 有功)

茂 성할 무(茂土, 茂盛)

實 열매 실(實物, 果實)

>> 매일 1쪽씩만 습자習字(글씨 쓰기 익히기)하여야 하며, 반드시 정신을 집중하여 한 글자씩 천천
히 임서臨書(글씨본 보고 따라 쓰기)한다.

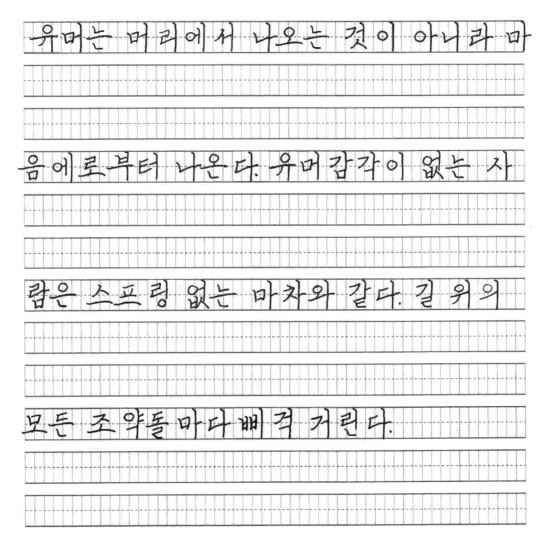

유머는 머리에서 나오는 것이 아니라 마

음에로부터 나온다. 유머감각이 없는 사

람은 스프링 없는 마차와 같다. 길 위의

모든 조약돌마다 삐걱거린다.

✣ **勒碑刻銘** 비석을 만들어 (공적의) 명문을 새긴다.

勒

刻

碑

銘

勒 새길 륵(勒銘)

碑 비석 비(碑文,記念碑)

刻 새길 각(刻印, 彫刻)

銘 새길 명(銘文.座右銘)

67 | 고정관념을 깨고, 창조적 발상으로 문제를 해결한다

>> 창의력은 다른 사람들, 국가 · 사회를 이롭게 한다. 자신의 능력과 자신감의 원천이 되어 '나'를 성공으로 이끌고, 행복한 삶을 보장해준다. 창조함(창의적 아이디어)으로써 회사 · 사회 · 국가에서 원하는 사람, 다른 사람들이 대신할 수 없는 (대체 불가능) 인재가 돼라. 그러면 '독보적인 미래가 기다린다' An exceptional future a wait you. (이미도, 문화일보 '인생을 바꾼 대명사')

학생들이 새로운 차원을 경험하고 새로운 아이디어를 창출해낼 수 있도록 하였다. 혁신적이고 창의적이며 근면한 인재, 다양한 도전에 맞서 미래의 문제를 해결할 수 있는 리더십을 익히도록 하였다. 좁은 시야의 학생들이 크게 변화할 수 있는 계기를 마련해주고, 좀 더 넓은 차원에서 사고하고 볼 수 있도록 해야 한다(매슈 유엔 홍콩과기대 부총장).

자기를 낳아라. 모든 사람들은 나름대로 창조력을 가지고 있다. 그런데도 대다수 사람들은 스스로가 갖고 있는 창조력을 끌어내려 하지 않는다. 남을 앞지르기보다 자기를 앞지르려는 노력을 통하여 어느 날 다른 사람들보다 뛰어나게 된다(마빈 토케이어, '탈무드적 처세술'). 남들과 다른 생각을 가지고 있는 것, 혹은 다른 길을 가고 있는 것이 두려운가. 생각과 행동이 대다수 사람들과 같다면 평범한 그 이하의 삶을 살게 될 가능성이 높다. 다르게 생각하고, 다르게 행동하라. 세상을 이끄는 사람들은 같은 생각을 하는 다수가 아니라 다른 생각을 하는 소수다(마거릿 대처).

케케묵은 고정관념을 버리고 모든 것을 새롭게 바라보며, 생각의 문을 활짝 열어 자신 속에 깊이 잠재한 상상력 · 창의력을 끄집어내야 한다. 그러한 열정과 강한 의지로 노력하면 누구든지 '창조적 인간'이 될 수 있고, 그 사람이 바로 국가 · 사회에 이바지하는 인재다.

∷ 지금 있는(현존의) 모든 훌륭한 것들은 독창력이 맺은 결실이다.
   All good things which exit are the fruits of originality.
∷ 창의적 사고력은 실행을 통하여 커진다. Action exercises the mind for creativity.
∷ 대기업보다 강한 중소기업과 좋은 일자리는 정부가 아니라, 참신한 아이디어와 끊임없는 도전정신이 만든다(이철호 중앙일보 논설위원).

❖ 磻溪伊尹 반계(문왕文王이 여상을 초빙)와 이윤(은殷 성탕成湯이 초빙)은

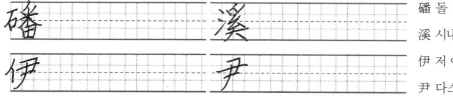

磻 돌 반(磻溪)

溪 시내 계(溪谷, 淸溪)

伊 저 이(伊傅, 伊人)

尹 다스릴 윤(尹司, 判尹)

>> 매일 1쪽씩만 습자習字(글씨 쓰기 익히기)하여야 하며, 반드시 정신을 집중하여 한 글자씩 천천히 임서臨書(글씨본 보고 따라 쓰기)한다.

지금 있는 모든 훌륭한 것들은 독창력이

맺은 결실이다. 강한 중소기업과 일자리

는 정부가 아니라, 참신한 아이디어와 끈

임없는 도전정신이 만든다.

❖ **佐時阿衡** 때를 도운 여상呂尙과 아형(은殷나라 재상의 직함)이다.

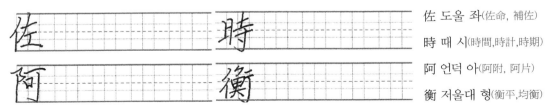

佐 도울 좌(佐命, 補佐)

時 때 시(時間, 時計, 時期)

阿 언덕 아(阿附, 阿片)

衡 저울대 형(衡平, 均衡)

68 | 발상의 전환, 생각을 바꿔라. 새로운 아이디어로 독보적 존재가 된다

>> 현실에 안주하거나 고정관념에 사로잡혀서는 발전이란 있을 수 없다. 항상 문제의식을 가져야 하며, 새로움을 향한 강렬한 의지가 있어야 한다. 그것은 상상력을 불러일으키고 아이디어를 낳게 하여 발전을 이끄는 독보적 존재가 되게 한다. 특히 문제나 한계에 부딪쳤을 때 발상을 전환하여 새로운 해결책을 찾는 것은 전화위복轉禍爲福의 길이다.

1952년 헬싱키 올림픽, 투포환 경기에서 미국의 페리 오브라이언 선수가 17미터를 넘게 던져 올림픽 신기록을 세웠다. 그는 기록의 한계를 뛰어넘기 위해 새로운 투척방법을 고안考案했는데, 등을 돌린 채로 몸을 회전시키면서 던지는 것이었다. 오브라이언이 개발한 투포환 자세에 사람들은 놀라움을 금치 못했고, 많은 관심을 불러일으켰다. 그 이후 현재까지도 투포환 선수들은 그가 시도했던 자세를 거의 그대로 따르고 있다. 그러므로 오브라이언이야말로 현대 투포환 경기의 원조이며 선구자나 다름없다. 전문가들과 매스컴은 한결같이 그의 기록경신을 전망하였고, 선수 자신도 신기록을 세운대 다가 당시로서는 기발한 투척 법을 구사하는 독보적 존재인 까닭에 자신감이 갈수록 높아졌다. 그래서인지 차기 올림픽에서는 최초로 19미터의 벽을 깨고 세계신기록을 세웠으며, 은퇴 전까지 무려 다섯 번이나 투포환의 신기록을 경신하였다.

현재의 상태를 뛰어넘고자 하는 변화의 의지와 문제의식이 없었다면, 페리 오브라이언은 이 획기적인 방법에 대해 꿈도 꾸지 못했을 것이다. 기록경신의 열망과 그 한계를 타개打開하기 위한 발상의 전환, 이를 통한 변화의 시도와 상상력이 그 누구도 생각할 수 없는 아이디어를 끌어냈음이 분명하다. 그리하여 직면한 문제를 해결함으로써 신기록을 5회 이상 경신하는 독보적인 존재가 되었고, 세계 투포환의 발전을 이끈 선구자로 우뚝 서게 된 것이다.

:: **아이디어는 항상 가까운 곳에 있다. 늘 새로운 것에 도전하라**(허버트 캘러허).
:: **습관이나 관례를 철저히 무시해라**(마거릿 대처).
:: **한 숟갈의 상상력은 한 트럭의 지식보다 더 중요하다. 풍파를 일으키는 사람이 되라**(알베르트 아인슈타인)

✤ **奄宅曲阜** 문득 곡부에 집을 지으니(주공周公이 노魯의 도읍을 정하다)

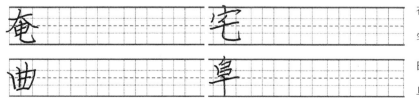

奄 문득 엄(奄奄, 奄忽)
宅 집 택(대)(宅地, 貴宅)
曲 굽을 곡(曲解, 作曲)
阜 언덕 부(阜盛, 曲阜)

>> 매일 1쪽씩만 습자習字(글씨 쓰기 익히기)하여야 하며, 반드시 정신을 집중하여 한 글자씩 천천
히 임서臨書(글씨본 보고 따라 쓰기)한다.

아이디어는 항상 가까운 곳에 있다. 늘

새로운 것에 도전하라. 한 숟갈의 상상력

은 한 트럭의 지식보다 더 중요하다. 자신

의 능력을 결코 과소평가해서는 안 된다.

❖ 微旦孰營 단旦(주공周公)이 아니면 어느 누가 경영을 했겠는가.

微

旦

孰

營

微 작을 미(微笑, 輕微)

旦 아침 단(旦夕, 元旦)

孰 누구 숙(孰是孰非)

營 경영할 영(營爲, 經營)

69 | 호기심을 갖고, 상상하며, 창의력을 키운다

>> 사람은 호기심을 가지고 태어났다. 말을 시작하면서부터 "이게 뭐야?"라며 수도 없이 묻는다. 알고 싶어 하는 마음이다. 의문은 생각을 더 깊게 하고, 남다른 생각, 곧 창의력 · 아이디어를 끄집어낸다. '앎'에 대한 욕망은 공부에 대한 의지도 불러일으킨다. 호기심을 되살려야 한다. 그리하여 더 열심히 묻고 공부하며 창의력을 키워라.

'아이디어가 아이디어를 낳는다' 창의력은 창조의 힘, 독창성이며, 그 창조로부터 또 다른 아이디어가 생겨난다. 창조란 모든 사물을 지금의 것보다 더 유익하고 편리하게 향상 · 발전시키거나, 전혀 새로운 그 무엇의 발견 · 발명이다. 하지만 크고 거창해야만 하는 것은 아니다. 일상사의 아주 작은 것에서도 번득이는 아이디어는 얼마든지 빛을 발할 수 있다. 예컨대 공부를 보다 잘할 수 있는 노트정리 방법을 생각해냈다면, 그 아이디어야말로 공부 잘하기를 원하는 학생들에게는 더없이 유익한 창조가 된다. 거창한 것은 아니지만 다른 사람이 전혀 생각하지 않았던 지우개가 달린 연필, 가시철조망 등이 바로 그런 것들이다.

창의력을 키우기 위해서는, 첫째, '빈 항아리에 술을 담근다'는 말처럼 지금까지 머리에 꽉 찼던 생각, 단단하게 굳어진 고정관념을 깨부수고 다 쏟아 버려야 한다. 둘째, 끊임없이 샘솟는 호기심과 불타는 '의문의 눈'(문제의식)으로 모든 사물을 바라봐야 한다. 셋째, 모든 것을 받아들여 늘 새롭게 변화하려는 '열린 마음' open mind과 의지가 있어야 한다.

:: **상상력**(창의력)**은 아는 것보다 더 중요한 것이다**(알베르트 아인슈타인).
    Imagination is more important than knowledge.
:: **상상력은 창조력의 시작이다. 바라는 것을 상상하고 상상한 것을 의도하고 마침내 의도한 것을 창조하는 것이다**(버나드 쇼).
:: **호기심을 가져라. 호기심은 누구나 가질 수 있는 큰 자산이다**(에릭 홉스봄).
:: **나는 특별한 재능을 갖고 있지 않다. 오직 열정으로 가득한 호기심을 갖고 있을 뿐이다**
    (알베르트 아인슈타인).
:: **때를 만난 아이디어보다 더 강한 것은 없다**(빅토르 위고).

❖ 桓公匡合 제齊나라 환공桓公은 바로잡고 하나로 모아서

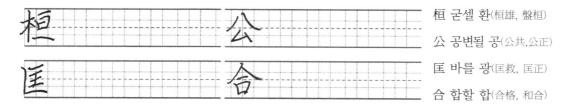

桓 굳셀 환(桓雄, 盤桓)

公 공변될 공(公共, 公正)

匡 바를 광(匡教, 匡正)

合 합할 합(合格, 和合)

>> 매일 1쪽씩만 습자習字(글씨 쓰기 익히기)하여야 하며, 반드시 정신을 집중하여 한 글자씩 천천
히 임서臨書(글씨본 보고 따라 쓰기)한다.

상상력은 아는 것보다 더 중요한 것이다.

나는 특별한 재능을 갖고 있지 않다. 오직

열정으로 가득 찬 호기심을 갖고 있을 뿐

이다라고 아인슈타인이 말하였다.

❖ **濟弱扶傾** 약한 이들을 건져내고 기우는 나라를 붙들어 도왔다.

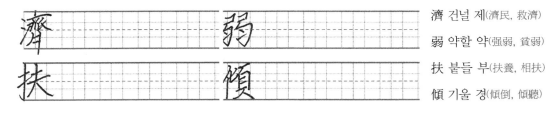

濟 건널 제(濟民, 救濟)

弱 약할 약(强弱, 貧弱)

扶 붙들 부(扶養, 相扶)

傾 기울 경(傾倒, 傾聽)

70 | 사람은 서로 '어울림' 속에서 살아야 더 살맛이 난다

>> 사람은 태어나면서부터 관계를 맺기 시작하여 끝까지 관계 속에서 살아가며, 글자 그대로 '인간' 人間(사람·사이)인 것이다. 따라서 사람은 '어울림' 속에서 살아야 더 살맛이 난다. 인간관계를 잘 맺어 좋은 '어울림'이 되도록 하기 위해서는 '마음가짐'을 바로 세워야 한다.

사람은 감정에 치우치기가 쉽고, 그렇게 되면 쓸데없는 데 마음을 쏟아 삶의 의미를 잃게 된다. 이렇게 마음의 중심을 잡지 못하면 내 잘못은 아랑곳하지 않고 남의 탓만 하게 된다. 자기 뜻대로 안 된다하여 아집과 편견의 깊은 감정 속에 자아自我를 빠뜨린다. 그리하여 어리석게도 지금 내가 무슨 일을 하고 있는지, 무엇을 잘못하는지를 도저히 알 수가 없다. 마음의 중심을 잡아 크고 바른 '마음가짐' 갖기, '마음공부'가 그래서 필요하다. 이런저런 핑계로 쉽지 않겠지만 굳게 결심하고 '정신수양' 情神修養(마음공부)에 힘써야만 한다.

> 사람이 비록 지극히 어리석으나 남을 꾸짖는 데는 밝고, 비록 총명함이 있으나 자기를 용서하는
> 데는 어두우니 다만 남을 꾸짖는 마음으로 자기를 나무라고, 자기를 용서하는 마음으로 용서한다면
> 성현의 경지에 이르지 못함을 근심할 것이 없다(명심보감明心寶鑑).
> 人雖至愚 責人則明, 인수지우 책인즉명 雖有聰明 恕己則昏 수유총명 서기즉혼 但常以責人之心責己,
> 단상이책인지심책기 恕己之心恕人 서기지심서인 則不患不到聖賢地位也. 즉불환부도성현지위야

그런데, 나무라기를 잘하되 항상 '나' 자신을 꾸짖고 나무라야 '마음가짐'이 바로 잡힌다. 이와 같은 마음, 태도로 살면 옛사람들은 그를 일컬어 군자君子라 하였다. 군자란 결코 별난 사람이 아니다. 마음이 선善과 정의正義를 향해 있고, 그것을 따라 말하고 행하기 위하여 노력하면 그 사람이 바로 군자다. 그렇게 누구이든 성인군자聖人君子가 될 수 있는 것이다.

> 처음 배우는 이는 먼저 모름지기 뜻을 세우되, 반드시 성인으로써 스스로 기약하여 털끝만큼도
> 자신을 작게 여겨 핑계 삼으려는 생각을 해서는 안 된다(격몽요결擊蒙要訣).
> 初學先須立志, 必以聖人自期 초학선수입지 필이성인자기 不可有一毫自小退託之念. 불가유일호자소퇴탁지념

:: 당신의 마음을 좋은 생각으로 가득 채워라. 그렇지 않으면 원수가 나쁜 것으로 채울 것이다. 텅 비어있는 마음이란 있을 수 없다(토머스 모어).

❖ 綺回漢惠 기리계綺里季는 한漢혜제惠帝를 돌려놓았고(태자 폐위를 막다)

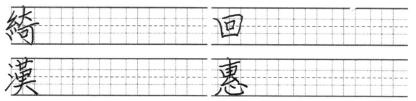

綺 비단 기(綺語,綺羅星)

回 돌아올 회(回答,每回)

漢 한수 한(漢文, 惡漢)

惠 은혜 혜(惠澤, 恩惠)

>> 매일 1쪽씩만 습자習字(글씨 쓰기 익히기)하여야 하며, 반드시 정신을 집중하여 한 글자씩 천천히 임서臨書(글씨본 보고 따라 쓰기)한다.

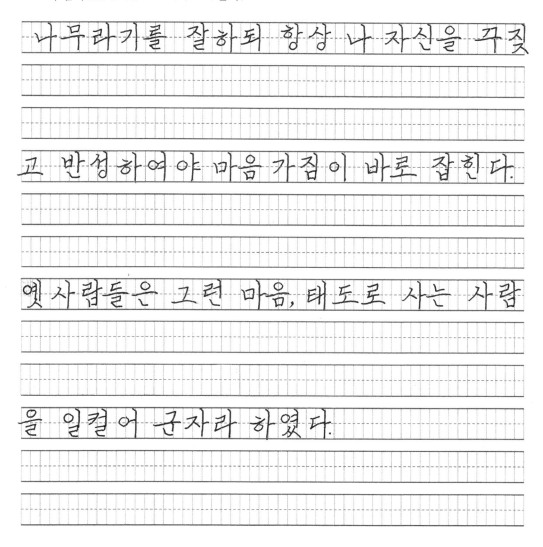

나무라기를 잘하되 항상 나 자신을 꾸짖

고 반성하여야 마음 가짐이 바로 잡힌다.

옛 사람들은 그런 마음, 태도로 사는 사람

을 일컬어 군자라 하였다.

✤ **說感武丁** 부열傳說은 상왕商王 무정武丁을 감동시켰다.

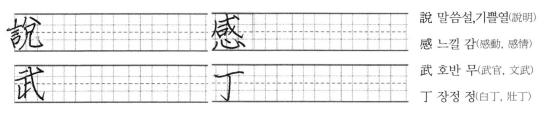

說 말씀설,기쁠열(說明)

感 느낄 감(感動, 感情)

武 호반 무(武官, 文武)

丁 장정 정(白丁, 壯丁)

코페르니쿠스적 발상의 전환

　그 유명한 '토끼와 거북의 경주競走'는 이솝우화 3백52번째 이야기다. 비록 느리기는 해도 한눈 팔지 않고 결승점을 향해 열심히 앞으로 나아간 거북이 자만심에 빠져 잠이 든 토끼에게 역전승을 거둔다. 이 우화는 자신의 재주만 믿는 불성실한 사람보다 재능은 뛰어나지 못하지만 진득하게 최선을 다해 노력하는 사람이 끝내는 성공한다는 교훈을 준다. 마음에 깊이 새겨야 할 값진 가르침임에 분명하다.

　그러나 생각을 바꾸어 비판적인 시각으로 이야기의 내용을 다시 들여다보면 전혀 다른 해석을 끌어낼 수 있다. 주로 물에서 활동하는 거북과 뭍에 사는 토끼의 경주는 거북이의 입장에서는 불리하기 짝이 없다. 그러므로 토끼가 이기게 하려는 불공평한 술수, 음모가 있었다는 것이다. 그리고 또 다른 관점에서 볼 때, 어이없게도 달리기 시합 중에 잠들었던 토끼가 잘못된 것이 아니라, 잠자는 토끼를 깨우지 않고 그대로 둔 채 경주를 계속한 것이 문제일 수도 있다. 그런 이유를 들어 거북이 경쟁자 없이 승리한 것은 불공정하고 비겁하다는 해석을 하기도 한다.

　이처럼 사물을 바라보고 생각하는 방향과 관점이 다양할 수 있고, 반드시 그래야만 한다. 늘 문제의식을 가져야 날로 새롭게 발전하며, 그래서 사람은 평생을 배우고 생각하면서 살아가야 하는 것이다.

　이는 고정관념의 틀을 깨는 코페르니쿠스적 전회轉回, 발상의 전환을 통하여 생각의 깊이와 크기를 더해야 한다는 뜻이며, 그리하여 사고력을 길러 나가야만 하는 당위성當爲性이기도 한 것이다. 왜냐하면 성격·습관과 함께 공부(평생토록 공부해야 한다)를 비롯한 모든 일의 발전과 성공의 밑바탕이 사고력이기 때문이다.

<table>
<tr><td>

**숫자
쓰고
셈하기**

</td><td>

식을 완성하고, ( ) 안에 맞는 숫자를 바른 글씨(정서正書)로 써넣는다. 그런 다음, 정신을 집중하여 천천히 임서臨書(글씨본 보고 따라서 쓰기)한다.

※ 다음 단원, 206~217쪽의 '읽기 · 쓰기' 후에는 다른 교재로 5~10분 간 간단한 셈하기를 보충하도록 한다.

</td></tr>
</table>

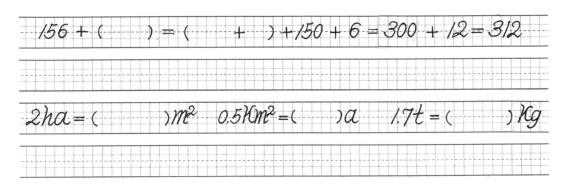

$$156 + (\quad) = (\quad + \quad) + 150 + 6 = 300 + 12 = 312$$

$$2ha = (\quad)m^2 \quad 0.510m^2 = (\quad)a \quad 1.7t = (\quad)Kg$$

<table>
<tr><td>

**알파벳
(영문)
쓰기**

</td><td>

Early to bed and early to rise makes a man healthy, wealthy and wise.

일찍 자고 일찍 일어나면 건강하고 부유하며 현명해 진다.

Health is above wealth.

건강이 재산보다 더 중요하다.

</td></tr>
</table>

Early to bed and early to rise makes a man heal-

thy, wealthy and wise. Health is above wealth.

71 | 넓고 바른 '마음가짐'이 좋은 어울림, 인관관계를 진작시킨다.

>> 인간관계의 진작, 좋은 '어울림'이 되도록 하기 위해서는 '마음가짐'을 바로 세워야 하므로 공부해야 한다. 그러면 갈수록 새롭게 생각하고 시야가 넓어져 '지혜'가 쌓여간다. 마음의 중심이 잡혀 자연스럽게 바른 '마음가짐'이 생겨나고 비로소 진정한 '나'를 알게 된다.

소크라테스는 '너 자신을 알라'고 가르쳤는데, 공부하고 성찰하면서 '지혜'를 쌓지 않고서는 도저히 '나'를 알 길이 없다. 자신을 알게 하는 그 지혜는 흔들림 없는 바른 '마음가짐'에서 싹터 나오는 것이다. 그렇게 마음의 중심이 서면 그에 따라 인간관계, 즉 다른 사람들과의 '어울림' 또한 저절로 좋아지게 마련이다. 이를 위해서는 열심히 정신수양情神修養(마음공부)을 해야만 한다. ('호연지기'浩然之氣를 기르는 방법이며, 핵심은 '머리를 굴리는 것이 아니라, 마음을 바로 세워 여는 것'이다) 달리 특별한 방법은 없고, 선현先賢들의 지혜를 본받아 깨달아야 한다. (効也 覺也효야각야) 먼저 금언(격언·명언) 한 이백여 가지를 골라서 하루에 몇 가지씩 그 뜻을 깊이 음미하며 외우도록 한다. 아울러 평소에 가장 존경하는 선현을 대표하는 책들을 읽고 또 읽고 생각을 거듭하면서 그 의미를 완전히 터득하여 마음 깊이 새겨라. (讀書百遍義自見독서백편의자현)

> 무릇 책을 읽을 때는 하나의 책을 익숙하게 읽어서 그 뜻을 깨닫고 꿰뚫어 통달하여 의구심이 없는
> 뒤에야 다른 책을 읽을 것이며, 많이 읽기를 탐하고 힘을 다 쏟아 급하게 섭렵하지 말아야 할 것이다
> (율곡 이이, '격몽요결'). 凡讀書必熟讀一冊 盡曉義趣, 범독서필숙독일책 진효의취 貫通無疑然後 乃改讀他書.
> 관통무의연후 내개독타서 不可貪多務得 忙迫涉獵也 불가탐다무득 망박설렵야

마음공부는 인간관계의 진작뿐만 아니라, 호연지기를 기르고, 삶의 바른 길을 찾는 것이니 누구이든 소홀히 하고 게을리 해서는 안 될 일이다. 그 방법은 첫째, 기도하는 마음의 간절함, 적당한 긴장tension이 마음을 받쳐줘야 하고, 깊이 생각하여야 한다. 둘째, 조금 아는 것 같은 생각에 누구를 가르치려 들고, 특히 스스로는 고치지 않으면서 남의 허물을 탓하며 자신에게 걸려 넘어지지 않도록 유의해야 한다. 셋째, 공자를 비롯한 모든 선현들이 그러했듯이 처음부터 끝까지 '나는 잘 모른다'는 겸허한 마음으로 끊임없이 반성하고 숙고하며 공부하여야 한다. 그런 가운데 '마음가짐'이 바로 잡히면서 진정한 '나'를 서서히 알아가게 되는 것이다. 그렇게 수련에 정진精進한다면 어느 누구라도 성인군자가 될 수 있다.

:: **위대한 발견은, 사람은 마음가짐을 바꿈으로써 삶을 바꿀 수 있다는 것이다**(윌리엄 제임스).

❖ **俊乂密勿** 뛰어나고 어진 이들이 부지런하고 치밀하니

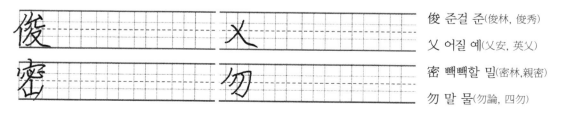

俊 준걸 준(俊林, 俊秀)

乂 어질 예(乂安, 英乂)

密 빽빽할 밀(密林, 親密)

勿 말 물(勿論, 四勿)

>> 한글 흘림체 쓰기 (흘림체는 모든 점획이 부드럽게 이어진다는 생각으로 쓴다) 매일 1쪽씩만 습자習字하여야 하며, 반드시 정신을 집중하여 한 글자씩 천천히 임서臨書한다.

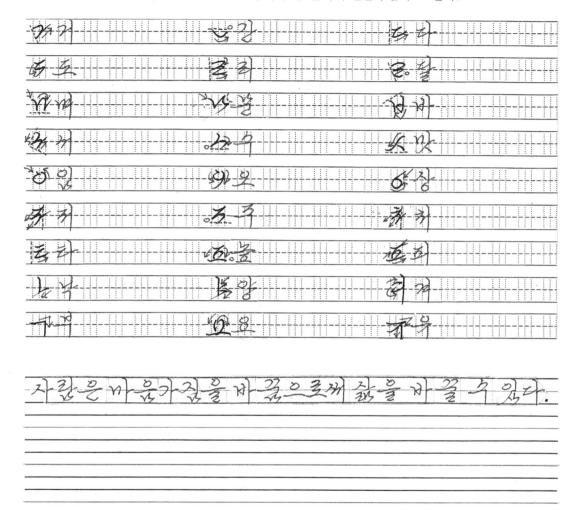

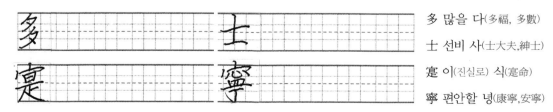

❖ **多士寔寧** 많은 선비가 있어 나라가 편안하다(시경詩經, 문왕文王).

多			士		
寔			寧		

多 많을 다(多福, 多數)

士 선비 사(士大夫, 紳士)

寔 이(진실로) 식(寔命)

寧 편안할 녕(康寧, 安寧)

/////// Chapter 11

바른 학교생활,
학교공부 잘하기

교육의 목적은 인격의 형성에 있다.

기계적이지 않은 인간적인 사람을 만드는 데 있다.

교육의 비결은 상호존중의 미덕을 알게 함이고,

창조적 표현과 지식습득의 기쁨을 깨우쳐주는 것이

교육인 최고의 기술이다.

알베르트 아인슈타인

:: 망 중 한 忙中閑

'주의력' 훈련이 교육이다 ⋯ 218

지력과 인성을 기르는 힘

파워 독 · 서 · 산
– 읽기 · 쓰기 · 셈하기
Reading ·hand writhing ·mental arithmetic power

72 | 학교생활·공부의 귀중한 가치를 알고, 이를 잘 받아들여야 한다

>> 교육, 배움(學학)은 제대로 잘살기 위해서 반드시 해야 하는 일이다. 그러므로 공부하기가 싫다거나, 학교 다니기가 지겹다는 생각은 어리석다. 그런 부질없는 생각은 아예 없애버리고, 학교생활과 공부가 살아가는 데 더없이 중요함을 인식하여 '면학'勉學에 힘써야 한다.

학교는 첫째, 가르침을 받아 지식을 얻고 지혜를 기르는 곳, 많은 좋은 친구들과 함께 공부하고 서로 어울려 사귀면서 우정을 쌓는 곳이다. 이를 통하여 자기를 둘러싸고 있는 세계, 세상살이를 알게 된다. 그리하여 자신에 대한 존재가치(자존감)와 소명의식(사명감)을 터득하게 한다. 삶에 대한 바른 생각(認識인식)을 갖게 하여 올곧은 인생관을 심어주며, 따라서 자신의 소임을 찾아 근면성실勤勉誠實하게 살아가야 함을 깨닫게 한다.

둘째로, 학교에서는 살아가는 데(日常事일상사) 반드시 필요한 슬기로움(지혜)과 생각하는 힘(사고력)을 일깨우고 키워준다. 지혜와 사고력은 삶의 에너지이고 윤활유이며, 어떤 문제나 어려움에 부딪쳤을 때 이를 뚫고 나갈 수 있는 '정신적·창조적 힘'이다.

셋째, 학교생활은 자신감과 용기, 인내와 자제, 온유와 관대함 같은 삶의 가장 중요한 밑바탕을 다지게 한다. 무엇보다도 여러 친구들과의 '어울림'(交友교우), 곧 인간관계의 진작은 인정人情을 두텁게 하고 열린 마음을 갖게 하여 '인성·사회성'을 깊고 폭넓게 길러준다.

:: **교육은 천성보다 중요하다**(영국속담). Nurture is above nature.
:: **교육·교양의 기본목표는 인간을 자유롭게 하여 그들의 잠재 능력을 최대한으로 발휘하게 하는 것이다**(바바라 화이트 컬트대 총장).
:: **사람을 인성·도덕이 아닌 지식·지성만으로 교육시키는 것은 사회에 위협이 될 수 있는 인물을 키우는 것이다**(시어도어 루즈벨트).
:: **교육은 과거의 가치전달에 있는 것이 아니라 미래의 새로운 가치창조에 있다**(존 듀이).

❖ 晉楚更霸 진晉나라와 초楚나라가 번갈아 패권霸權을 잡고

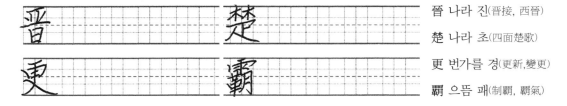

晉 나라 진(晉接, 西晉)

楚 나라 초(四面楚歌)

更 번가를 경(更新, 變更)

霸 으뜸 패(制霸, 霸氣)

>> 매일 1쪽씩만 습자習字하여야 하며, 반드시 정신을 집중하여 한 글자씩 천천히 임서臨書한다.

교육은 천성보다 중요하다. 교육과 교양의

기본 목표는 인간의 잠재력을 최대한 발휘하는

것이다. 배움은 제대로 잘살기 위해서 반드시

해야만 할 일이다. 그러나 열심히 공격하자.

❖ **趙魏困橫** 조趙나라와 위魏나라는 연횡連橫에 곤궁해졌다.

趙		魏	
困		橫	

趙 나라 조(趙光祖,前趙)

魏 나라 위(魏闕, 後魏)

困 곤할 곤(困境, 貧困)

橫 가로 횡(橫斷, 專橫)

73 | 학교는 점수 · 성적을 매기고 우열을 가리는 시험장이 아니다

>> '섣부른 교육보다는 과정자체를 귀중히 여길 수 있게 훈육訓育시키는 것이 더욱 중요하다'(키에르케고르) 학교는 단순히 지식만을 얻는 곳이 아니다. 학교생활 속에서 행해지는 모든 것들을 제대로 배우고 터득하여 바른 인격과 지성, 능력을 갖춘 '전인적 인간'이 되도록 노력해야 한다.

의외로 많은 사람들이 점수로 모든 것을 끝내야 한다는 착각에 빠져있다. 학교에서 일등, 이등, 최고의 순간순간이 자신을 으뜸이 되게 하고, 사회에서도 최고가 되며 성공도 보장될 것임을 믿어 의심치 않는다. 그래서 성적이 떨어져서는 절대 안 되고, 실패는 결코 있을 수 없다는 자기 최면에 걸려 점수 따기 · 성적 올리기 공부에서 헤어나지 못한다. 그러나 정작 사회에서 필요한 사람은 학교성적만 뛰어난 사람이 아니다. 지식 · 기술뿐만 아니라. 지혜와 용기, 책임감 있는 인격 등, '인성과 능력'을 두루 갖춘 제대로 된 사람을 사회는 원하는 것이다.

학교는 세상살이를 준비시키는 과정이고, 실패와 고통을 당할지라도 인내하며 용감하게 다시 도전할 수 있도록 희망 갖기, 힘 기르기를 가르치는 곳이다. 성공이 당연히 중요하지만, 실패 또한 그것을 이겨냈을 때, 자신을 성큼 자라게 하는 에너지임을 알아야 한다. 혼자서 최고가 되기보다는 많은 사람(學友학우)들과 '어울림'으로써 사이가 좋아지고 서로 힘이 되어주어야 한다. 그 인간관계가 뿜어내는 기쁨의 참맛을 맛봐야 하는 것이다. 그런 학교생활 속에서 듣고 배우고 느끼고 생각하면서 터득하고 익힌 지성과 인격, 능력을 살려 사회에서도 그렇게 살아가는 것, 그것이 최고의 삶이며, 행복이다.

:: 교육의 핵심은 지식을 넓히는 것이 아니라 자존감을 높이는 데 있다(레오 톨스토이).
:: 배움이 없는 자유는 언제나 위험하며 자유가 없는 배움은 언제나 헛된 일이다(존 케네디).
  Liberty without learning is always in peril and learning without liberty is always in vain.
:: 성공은 절대로 영원하지 않고, 실패는 절대로 끝이 아니다(올리버 골드스미스).
  Success is never permanent, and failure is never final.
:: 승리하면 조금 배울 수 있고 패배하면 모든 것을 배울 수 있다(크리스티 매튜슨).

❖ 假途滅虢 (진晉헌공獻公이) 길을 빌려 괵虢나라를 멸망시키고

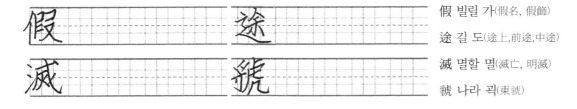

假 빌릴 가(假名, 假飾)

途 길 도(途上, 前途, 中途)

滅 멸할 멸(滅亡, 明滅)

虢 나라 괵(東虢)

>> 매일 1쪽씩만 습자習字하여야 하며, 반드시 정신을 집중하여 한 글자씩 천천히 임서臨書한다.

학교는 단순히 지식만 습득하는 곳이 되어서

는 안 된다. 학교생활 속에서 이루어지는 모든

것을 제대로 배우고 터득하여 바른 인격과

지성, 능력을 갖춘 전인적 인간을 길러야 한다.

❖ **踐土會盟** (진晉문공文公이 제후들을 불러) 천토에 모여 맹약하였다.

踐					土				
會					盟				

踐 밟을 천(踐言, 實踐)

土 흙 토(土地, 領土)

會 모을 회(會盟, 會議)

盟 맹세 맹(盟約, 同盟)

74 | 확실한 목표를 세워라. 학교생활이 즐겁고 충실해진다

>> 목표를 바로 세우자(正立정립). 목표는 '희망'이다. 목표가 없으면 의지가 없고 희망이 없으면 의미가 없다. 목표가 확실하면 왜? 무엇 때문에 학교에 다니는지, 무엇을 어떻게 공부해야 하는지를 분명히 알게 된다. 그리하여 희망을 이루고자 기쁜 마음으로 열심히 공부하며, 학교생활이 한층 더 의미 있고 즐거워진다.

목표도 없는 공부, 학교생활은 마치 목적지 없는 여행과 같다. 여행을 하려면 가장 먼저 갈 곳(목적지)부터 정해야 한다. 그런 다음 가야할 길(진로 · corse)을 찾고, 어떻게 가는 것(방법)이 좋을지를 생각해야 한다. 학교 공부도 마찬가지다. 가장 중요하며 무엇보다도 우선되어야 할 것이 목적, 곧 '목표'다. 취업포털 '잡 코리아'의 조사에 따르면, 남녀 직장인 50퍼센트가 죽기 전에 후회할 것은 '내가 원하는 것을 하지 못한 것'이라고 답했고, 이와 일맥상통하는 '좀 더 도전하지 못한 것'이라는 답변이 32퍼센트였다. 85퍼센트나 되는 대다수의 직장인들이 '꿈 · 희망'을 성취하지 못했다고 생각하게 된 이유는 무엇이겠는가? 그것은 대체로 목표가 없었거나 그 꿈이 희미했기 때문일 것이다.

청소년기에는 '큰 꿈'(포부 · 야망)을 꾸어야 한다. 그러나 그저 막연한 꿈이어서는 안 된다. 정말 좋아하여 하고 싶은 일, 간절히 원하여 보람을 느끼며 변함없이 할 수 있는 뜻 깊은(의미 있는) 일이 무엇인가를 깊이 생각해야 한다. 아울러 자신이 그 일을 잘해낼 수 있는 재능(소질 · 자질)이 있는지를 잘 판단해야만 한다. 꿈, 목표를 확고하게 정하는 것은 그것으로 충분하다. 그에 더하여 실용성, 취업 등 현실적인 측면도 고려하면 더 좋을 것이다.

:: 작은 계획(목표)은 세우지 말라; 작은 계획에는 사람의 피가 들끓게 할 신비한 힘이 없다. 큰 계획을 세우고, 원대한 희망을 품고 일하여라(다니엘 번햄). Make no little plans; they have no magic to stir man's blood. Make big plans, aim high hope and work.

:: 교육목표가 단지 부자가 되고 출세하는 법을 배우기 위한 것이어서는 안 된다. 교육은 인성 · 창의력을 갖추고 책임감 있는 성인으로 자랄 수 있도록 도와주는 것이어야 한다(권해성, '하늘마음 사랑 · 평화').

:: 목표는 별 같아서 언제나 그 자리에 있다. 역경은 구름 같아서 잠시 머물다가 곧 흘러간다. 언제나 별에서 눈을 떼지 말라(에이브러햄 매슬로).

❖ **何遵約法** 소하蕭何는 요약한 법法을 따라 다스렸고

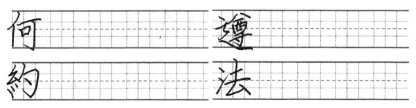

何 어찌 하(何等, 何必)

遵 좇을 준(遵法, 遵守)

約 묶을 약(約束, 要約)

法 법 법(法律, 法治, 違法)

>> 매일 1쪽씩만 습자習字하여야 하며, 반드시 정신을 집중하여 한 글자씩 천천히 임서臨書한다.

목표를 바로 세우자. 목표는 희망이다. 정말 좋

아 하며 하고 싶은 일, 간절히 원하며 꼬랑을

느끼며 편함없이 할 수 있는 일, 목표를 정하자

그리하면 기쁜 마음으로 공적하게 될 것이다.

✤ **韓弊煩刑** 한비韓非의 번잡한 형벌로 (진秦나라가) 피폐하였다.

| 韓 | | | | | 弊 | | | | |
| 煩 | | | | | 刑 | | | | |

韓 나라 한(韓服, 三韓)

弊 지해질 폐(弊端, 疲弊)

煩 번거로울 번(煩雜)

刑 형벌 형(刑罰, 處刑)

75 | 계획성 있게 학교공부를 해야 한다. 스트레스가 없어지고 성적이 오른다

>> '할일'을 빠짐없이 메모하여 정리하고 계획을 세워 실행한다. 중요한 일부터 먼저 하고, 미리 준비하는 '습관을 길들인다' 그러면 시간에 쫓기는 일이 없어져 스트레스가 줄어들고 마음에 여유가 생겨 일·공부에 집중할 수 있다. 작든 크든, 처음부터 끝까지 '계획성 있게 생활하여라'

도서관이나 서점에 도서목록이 없거나, 수많은 책들이 같은 종류별로 분류·정리되어 있지 않고 뒤죽박죽 섞여있다면, 책을 찾는 데 많은 시간과 노력을 허비虛費하게 될 것이다. 심지어는 짜증이 나서 책을 읽으려는 마음조차 잃어버릴 수도 있다. 이와 마찬가지로 공부를 하는 데도 정리하고 계획하지 않으면 그만큼 효과적이지 못하고 의욕도 떨어진다.

그러므로 학교생활을 잘하기 위하여 반드시 해야 할 것은 첫째, '할 일'이 생기면 사소한 일까지도 그때그때 빠짐없이 메모하여 잊어버리지 않도록 한다. 그리고 우선순위를 정하여 '계획'을 세우고, 정갈한 글씨로 목록과 계획서를 작성하여 매일 점검하여야 한다.

둘째, '오늘 할 일을 내일로 미루지 말라'는 격언을 늘 생각하면서 게으름(나태·태만)을 물리쳐야 한다. 그리하여 복습·숙제 등 학교 공부부터 미적거리지 말고 바로 해버린다. 그런 후에 편한 마음으로 책을 보고, 음악을 듣거나 친구와 만나는 등 다른 일을 한다.

셋째, 미리미리 '준비'한다. 선생님으로부터 "총도 없이 적과 싸워서 이길 수 있겠어?"라는 꾸지람을 더는 들어서는 안 된다. 책, 노트, 필기구, 기타 준비물을 하나도 빠트림 없이 잘 챙기고 정리하여 수업시간에 신경 쓰지 않고 쉽게 찾아 쓸 수 있도록 준비하여야 한다.

:: 습관은 제 2의 천성이다. 천성은 같으나 습관에 따라 달라진다(논어論語).
　　性相近也 習相遠也 성상근야 습상원야
:: 당신의 습관을 최대한 다스려라. 그렇지 않으면 그것이 당신을 지배할 것이다.
:: 시간을 선택하는 것(계획)은 시간을 절약하는 것이다(프란시스 베이컨). To choose is to save time.
:: 일 년의 계획은 봄에 세우고 하루의 계획은 새벽에 세운다.
　　一年之計在于春 일년지계재우춘 一日之計在于晨 일일지계재우신

❖ **起翦頗牧** 백기自起, 왕전王翦과 염파廉頗, 이목李牧(진秦, 조趙의 장수)은

起 일어날 기(起伏, 興起)

翦 자를 전(翦斷, 翦翦)

頗 자못 파(頗多, 偏頗)

牧 칠 목(牧場, 牧畜, 放牧)

>> 매일 1쪽씩만 습자習字하여야 하며, 반드시 정신을 집중하여 한 글자씩 천천히 임서臨書한다.

할일을 빠짐없이 께끄하고 계획을 께워 실

행한다. 지금 해야 할일을 미루지 말고 바로

해버린다. 무슨 일이든 미리 준비하는 습관을 길

들인다. 습관은 제 2의 천성이다.

❖ **用軍最精** 군사를 쓰는 데는 가장 정묘精妙하게 하였다.

用							軍						

用 쓸 용(用務, 信用, 採用)

軍 군사 군(軍隊, 友軍)

最 가장 최(最高, 最後)

精 정할 정(精氣, 精進)

'주의력' 훈련이 교육이다

가난하고 힘없는 사람들을 지극히 사랑했고, 부족한 것은 이기심 밖에는 없었던 행동하는 사상가, 시몬느 베이유가 남긴 노트의 글들을 깊이 들여다보면, '주의력'注意力을 사람의 가장 중요한 능력으로 여겼음을 뚜렷하게 느끼게 될 것이다. 그리하여 '기도'祈禱까지도 '주의'(온 마음을 한데 모으고, 정신을 집중하는)가 밑바탕이 되어야 한다는 생각에 이르렀음을 알 수 있다. 여기서 진정한 '기도'란, 지선至善을 향하는 인간정신의 가장 순수하고 절실할 뿐만 아니라 의심 없는 확실한 믿음이며, 마음 깊이에서 솟아오르는 열정 · 열망이다. 따라서 시몬느 베이유의 깊은 사유思惟(생각)는 '기도'가 전적으로 '주의'로써 이루어진다는 것이며, 누구도 이 견해를 부정하기가 어려울 것이다.

그렇다면 종교적인 관점에서는 물론이거니와, 그 밖의 모든 영역에서도 시몬느 베이유의 통찰에 의하면 인간의 마음 안에 있는 정신과 지적 능력은 순수한 상태에서의 '주의력'이 전부라 해도 과언이 아니다. 시몬느 베이유는 말하기를,

"시인은 진실로 존재하는 것에 차분하게 '주의'를 기울임으로써 아름다움(미美)을 낳는다. 어느 한 사람의 행함에서 진선미眞善美의 참되고 선한 가치가 생겨나는 것은 어떤 경우에든 한 가지의 같은 행동에서 비롯된다. 그 대상에 온전히 '주의'를 기울이는 행위를 통해서다. (그러므로) 교육의 목적은 '주의력의 훈련'으로 이같이 행할 수 있도록 준비시켜 주는 것으로 충분하다 해도 좋을 것이다"

숫자 쓰고 셈하기

답을 계산하고, ( ) 안에 적합한 숫자를 바른 글씨(정서正書)로 써넣어 식을 완성한 후에 정신을 집중하여 천천히 임서臨書(글씨본 보고 따라서 쓰기)한다.

※ 다음 단원, 220~231쪽의 '읽기·쓰기' 후에는 다른 교재로 5~10분 간 간단한 셈하기를 보충하도록 한다.

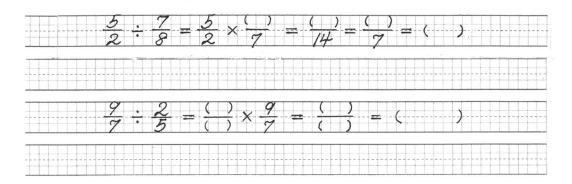

$$\frac{5}{2} \div \frac{7}{8} = \frac{5}{2} \times \frac{( )}{7} = \frac{( )}{14} = \frac{( )}{7} = (\quad)$$

$$\frac{9}{7} \div \frac{2}{5} = \frac{( )}{( )} \times \frac{9}{7} = \frac{( )}{( )} = (\quad)$$

알파벳 (영문) 쓰기

Make big plans, aim high hope and work.
큰 계획을 세우고, 원대한 희망을 품고 일하여라.

Make big plans, aim high hope and work.

76 | 학교생활을 잘하려면 필요한 도움을 받아야 하고 심신이 건강해야 한다

>> 다른 사람의 도움이나 조언은 어릴 때나 어른이 되어서나 반드시 필요하다. 혼자서 도저히 안 되는 일은 무슨 일이든 도움을 청하라. 큰 힘이 되어줄 것이다.

건강하지 못하면 아무 것도 할 수 없다. 충분히 잘 자고 휴식을 취하며, 영양을 잘 섭취하고 적절히 운동하여 건강을 스스로 지키자. 그리하여 능률을 올리고 활기차게 생활하라.

'독불장군은 없다' 꼭 필요하여 다른 사람의 도움을 구하는 것은 결코 흠이 아니다. 그러면서 어려울 때 서로가 도움을 주고받는(相扶相助상부상조) 지혜도 터득할 수 있다. (학교)공부를 위한 도움은 누구보다 먼저 선생님에게 청하라. 제자가 공부에 열심이면 흐뭇해하며 서슴없이 도와줄 것이다. 그밖에 부모님, 삼촌, 형·언니 등 가족이나 믿을 만한 다른 사람, 또는 친구에게 도움을 받을 수도 있다. 그리고 본받고 싶은 롤 모델 서너 사람을 정하고 누가 공부에 도움을 줄 수 있을지를 평소에 생각해 두자. 아울러 청소년기에는 존경하고 신뢰할 만한 현명하고 경륜 있는 한두 사람을 멘토mentor(조언자)로 삼는 것이 좋다.

잠이 모자라고 피로가 겹치면 정신이 흐려지고, 힘이 빠져 의욕을 잃고 활기가 떨어진다. 따라서 일정한 시간에 잠들기를 비롯한 규칙적인 생활로 잠을 잘 자고 푹 쉬어야 한다. 충분한 휴식은 활력을 기르고, 체력증진, 지능발달, 면역력강화, 정서안정에 큰 도움이 된다. 청소년기(10~17세 성장기)에는 성장 에너지와 영양분을 충분히 섭취해야 한다. 특히 아침밥을 거르지 않으면 집중력과 단기 기억력이 좋아진다. 또 운동으로 건강을 다져야 한다. 특히 좋아하는 운동을 하면 재미있고 즐거운데, 바로 그 점이 무엇보다 좋은 운동효과다. 게다가 운동은 근육·뼈 건강과 체력·정신력 강화, 면역력 증대, 스트레스 해소, 기분전환과 정서안정 등 건강에 좋은 점이 한두 가지가 아니다.

:: 한 손은 한 손을 씻고 두 손은 얼굴을 씻는다. 백지장도 맞들면 낫다.
:: 별이 많으면 하늘이 맑고 사람이 많으면 지혜가 넓다. 星多天空亮 人多智慧廣 성다천공량 인다지혜광
:: 아름다운 깃이 아름다운 새를 만든다. 학식도 미덕도 건강이 없으면 빛이 바랜다(몽테뉴).
Fine feather makes fine birds.
:: 가장 어리석은 일은 이익을 위해 건강을 희생시키는 것이다(쇼펜하우어).

❖ 宣威沙漠 사막에 이르기까지 위력威力을 선양宣揚하고

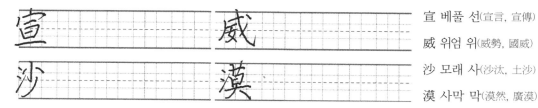

宣 베풀 선(宣言, 宣傳)

威 위엄 위(威勢, 國威)

沙 모래 사(沙汰, 土沙)

漠 사막 막(漠然, 廣漠)

>> 매일 1쪽씩만 습자習字하여야 하며, 반드시 정신을 집중하여 한 글자씩 천천히 임서臨書한다.

다른 사람의 도움을 청하는 것은 결코 흉이 되

지 않는다. 공부를 위한 도움은 누구보다 먼저

선생님에게 청하여라. 제자가 공부에 열심이면

흐뭇하여 서슴없이 도와줄 것이다.

❖ **馳譽丹青** 단청으로 (공신들의) 얼굴을 그려 마음을 다해 기렸다.

| 馳 | 譽 |
| 丹 | 青 |

馳 달릴 치(馳馬, 驅馳)

譽 기릴 예(譽聞, 名譽)

丹 붉을 단(丹心, 牧丹)

青 푸를 청(靑年, 靑寫眞)

77 | 건강하면 공부도 잘된다. 운동이 공부의 도우미다

>> '건강을 잃으면 모든 것을 잃는 것이다' To lose your health is to lose all of yourself. (하버드대 도서관 경구) 공부도 할 수 없게 된다. 정신 '수양'修養으로 마음을 올곧게 하고, 체력 '단련' 鍛鍊으로 몸을 튼튼히 하여 슬기롭고 건강하게 사는 것이 진정한 행복이다.

운동이 공부에 둘도 없는 도우미다. 규칙적이고 적당한 운동은 스트레스를 없애 주고, 집중력을 높여 주며, 몸과 마음에 활력을 불어넣는다. 그리하여 학업에 열중할 수 있는 정신적·신체적 조건을 만들어 준다. 뿐만 아니라, 지력과 안정감은 공부에 결정적인 요소이고 성적의 바로미터인데, 두뇌의 발달에도 좋고 정서안정에도 운동이 최고다. 실제로 건강(체력지수 검사)한 학생들이 그렇지 못한 학생들보다 성적이 월등히 높다는 사실이 밝혀졌다.

건강해야 공부도 잘되고, 즐겁고 활기찬 하루하루를 보낼 수 있다. 이른바 '건강 3소'健康三小는 건강관리의 기본인데, 그다지 어렵지 않으므로 꾸준하게 실천해 보자. 첫째 '소식'小食; 음식을 골고루 먹어 영양분을 충분히 섭취하되, 과음·과식하지 않는다. 둘째 '소동'小動; 걷기, 맨손체조, 스트레칭 등 과격하지 않은 운동을 적당히 하고, 지나치게 많이 움직이지 않는다. 셋째 '소언'小言; 쓸데없는 말(수다)을 삼가여 기氣를 헛되이 쓰지 말아야 한다.

:: **일찍 자고 일찍 일어나면 건강하고 부유하며 현명하게 된다.**
Early to bed and early to rise makes a man healthy, wealthy and wise.
:: **알맞게 먹으면 의사가 필요 없다.** Feed by measure and defy the physician.
:: **식사 후에 백보를 걷는 것은 약국을 차리는 것보다 낫다.**
飯後百步走勝開中藥鋪 반후백보주승개중약포
:: **재산을 잃는 것은 조금 잃는 것이고 명예를 잃는 것은 반을 잃는 것이며 건강을 잃는 것은 전부를 잃는 것이다**(벤저민 프랭클린).

❖ **九州禹跡** 구주(하夏나라 우왕禹王이 거쳐 감)는 우임금의 자취이고

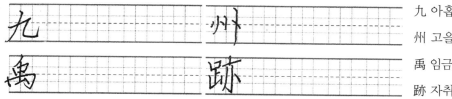

九 아홉 구(九經, 九思)
州 고을 주(州郡, 州牧)
禹 임금 우(禹域)
跡 자취 적(古跡, 筆跡)

>> 매일 1쪽씩만 습자習字하여야 하며, 반드시 정신을 집중하여 한 글자씩 천천히 임서臨書한다.

건강을 잃으면 모든 것을 다 잃는 것이다.

몸의 양식은 음식이고 마음의 양식은 지식이다.

정신 수양으로 마음을 올곧게 하고 체력 단련

하여 몸을 튼튼하게 하자. 건강이 자산이다.

❖ **百郡秦幷** 백 개의 군郡을 진秦나라가 아울렀다.

百				郡			
秦				幷			

百 일백 백(百官, 百姓)

郡 고을 군(郡守, 郡政)

秦 나라 진(秦聲, 秦始皇)

幷 아우를 병(幷呑, 合幷)

///// **Chapter 12**

바른 학교생활,
학교공부 잘하기

교육이란 하늘이 명령하는 것(인간본성)을
따르는 길(道도)을 끊임없이 닦는 것이다.

중용中庸

지력과 인성을 기르는 힘

파워 독 · 서 · 산
– 읽기 · 쓰기 · 셈하기
Reading ·hand writhing ·mental arithmetic power

78 | 꿈을 품고 열심히 공부하며, 늘 반성하고 의문·문제의식을 갖는다

>> 소질에 따라서 적성에 맞게 '인생설계'를 하고 철저한 긍정, 진취적 사고방식으로 항상 희망을 갖고 신념에 따라 행동한다(헨리 베그르송). 이를 위해서는 면학을 통해 실력과 인성을 기르고 사회에 대한 관심과 자기성찰을 지속해야 한다.

첫째, 큰 목표를 세운다. 목적이 분명치 않고 확고하지 못하면 이리저리 흔들려 앞으로 나아갈 수가 없다. 그러므로 내가 '좋아하는 것', '잘할 수 있는 것'으로부터 간절히 바라고 '정말 하고 싶은 것'을 찾아내야 한다. 아울러 그것이 사회가 필요로 하는 일, 그 일에서 삶의 의미와 가치를 찾을 수 있는 것인지를 깊이 생각해 보고 목표(일)를 정한다. 그것이 바로 '나의 꿈'이며 꿈, 희망은 의지와 활력을 불러일으켜 어떤 어려움도 뚫고나갈 수 있는 힘이 된다.

둘째, 꿈을 이루기 위한 공부를 해야 한다. '나의 꿈'을 이루기 위해서는 지식·기술, 경험(경륜)을 쌓고, 성찰·반성을 통해 지혜를 기르고 인성을 갖춘 능력 있고 인간적인 사람이 되어야 한다. 따라서 열심히 공부해야 한다. (학생으로서) 학교수업에 충실하여 지식(기술)을 쌓아야 하며, 최대한 시간을 내어 비교과 활동으로 직접경험을 체득함은 물론, 독서를 통하여 간접경험을 얻는 데도 힘써야 한다. 특히 공부를 위한 '작은 목표', 즉 단기(짧은 기간에 할 수 있는) 실행계획을 세우고 하나하나 빠짐없이 달성해 나가야 한다.

셋째, 항상 자신을 성찰하고(매일이 어렵다면 며칠에 한 번이라도 일기를 쓰는 것이 중요하다), 세상살이에 천천히 다가가야 성공할 수 있다. 가끔은 눈을 바깥으로 돌려 세상에 대한 관심을 넓혀야 하고, 항상 '왜?'라는 의문(문제의식)을 가져야 한다. 그리하여 머리로 깊이 생각하고 말로써 표현하며 손으로 글을 써서 정리하는 습관을 기르도록 한다.

:: 유시민은 자신의 젊은 시절 가장 큰 잘못으로 자신이 정말 원하는 삶이 어떤 것인지 깊게 고민하지 않은 것을 꼽았다. 내가 정말 하고 싶은 것을 누구도 신경 쓰지 말고 지금 시작하자(김호, 한겨레 '이십대와 오십대의 공통점').

:: 배우기만 하고 생각하지 않으면 어두우며, 생각만 하고 배우지 않으면 위태롭게 된다(논어論語). 學而不思則罔 학이불사즉망 思而不學則殆 사이불학즉태

❖ 嶽宗恒岱 오악五嶽은 항산恒山과 대산岱山 종주宗主로 삼고

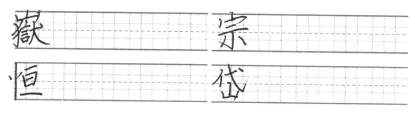

嶽 큰산 악(嶽丈, 五嶽)

宗 마루 종(宗敎, 宗派)

恒 항상 항(恒時, 恒用)

岱 뫼 대(岱宗, 岱華)

>> 매일 1쪽씩만 습자習字하여야 하며, 반드시 정신을 집중하여 한 글자씩 천천히 임서臨書한다.

적성에 맞게 인생설계를 하고 철저한 긍정, 진취적

사고방식으로 희망을 품고 신념에 따라 행동한다.

이를 실현하기 위해서는 면학에 힘써 실력과 인성

을 기르고 항상 자신을 성찰하여야 한다.

✤ **禪主云亭** 봉선封禪은 운운云云산과 정정亭亭산에서 주로 하였다.

禪

云

主

亭

禪 터닦을 선(禪讓, 參禪)
主 임금 주(主人, 君主)
云 이를 운(云云, 云爲)
亭 정자 정(亭子, 驛亭)

79 | 학습계획을 짜서 실행하고 매일 확인, 보충한다

>> 모든 일은 사전에 치밀하게 계획을 세우고, 충실하게 지켜나가는 것이 아주 중요하다. 그렇게 해야만 효율이 오르고 그만큼 성과도 커지므로 자기에게 맞는 공부 계획을 세우고 반드시 실천하여야 한다. 학습계획을 짜고, 그대로 실행하는 것, 그자체가 대단한 '학습능력'이다. 그러니 계획을 잘 세워서 열심히 공부하도록 한다.

첫째, 학년(연간), 학기(반기)로 크게 나누어 대략적인 '종합 학습계획'(개요)을 구상한다. 지나치게 세세하게 하지 말고 전체적인 아웃라인outline(윤곽·개요)이라는 생각으로 계획을 세운다. 예컨대, ▷주요과목은 매일 공부(복습, 예습, 보충학습 등)한다. ▷기타과목의 복습은 주로 토요일에 한다. ▷1학기에는 취약과목에 대한 공부시간을 늘리고, 1주일에 2~3일 집중한다. ▷2학기에는 1학기 부진과목을 보충하며, 공부시간은 토요일이나 일요일로 잡는다. ▷여름방학 때는 비교과활동에 참여하고, 주요과목을 심화학습으로 마스터한다. ▷겨울방학에는 전 과목 마무리 학습을 하고, 취약·부진 과목은 전문 학원 수강으로 보충한다. 등등, 그러나 10가지가 넘지 않는 것이 좋다.

둘째, 학년·학기 종합학습계획(개요)에 따라 과목별, 영역별 '주·월간 세부학습계획'을 세운다. '시간 중심'의 일정(타임스케줄time schedule)에 맞춘 실행계획이 되어야 하며, 반드시 해낼 수 있도록 절대로 무리하지 말고 적절하게 시간을 잡아야(안배按配) 한다.

셋째, 하루하루가 모이고 쌓여서 한 달, 일년, 삼년이 된다. 그래서 모든 학습 가운데 '오늘 할 일'의 계획이 가장 중요하다. 먼저 오늘 공부할 내용을 파악(리스트 업)하고 목록을 작성한다(자기주도 학습의 첫걸음이다). 이와 함께 교과서, 노트, 문제지, 참고서 등을 어떻게 잘 활용하여 공부할 것인지를 미리 생각(구상)한 다음 계획을 짜서 실행한다. 그날 일과가 끝나는 시간에는 반드시 '오늘 할 일', 하루의 계획이 제대로 이루어졌는지를 확인하고, 미진한 부분은 빠른 시일 안에 보충하여야 한다. 그리고 무엇보다 중요한 것은 이를 어김없이 실천하는 습관이다. '공부는 습관이다'라는 말(경구警句)을 항상 명심하여야 한다.

:: 충분히 생각하여 계획을 세우되, 일단 계획을 세웠다면 꿋꿋하게 나가야한다(레오나르도 다빈치).
:: 계획 없는 목표는 한날 꿈에 불과하다(생텍쥐페리). A goal without a plan is just a wish.

❖ 雁門紫塞 안문(기러기의 귀로歸路)과 자세(만리장성의 흙빛이 자주색)이며

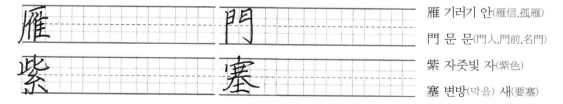

雁 기러기 안(雁信,孤雁)
門 문 문(門人,門前,名門)
紫 자줏빛 자(紫色)
塞 변방(막을) 새(要塞)

>> 매일 1쪽씩만 습자習字하여야 하며, 반드시 정신을 집중하여 한 글자씩 천천히 임서臨書한다.

계획 없는 목표는 한낱 꿈에 불과하다. 충

분하게 생각하여 계획을 세우되 일단 계획을

세웠다면 꿋꿋하게 나가야한다. 학습계획을

짜고 실행하는 것 자체가 대단한 능력이다.

❖ **雞田赤城** (주周 문왕文王, 진秦 목공穆公이 암탉을 얻은) 계전과 적성이다.

雞

赤

田

城

雞 닭 계(鷄卵, 鬪鷄)

田 밭 전(田畓, 油田)

赤 붉을 적(赤旗, 赤裸裸)

城 성곽 성(城壁, 宮城)

80 | 학교공부가 기본이다. 수업에 충실해야 한다

>> 공부를 잘하기 위해서는 더 말할 나위도 없이 '학교공부'가 기본이다. 학교공부의 중요성은, 상위 명문대학 합격생 중에서 학교 수업을 등한히 한 비율이 15퍼센트인 반면, 80퍼센트 이상은 수업시간에 충실한 것에서도 드러났다(엄친닷컴).

학교공부를 잘하려면, 수업시간에 정신을 집중하여야 한다. '선생님의 눈을 바라보며 수업을 들어라. 눈빛이 빛나는 제자를 보면 신이 나서 강의를 하게 된다. 선생님과 학생이 서로 눈을 맞추는 것은 무엇보다 중요하다'(권성훈 서울대 전기정보공학부 교수) 쓸데없는 짓, 딴생각하지 않고 수업에 집중하면, 공부 내용을 빠짐없이 듣고 습득할 수 있으니 실력, 성적이 향상되는 것은 자명한 이치다. 이에 더하여 수업시간에 집중하는 습관은 학습능력의 기초인 '집중력'을 키워주며, 집중하면 할수록 집중력은 점점 더 커지게 마련이다. 이렇게 올바르게 공부 습관이 잡히고, 그런 습관이 좋은 성적을 거두게 만드는 것이다.

그리고 이해가 잘되지 않거나 의문이 가는 내용은 서슴없이 질문하여 공부한 내용을 완전히 소화시켜 자기 것으로 만들어야 한다(유대인은 자녀에게 무엇을 배웠는지를 묻지 않고 무엇을 질문했는지를 묻는다). 게다가 의문은 창의력을 끌어내고, 질문은 표현력을 키워 준다. 다른 사람에게 자신의 지식이나 견해를 잘 표현할 수 있는 사람은 자신의 실력을 확실하게 인정받을 수 있고, 그것은 성적 향상은 물론 꿈을 실현하는 데 큰 힘이 된다. 그러므로 수업시간에는 정신을 집중하여 강의를 놓치지 말고 잘 들어야(傾聽경청) 하며, 이해가 되지 않는 내용은 바로 질문하여 배운 지식을 확실하게 습득해야 한다. 아울러 강의 내용을 빠짐없이 노트에 적어서 복습을 비롯한 공부에 효과적으로 활용할 수 있어야 한다.

:: 학교수업을 무시하면 공부습관을 버린다.
:: 교육이란 화내지 않고, 자신감을 잃지 않으면서 거의 모든 것에 귀 기울일 수 있는 능력이다(로버트 프로스트).
:: 교사의 임무는 독창적인 표현과 지식의 희열을 불러일으켜주는 일이다. 시간이 가는 줄 모를 만큼 즐겁게 하는 일에서 얻는 게 가장 많다(알베르트 아인슈타인).

❖ 昆池碣石 곤지(한漢무제武帝의 수전水戰 훈련장)와 갈석이 있고

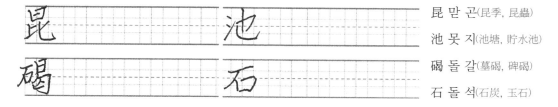

昆 맏 곤(昆季, 昆蟲)

池 못 지(池塘, 貯水池)

碣 돌 갈(墓碣, 碑碣)

石 돌 석(石炭, 玉石)

>> 매일 1쪽씩만 습자習字하여야 하며, 반드시 정신을 집중하여 한 글자씩 천천히 임서臨書한다.

학교수업은 공격 잘하기의 기본이다. 수업시간에

정신을 집중하여야 한다. 학습능력을 키우고 그

런 바른 공격습관이 좋은 성적을 거두게 한다.

학교수업을 무시하면 공격습관을 버리게 된다.

✽ **鉅野洞庭** 거야(태산泰山 동쪽)와 동정(양자강揚子江 남쪽)이 있다.

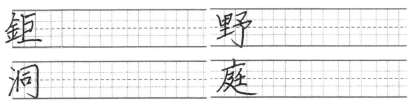

鉅 톱(클) 거(鉅商, 鉅漁)

野 들 야(野生, 野人, 平野)

洞 골 동(洞里, 洞長)

庭 뜰 정(庭園, 家庭)

청 춘

청춘이란 인생의 어느 한 시기가 아니라 마음의 상태다.
그것은 장밋빛 뺨, 붉은 입술, 유연한 무릎의 문제가 아니며
의지의 문제, 풍부한 상상력, 불타오르는 열정을 말한다.
청춘이란 인생의 깊은 샘에서 솟구치는 신선함이다.

청춘이란 두려움을 물리치는 용기,
안이함을 뿌리치는 모험심,
때로는 스무 살의 청년보다 예순의 사람에게 청춘이 있다.
사람은 누구나 세월만으로 늙는 것은 아니다.
이상을 잃어버릴 때 비로소 늙는 것이다.

세월은 우리의 주름살을 늘게 하지만
열정을 잃는 것은 우리의 영혼을 주름지게 한다.
고뇌, 공포, 자기불신은 우리의 마음을 꺾고
영혼은 먼지가 되어버린다.

예순이든 열여섯이든 모든 사람의 가슴에는
경이에 대한 이끌림,
어린아이 같은 미지에 대한 끝없는 탐구심,
인생에 대한 흥미와 기쁨이 있다.

당신과 나의 가슴속에는 보이지 않는 영혼의 무선국이 자리한다.
신과 인간으로부터 아름다움,희망,기쁨,용기,힘의 영감을 받는 한
당신은 언제나 청춘이다.

영혼의 교신이 끊어지고 당신의 정신이
냉소의 폭설과 비관의 얼음으로 뒤덮일 때,
스물이라도 인간은 늙는다.
그러나 고개를 들어 긍정이란 물결을 잡는 한
여든이라도 사람은 청춘으로 남는다.

사무엘 울만

숫자 쓰고 셈하기

답을 계산하고, (   ) 안에 적합한 숫자를 바른 글씨(정서正書)로 써넣어 식을 완성한 후에 정신을 집중하여 천천히 임서臨書(글씨본 보고 따라서 쓰기)한다.

※ 다음 단원, 234~243쪽의 '읽기 · 쓰기' 후에는 다른 교재로 5~10분 간 간단한 셈하기를 보충하도록 한다.

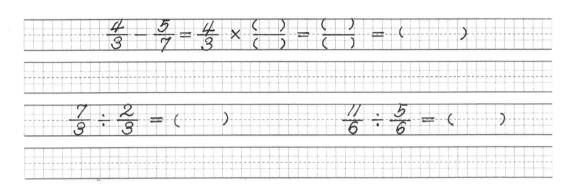

$$\frac{4}{3} - \frac{5}{7} = \frac{4}{3} \times \frac{(\ \ )}{(\ \ )} = \frac{(\ \ )}{(\ \ )} = (\qquad\qquad)$$

$$\frac{7}{3} \div \frac{2}{3} = (\qquad) \qquad\qquad \frac{11}{6} \div \frac{5}{6} = (\qquad)$$

알파벳 (영문) 쓰기

Nurture is above nature. 교육은 천성보다 중요하다.

To choose is to save time. 시간을 선택하는 것은 시간을 절약하는 것이다.

Nurture is above nature. To choose is to save time.

81 | 자기 혼자 스스로 하는 공부, 자습 시간을 늘려라

>> '모든 일은 10분의 9가 스스로 연습(공부)하는 것이다'(랄프 왈도 에머슨) 자신이 해야 할 일이 다 그 렇듯 공부도 남의 간섭이나 도움이 없이 자발적으로 할 때 더 의욕적이고 성취감도 높아진다. 또 한 혼자서 스스로 공부(자습)하는 것이 지식획득, 사고력 강화에 가장 효과적인 공부 방법이다.

성적의 요소 가운데 집중적인 공부 시간 못지않게 중요한 것이 학습 습관, 즉 공부의 방법과 태도 다. 그 핵심은 자신에 의한 공부, 이른바 '자기주도 학습' 곧 자습自習이다. 어떤 의미에서는 학교공부 도 자습이 제대로 되어야 한다. 일방적으로 강의를 듣는 것만으로는 부족하고 스스로가 이해하고 질 문하며 정리하면서 적극적으로 수업에 참여해야 하기 때문이다. 이처럼 자습을 공부의 중심으로 삼아 야 하는 가장 큰 이유는 공부 내용(지식知識)을 자기 것으로 완전하게 소화시킬 수 있을 뿐만 아니라, '사고력'을 키우는 가장 효과적이고 기본적인 방법이기 때문이다. 강의를 들을 때는 모두 이해한 것 같지만, 부분적으로 그렇지 못한 공부 내용이 적지 않고, 특히 문제풀이 중간에 막히는 경우가 많다.

학습 내용을 완전히 이해하기 위해서 뿐만 아니라, 지식은 기억저장(암기)하여야 완성되는 것이므로 이를 위해서도 반드시 자습을 해야만 한다. 더구나 어학과 사회, 과학 등 탐구과목은 암기가 필수이며, 수학도 기본적인 암기가 아주 중요하다. 수학의 기초개념을 다지는데도 스스로 활용문제를 풀기 위해 이리저리 궁 리해야 하고, 혼자서 수학 문제를 풀지 못하면 최고의 성적이 나올 수 없다. 이렇듯 자습, 혼자서 스스로 하 는 공부가 적으면 다른 것을 아무리 잘해도 공부효과가 시원찮기 때문에 자습은 성적향상의 제1 조건인 것 이다. 따라서 수업시간에만 듣고 이해하는 데 그쳐서는 안 되고, 스스로 펜을 잡고 깊이 생각하고 쓰고 익히 고 풀어보기를 거듭하는 과정, 즉 자습을 통하여 지식이 쌓이고 사고력이 길러지며 성적이 향상되는 것이다.

> :: 뭔가에 대하여 단순(간단명료)하게 설명할 수 없다면 그것을 충분하게 이해하지 못한 것 이다(알베르트 아인슈타인).
> :: 지식을 자기화하는 과정에서 자기만의 색깔이 들어가고, 그것이 뭔가를 보여줄 수 있는 단초가 된다(정정현 한국방송 프로듀서).
> :: 나름대로의 공부 철학과 공부법은 '공부는 혼자 하는 것'이었다. 특히 내신 성적은 성 실함이 최고다. 스스로 공부해서 자기 것으로 만드는 것이 중요하다. 배운 내용을 스스 로 소화하지 못하면 말짱 도루묵이기 때문이다(박원희, '공부9단 오기10단').

❖ **曠遠綿邈** (모든 산천山川이) 광막하고 멀며

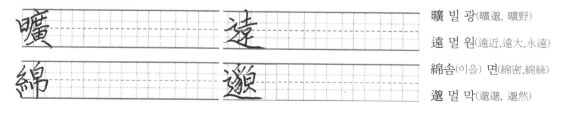

曠 빌 광(曠邈, 曠野)

遠 멀 원(遠近, 遠大, 永遠)

綿솜(이을) 면(綿密, 綿絲)

邈 멀 막(邈邈, 邈然)

>> 매일 1쪽씩만 습자習字하여야 하며, 반드시 정신을 집중하여 한 글자씩 천천히 임서臨書한다.

모든 일은 10결의 9가 스스로 연습하는 것이

다. 집중적인 공적시간 못지 않게 중요한 것이

자기주도 학습, 곧 자습이다. 자습을 통하여 지

식이 쌓이고 사고력이 길러져 성적이 오른다.

❖ **巖岫杳冥** 바위산의 굴(암혈巖穴)은 아득하게 깊고 어둡다.

巖				岫			
杳				冥			

巖 바위 암(巖盤, 巖石)

岫 산굴 수(岫雲, 巖岫)

杳 아득할 묘(杳然)

冥 어두울 명(冥想, 杳冥)

82 | 공부를 잘하고야 말겠다는 의지를 굳게 다지고 정신을 집중하여 공부한다

>> 어떤 일을 하든지 마음을 다하여야 좋은 성과를 거둘 수 있고, 그것이야 말로 성공에 이르는 길이다. '당신이 하고 있는 일에 온 정신을 집중하라. 햇빛은 한 초점에 모아질 때만 불꽃을 내는 법이다'(알렉산더 그레이엄 벨)

공부의 원동력은 자발적 '의지'다. 그리고 의지는 확실한 목표(목적의식·욕망)에 비례하여 더욱 커지고 강해진다. '의지야말로 강렬한 욕망(희망, 목적)이 일으키는 힘, 에너지인 것이다'(안셀무스) 그 에너지가 제대로 (공부에) 쓰이기 위해서는 '정신집중'이 뒷받침되어야 한다. 공부의 성과, 곧 실력은 성적으로 나타나는데, 성적의 요소는 '공부(집중)시간·공부 방법과 정보·지능(IQ)·1/3'이며, 이 모든 요소를 곱하면 성적이 산출된다. 머리가 좋고, 공부 방법 등이 효율적이어도 정신을 집중하여 공부하는 시간이 제로0이면 성적은 제로0이 되고 만다. 학교수업이든 자습이든 성적은 공부의 양 量(시간)과 질質(집중도)이 좌우하는 것이다.

대다수 사람들의 지능은 큰 차이가 없고(오히려 잠재력을 발휘케 하는 것은 의지, 집중력이다), 학습 방법, 환경 등은 어렵지 않게 변경할 수가 있다. 따라서 공부를 효과적으로 잘하기 위해서는 절대 공부시간이 무엇보다 중요하기 때문에 목표가 정해졌다면, 공부시간을 늘리고 집중력을 높여야 한다. 이미 목표에 의해 의지가 생기게 마련이므로 그렇게 해야겠다는 생각만하면 쉽사리 보다 많은 시간을 공부에 집중할 수 있다. 다른 것보다 우선하여 '정신 집중'하여 공부하는 데 더 많은 시간을 보내겠다는 생각, 마음가짐을 갖도록 한다.

:: **집중력은 자신감과 갈망이 결합하여 생긴다**(아놀드 파머).
Concentration comes out of a combination of confidence and hunger.

:: **제대로 집중하면 6시간 걸릴 일을 30분 만에 끝낼 수 있지만, 그렇지 못하면 30분이면 끝낼 일을 6시간에도 끝내지 못한다**(알베르트 아인슈타인).

❖ 治本於農 정치政治는 농사農事를 근본으로 하여

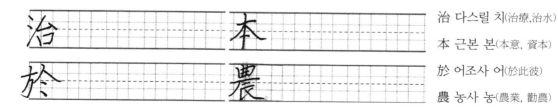

治 다스릴 치(治療, 治水)

本 근본 본(本意, 資本)

於 어조사 어(於此彼)

農 농사 농(農業, 勸農)

>> 매일 1쪽씩만 습자習字하여야 하며, 반드시 정신을 집중하여 한 글자씩 천천히 임서臨書한다.

당신이 하는 일에 온 정신을 집중하라. 정신을

모으면 6시간 걸릴 일을 30분 만에 끝낼 수

있지만 그렇지 못하면 6시간에도 끝내지 못할

다. 집중하는 시간이 00면 성적도 00 된다.

❖ **務玆稼穡** 이에 심고 거두는 일을 힘쓰도록 한다.

| 務 | | 玆 |
| 稼 | | 穡 |

務 일(힘쓸) 무(勤務)

玆 이 자(玆白, 玆而)

稼 심을 가(稼器, 禾稼)

穡 거둘 색(穡夫, 穡人)

83 | 반복학습(복습)으로 공부내용을 자기의 것으로 완전히 소화시켜야 한다

>> '복습'이 공부 잘하는 방법의 지름길이다. 공부한 내용을 완전하게 '자기 것(지식·기술)'으로 만드는 공부의 마무리이기 때문이다. 복습은 핵심 내용을 되새김질하여 머리에 기억 저장하는 것이다. 무조건 달달 외우는 것은 좋지 않고, 잊혀지려할 때, 시간차(한 시간, 하루, 한 달 주기)를 두고 '반복학습'하는 것이 보다 효과적이다.

복습은 빠를수록 좋다. 공부한 내용, 새로 습득한 지식은 20분에 42퍼센트, 한 시간에 56퍼센트, 하루가 지나면 66퍼센트, 한 달 뒤에는 무려 80퍼센트를 잊어버리기 때문이다. (에빙하우스 이론) 그러므로 자습(혼자 공부하는 시간이 많은 것이 성적향상의 견인차)을 통해 '개념이해, 요점정리, 문제풀이' 순으로 시차를 두고 여러 번 반복(되새김)하여야 한다. (반복학습)

복습을 제대로 하기 위해서는, 1.규칙적인 복습습관을 들이고, 복습할 날짜와 시간을 정한다. 2.교과서 내용을 완전히 이해하고 숙지한다(특히, 현재 공교육 강화가 진행 중임을 고려해야 한다). '교과서를 한 문장 한 문장 꼼꼼히 읽고 여러 번 읽으면 행간의 숨은 사실까지 이해된다. 교과서를 적어도 열 번씩은 읽었다. 문제집은 하루에 한 권씩 풀었다. 그래서 아하! 이런 식으로 문제가 나오겠구나' 하는 감을 잡았다'(박원희, '공부9단 오기10단') 3.취약 과목에 주력하고, 자습으로 해결되지 않는 과목은 전문학원에서 집중적으로 지도 받는다. 4.공부를 하다가 막히는 부분은 인터넷 강의를 활용하고, 그래도 안 되면 선생님에게 질문하도록 한다. 5.수업시간에는 프리노트하고, 귀가해서 참고서 내용을 보충하여 노트를 정리, 작성한다. 6.기출문제를 풀고, 숙달되지 않은 문제는 깊이 생각하면서 반복하여 풀어본다. 7.(학교수업, 학원 강의 등을) 듣는 것으로 그쳐서는 안 된다. 암기할 것은 철저히 외우되 그저 암기만 하지 말고, 용어의 뜻, 개념을 이해하여야 한다. 8.단순지식에서 벗어나 배경지식이 뒷받침 되는 시사적, 통합적인 사고력, 분석·응용 능력을 길러야 한다. 그러므로 틈을 내어 연관(배경지식) 있는 기본적인 독서(교과관련 서적)를 하도록 한다. 무엇을 모르는지, 어느 정도 이해하고 있는지, 반복은 깨달음의 지름길임이 분명하다.

:: 뛰어난 것은 훈련과 반복을 통해 얻어지는 예술이다. 사람들은 반복해서 행하는 것의 결정체다. 따라서 뛰어남은 습관이다(아리스토텔레스).
:: 반복하면 새로운 내용을 발견하게 된다. '오늘 배운 것을 다 알고 있는가?' '안다면 이를 설명할 수 있는가?' 그렇지 못하다면 다시 드려다 보라.

❖ 俶載南畝 비로소 남쪽 밭이랑에서 일을 하고(시경詩經)

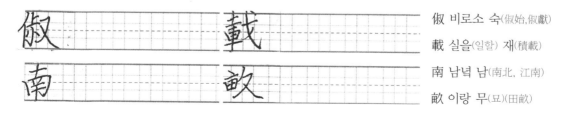

俶 비로소 숙(俶始, 俶獻)

載 실을(일할) 재(積載)

南 남녘 남(南北, 江南)

畝 이랑 무(묘)(田畝)

>> 매일 1쪽씩만 습자習字하여야 하며, 반드시 정신을 집중하여 한 글자씩 천천히 임서臨書한다.

북음은 지식과 기술을 자신의 것으로 만드는

공적의 마무리이기 때문에 더욱 중요하다. 뛰

어난 것은 훈련과 반복을 통해서 얻어지는 예

술이다. 반복은 깨달음의 지름길임이 분명하다.

❖ 我藝黍稷 우리의 기장을 심었다(시경詩經).

| 我 | | | | | | 藝 | | | | | |
| 黍 | | | | | | 稷 | | | | | |

我 나 아(我執, 無我, 自我)

藝 재주(심을) 예(技藝)

黍 기장 서(黍稷)

稷 기장(피) 직(社稷)

84 | 예습은 공부의 준비다. 간단하게 배울 내용을 미리 살펴본다

>> 공부를 잘하기 위해서는 복습은 물론 예습도 중요하다. 미리 공부할 내용을 대략 알고 있으면 강의가 더 쉽게 이해되고, 수업에 집중할 수 있어 학습효과가 아주 크기 때문이다. 예습은 공부의 시작이며, 학교공부의 '준비과정'이므로 반드시 예습을 한 후에 수업을 받도록 해야 한다.

예습도 교과서의 정독이 핵심이며 내용을 마인드맵으로 그려보면서 머릿속에 정리(중요한 '학습 노하우'이다) 하여야 한다. 근래에 교과서 내용이 축약되면서 심화 내용이 많아졌다. 따라서 생소한 내용이나 용어에 대해서는 예습을 꼭해야 하는데, 간단한 예습으로도 얼마든지 수업에 몰입할 수 있다. 이를테면 큰 제목, 중간제목, 소제목을 보고 내용을 짐작하고, 단원 마무리, 대단원 마무리의 핵심 내용을 살펴본다. 단원 마무리는 그 단원의 핵심 개념이 정리되어 있어 어렵지 않게 배울 내용과 요점 파악을 할 수 있고, 그래서 수업 집중이 가능하다.

그런데, 성적·시험 위주의 공부를 하다보면 주로 복습이나 문제풀이에 치중하게 되고, 더욱이 시간에 쫓겨 예습을 소홀히 하는 경우가 적지 않다. 일에는 작은 일과 큰일이 섞여있기 마련인데, 작은 일이라고 하지 않으면 안 되므로 큰일을 먼저 하고 중간 중간 자투리시간(또는 쓸데없이 보내는 시간)을 잘 활용하여 작은 일을 처리해야 할 것이다. 공부에서 예습이 작은 일이라면 그렇게 해서라도 반드시 예습을 해야 하고, 부득이 집에서 예습을 하지 못했다면 수업 시작 전에 배울 내용을 개략적으로 예습하여야(예습에 많은 시간을 쓸 필요는 없다)한다. 이렇게 예습이 꼭 필요한 까닭은, 예습은 마치 어두운 밤에 손전등으로 갈 길을 미리 비추어보는 것과 같아서 공부의 출발이며, (복습과 함께) 학습의 길잡이가 되기 때문이다.

:: 독수리가 하늘 높이 날기 위해서는 그 전에 몇 번이고 세찬 바람 속에서 스스로 나는 연습을 해야 한다. 그렇지 않으면 아무리 독수리라 할지라도, 다만 땅 위를 기어 다녔을 것이다(피카).

❖ 稅熟貢新 익은 곡식에 조세를 부과賦課하고 새것으로 바치며

稅	熟	稅 거둘(구실) 세(稅金)
貢	新	熟 익을 숙(熟達, 半熟)
		貢 바칠 공(貢獻, 朝貢)
		新 새 신(新舊, 新鮮)

>> 매일 1쪽씩만 습자習字하여야 하며, 반드시 정신을 집중하여 한 글자씩 천천히 임서臨書한다.

내용은 마치 어두운 밤에 손전등으로 길 길

을 미리 비추어 보는 것과 같아서 공격의 출발

이며 학습의 기본이다. 공격할 내용을 대략

알고 있으면 쉽게 이해되고 집중할 수 있다.

❖ **勸賞黜陟** (권농관이) 상 주어 권면勸勉하고 내치거나 올려준다.

勸

黜

賞

陟

勸 권할 권(勸告, 勸獎)

賞 상줄 상(賞罰, 受賞)

黜 내칠 출(黜敎, 放黜)

陟 올릴 척(登陟, 進陟)

85 | 필기 잘하는 학생이 성적도 좋다

>> 필기를 잘하는 학생들이 성적도 좋다. 배운 것을 내손으로 정리하고 구성해보면서 나만의 핵심 노트필기 법을 만든다. 그래야 기억하기 쉽고 무엇이 중요한지 알 수 있다. 중요한 부분과 중요하지 않은 부분을 가려내는 안목이 생기고, 정보를 조합하고 재구성하는 능력이 생긴다.

노트정리의 기본원칙은 글씨가 반듯하고 핵심내용을 잘 알아볼 수 있게 정리하는 것이다. 시간이 오래 걸리더라도 포기하지 말고 자기에게 맞는 효과적인 필기 법, 노트정리 방식을 찾아 익혀야 한다. 그리하면 그 다음부터는 공부시간이 크게 줄어든다.

노트정리의 제왕이 돼라. 수업시간 선생님의 판서, 말의 내용까지 빠짐없이 연습노트에 적고, 필기하고, 쉬는 시간이나 점심시간에 정서하여 정리한다. 귀가해서는 참고서, 문제집의 내용까지 첨가해서 노트를 작성, 정리한다. 예컨대, 대단원 제목은 네임 펜으로 크게 쓰고, 소제목은 빨간색 또는 파란색, 본문 내용은 검은색으로 쓰고 세세한 내용은 0.3밀리 펜을 사용한다. 중요한 부분은 빨간 색연필로 밑줄 긋기를 하거나 별표(☆)를 한다(박원희, '공부9단 오기10단').

밑줄 긋기를 통해 공부의 효율을 높이면서 노트정리에 활용하는 방법도 있다. 1.예습할 때 보았던 핵심 내용이 수업시간에 나오면 '연필'로 밑줄을 긋는다. 2.복습할 때 연필로 그은 부문을 중심으로 읽어 본다. 중요한 내용이 눈에 들어오기 시작한다. 이 때 파악한 내용에 형광펜으로 밑줄을 긋는다. 3.형광펜으로 밑줄 친 내용을 중심으로 읽으면서 다른(보다 짙은)색으로 다시 밑줄을 긋는다. 4.정리 노트를 작성한다. 단원별로 대단원, 중단원, 소단원의 제목과 밑줄 그은 부분 중 최종 핵심내용을 적어 넣는다(내일신문, 공부의 기술 '밑줄의 힘').

무엇보다 중요한 것은 필기한 내용이 이해, 암기가 될 때까지 정신을 집중하여 반복해서 읽어야 한다. 질린다싶을 정도로 노트를 보고, 또 봐야 한다. 반드시 알아야 할 지식의 엑기스이기 때문이며, 그것이 바로 필기를 하고 노트정리를 하는 목적인 것이다.

:: 독서는 완성된 사람을 만들고 담론은 재치 있는 사람을 만들며, 필기는 정확한 사람을 만든다(프란시스 베이컨).

:: 기록으로 남기면 구체적인 결과가 다가온다. 기록한 대로 이루어진다(헨리에트 클라우, '종이 위의 기적, 쓰면 이루어진다').

✤ **孟軻敦素** 맹가(맹자孟子의 이름)는 본바탕을 두텁게 하였으며

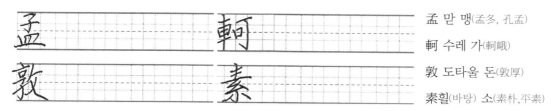

孟 맏 맹(孟冬, 孔孟)

軻 수레 가(軻峨)

敦 도타울 돈(敦厚)

素 흴(바탕) 소(素朴, 平素)

>> 매일 1쪽씩만 습자習字하여야 하며, 반드시 정신을 집중하여 한 글자씩 천천히 임서臨書한다.

필기를 잘하는 학생이 껑덕도 좋다. 특써는 완

껑된 사람을 만들고 달론은 재치 있는 사람

을 만들때 필기는 정확한 사람을 만든다.

필기한 내용은 빠짐없이 숙지하여야만 한다.

❖ **史魚秉直** 사어(위衛나라의 대부大夫)는 직간直諫을 잘 하였다.

史				魚			
秉				直			

史 역사 사(史觀, 歷史)

魚 고기 어(魚物, 魚肉)

秉 잡을 병(秉權, 遺秉)

直 곧을 직(直言, 正直)

내 삶의 주인공, 나의 역사를 적자

지구는 둥글다. 그러므로 내가 있는 자리가 이 세상의 중심이다. 이야말로 '나' 자신이 인간 세계의 중심, 주역主役이라는 확실한 자각을 끌어내고 뒷받침할 만한 충분한 근거가 될 수 있다. 게다가 나는 이 세상에서 단 하나밖에 없는 유일무이唯一無二한 소중한 존재이고, 누구도 나의 희로애락喜怒哀樂을 대신해줄 수 없는 내 삶의 주인이다. 내가 살고 있는 세계의 중심인 나, 내 인생의 주인공인 나인 것이다. 그러니 그런 나답게 살아가야 하고, 나의 그 '역사'歷史를 기록해야 하지 않겠는가.

바로 그것을 가장 큰 목적으로 삼으면 일기日記를 써야만 하는 더없이 좋은 동기부여가 될 것이다. 매일 쓰기가 어렵다면 이삼일에 한 번이라도 일기를 써나가면 먼 훗날, 지난 세월의 발자취가 담긴 수십 권의 일기장, 자신만의 역사책이 만들어진다. 가끔 일기장을 펼쳐보며 까맣게 잊어졌던 아득히 먼 시절을 회상할 때, 그보다 큰 즐거움은 없다. 좋은 일, 속상한 일, 자랑스러웠던 일, 후회했던 일, 그 수많은 단상들, 그런 지난날들을 되돌아보면 아픈 기억까지도 아름다운 추억으로 다가온다.

일기를 쓴다는 것은 인생의 기록일 뿐만 아니라, 순간순간의 삶을 성찰하여 반성할 수 있는 더없이 소중한 계기가 된다. 일기는 때때로 자신의 지나간 역사를 돌이켜봄으로써 인생을 보다 의미있게 완결完結해가는 길로 이끌어주기도 한다. '정신수양修養'에 최고의 명약인 것이다. 그리고 꾸준하게 일기를 쓰다보면 공부(죽을 때까지 공부해야 한다)의 마침표를 찍는 사고력과 문장력이 길러지고 필적 또한 좋아진다.

숫자 쓰고 셈하기	다음을 계산하여 바른 글씨(정서正書)로 답을 쓰고, 정신을 집중하여 천천히 임서臨 書(글씨본 보고 따라서 쓰기)한다.

※ 다음 단원, 246~257쪽의 '읽기ㆍ쓰기' 후에는 다른 교재로 5~10분 간 간단한 셈하기를 보충
하도록 한다.

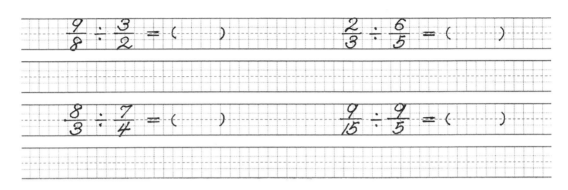

$$\frac{9}{8} \div \frac{3}{2} = (\qquad) \qquad \frac{2}{3} \div \frac{6}{5} = (\qquad)$$

$$\frac{8}{3} \div \frac{7}{4} = (\qquad) \qquad \frac{9}{15} \div \frac{9}{5} = (\qquad)$$

알파벳 (영문) 쓰기	A goal without a plan is just a wish. 계획 없는 목표는 한낱 꿈에 지나지 않는다.

A goal without a plan is just a wish.

86 | 소리 내어 읽고, 정갈하게 써라. 지력(기억력, 사고력 등), 자신감이 길러진다

>> 일본의 가게야마 히데오(陰山英男음산영남)가 초등학교 교사재직 시 '읽기(낭독), 쓰기(정서), 셈하기(암산)'를 반복하였다. 그 결과, 그가 지도한 학생들이 일본 전체 초등학교 학력테스트에서 10년 연속 1위를 차지하였고 대부분 일본 최고의 명문대학에 입학하였다.

잘 읽는 사람이 잘 말할 수 있다. 그래서 소리 내어 읽는 낭독훈련이 아주 중요하다. 낭독을 하게 되면 눈으로 본 글자 정보를 뇌에 인식하고, 뇌는 조음기관(입술, 혀, 아래턱)에 발음하라는 명령을 내린다(강창진 김앤강 아나운서스피치 대표). 교과서를 소리 내어 읽게 하거나 글씨를 정갈하게 쓰게하는 지도를 열심히 하면 아이들이 변해 가는 것을 확인할 수 있다. 계속된 쓰기연습을 통해서 쓰는 것에 익숙하게 하는 것이 학습효과를 높이는 전제 조건이 된다(가게야마 히데오).

특히, 글씨쓰기는 첫째, '뇌 발달'에 좋다. 인디애나대학 심리·뇌 과학 연구팀은 어린이를 두 그룹으로 나눠 한 그룹은 글씨를 쓰게 하고, 다른 그룹은 말만하게 하였다. 한 달 후에 뇌신경 촬영결과, 글씨쓰기를 한 어린이들의 두뇌활동이 성인의 수준으로 활성화된 것을 확인했다. 둘째, '표현력·문장력'을 키운다. 미국 워싱턴대학 교육심리학과 연구팀이 초등학생들에게 글짓기를 하게 한결과, 손 글씨로 글을 쓴 학생들이 컴퓨터로 작성한 학생들보다 빨리 쓰면서도 표현력이 풍부했다. 게다가 고학년의 글은 문장의 완성도 역시 훨씬 뛰어났다. 셋째, '기억력'을 높인다. 캐나다 오타와대학 재활치료학과의 카차 페터 교수는 쓰지 않고 암기하는 것에 비해 필기한 공부내용을 더 쉽게 떠올릴 수 있다고 했다. 넷째, '뇌신경 활성화'를 촉진한다. 페터 교수는 글씨를 손으로 쓰는 것은 뇌신경 세포 사이의 통로를 만들며, 반복적인 글씨 쓰기를 통해 두뇌 속의 네트워크를 강화시킬 수 있다고 설명했다. 다섯째, '자신감'을 키운다. 손 글씨가 익숙해지면, 글씨쓰기에 대한 스트레스가 없어지므로 글쓰기를 비롯한 매사에 자신감과 '안정감'이 생기고 '집중력'이 강화된다.

:: **열 번 읽는 것보다 한 번 베끼는(쓰는) 것이 효과가 있다.** 讀十遍不如寫一遍 독십편불여사

❖ **庶幾中庸** 기미幾微가 거의 중용中庸이려면

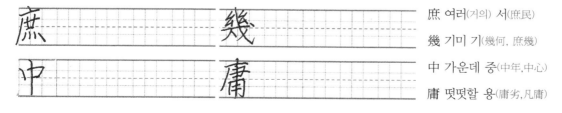

庶 여러(거의) 서(庶民)

幾 기미 기(幾何, 庶幾)

中 가운데 중(中年,中心)

庸 떳떳할 용(庸劣,凡庸)

>> 매일 1쪽씩만 습자習字하여야 하며, 반드시 정신을 집중하여 한 글자씩 천천히 임서臨書한다.

소리 내어 읽고 글씨를 정갈하게 쓰게 하면

면해 가는 것을 확인할 수 있다. 계속된 쓰

기 면습을 통해서 쓰는 것을 익숙하게 하는 것

이 학습효과를 높이는 첫째 조건이 된다.

❖ **勞謙謹勅** 힘써 일하고(노력勞力) 겸손하고 삼가며 경계해야 한다.

| 勞 | 謙 |
| 謹 | 勅 |

勞 일할 로(勞動, 功勞)

謙 겸손할 겸(謙遜, 謙虛)

謹 삼갈 근(謹愼, 謹賀)

勅 경계할 칙(勅命, 勅使)

87 | 공부의 육도삼략六韜三略 (종합)

1. **좋은 습관을 길러야 한다.** 먼저 호기심을 가져야 흥미와 관심이 생기고 사고하는 시간이 많아지며, 새로운 것을 즐기면서 배울 수 있다. 또 '성적이 곧 성격(의지 · 태도)이다' 게임, 잡담, 잡생각 등에 빠지는 것은 공부와 담을 쌓는 것, 자신에게 성실하여야 한다.

2. **계획적으로 공부하여야 한다.** 매일 공부할 시간과 범위를 정해야 한다. 단기 · 중기 · 장기 계획을 세우고 수시로 체크한다. 자기 전에 반드시 그 날 배웠던 것들을 다시 생각해 봐야 한다. 그리고 계획대로 되지 않은 것은 빠른 시일 안에 완결시킨다.

3. **정신집중이 공부의 효과를 극대화시킨다.** 精神一到何事不成정신일도하사불성임을 알아야 한다.

4. **혼자 공부하는 자립형이 최고다.** 공부한 내용을 자기 것으로 만들기 위해서는 반드시 복습(되새김)을 해야 하는데, 빠를수록 좋고 자습이 최상의 공부방법이다.

5. **공부는 반복을 필수로 한다.** 반복의 가치를 깨닫지 못하면 우등생이 될 수 없다. 배웠다고 반복하지 않으면 잊어버리기 때문이다. 또한 앞으로 수업할 내용을 대충이라도 미리 봐두면(간단한 예습) 생소함 없이 어렵지 않게 공부할 수 있다.

6. **칠판에 쓰지 않은 것까지 적는 능력이 있어야 한다.** 실력자가 되려면 선생님 말씀, 공부 잘하는 친구들의 말까지 메모해야 한다. 공부 잘하는 학생들은 거의 모두가 노트정리의 달인이다.

7. **암기가 공부의 데이터베이스다.** 지식 · 기술은 머리에 저장을 해야 모든 문제에 활용할 수 있는데, 뇌는 입에서 나는 소리를 좋아하고 잘 기억한다. 영어 단어를 쓰면서 말로도 외우듯 수학공식도 말하는 게 좋다. 교과서 단원별로 핵심을 외우는 것이 우등생이 되는 지름길이다.

8. **공부의 시작은 개념정리다.** 우등생이 되고 싶다면 수업내용을 100퍼센트 이해하여 소화시키는 습관을 길러야 한다.

9. **책읽기가 가장 좋은 습관이다.** 충실한 독서는 폭넓게 지식을 쌓고, 사고력을 키운다. 풍부한 배경지식과 사고력이 공부, 특히 좋은 글의 마침표를 찍어준다.

:: 성적이 곧 성격이다. - 학습 태도 · 습관이 공부의 성과를 결정짓는다.

❖ 聆音察理 (공자孔子가 자로子路의 거문고타는)소리를 듣고 이치를 살피며

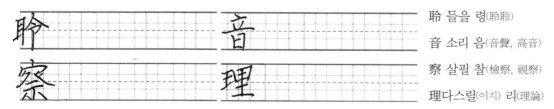

聆 들을 령(聆聆)

音 소리 음(音聲, 高音)

察 살필 찰(檢察, 視察)

理 다스릴(이치) 리(理論)

>> 매일 1쪽씩만 습자習字하여야 하며, 반드시 정신을 집중하여 한 글자씩 천천히 임서臨書한다.

성격이 성적을 결정짓는다. 성공하는 사람은 자실

에게 엄격하다. 호기심, 계획성, 집중력을 키우자.

자습, 복습을 많이 하고 노트정리도 잘해야 한다.

개념정리 후에 외우고, 시간을 정해 숙제를 하자!

❖ **鑑貌辨色** (제齊나라 환공桓公의 부인이) 얼굴을 보고 기색을 분별한다.

鑑					貌			
辨					色			

鑑 거울 감(鑑賞, 鑑定)

貌 얼굴 모(模樣, 外貌)

辨 분별할 변(辨明, 辨證)

色 빛 색(色相, 變色, 彩色)

Chapter 13

주요과목
공부 방법

대체로 손의 움직임에 마음이 반드시 따르게 된다.
스무 번을 보고 외우더라도 한 번 베껴 쓰는 효과에는 미치지 못한다.

이광지李光地

지력과 인성을 기르는 힘

파워 독 · 서 · 산
– 읽기 · 쓰기 · 셈하기
Reading hand writhing mental arithmetic power

88 | 국어, 어휘력 · 배경지식을 기르고 심도 있는 독서와 교과서를 숙독한다

>> 국어는 다른 과목에 비해 시간이 더 걸리기 때문에 조급한 생각은 금물이며, 또한 국어에 대해 너무 쉽게 생각해서도 안 된다. 기본적인 단어, 어휘력부터 차근차근 향상시켜야 하며 독해력을 기르기 위해서는 교과서 외에 다양한 내용의 글들을 심도 있게 읽어야 한다.

국어 실력을 쌓기 위해서는 첫째, 풍부한 어휘력과 배경지식을 길러야 한다. 글을 읽기는 하지만 그 뜻을 확실하게 이해를 하지 못한다면, 이는 배경지식의 부족과 문장의 요소인 단어의 뜻을 정확하게 알지 못한 때문이다. 그러므로 국어를 잘하기 위해서는(다른 과목도 다 마찬가지다) 문장을 이루는 어휘의 뜻과 쓰임새를 제대로 알아야 한다. 모르는 단어는 그 문장에서 어떤 의미를 나타내는지 반드시 확인, 숙지해야 하며(사전이나 인터넷 검색), 따라서 어렵다고 생각되는 단어는 단어장을 만들어 정리하는 습관을 가져야 한다.

둘째, 폭넓은 독서를 통해 독해력을 기르고 사고력을 끌어올려야 한다. 공부 잘하는 학생들은 대개 독해력이 뛰어나고, 독해력은 학력과 나이에 상관없이 읽어왔던 책의 수준과 그 양에 비례한다. 그러므로 어떻게 하든 시간을 내서 양서良書를 잘 선택하여 숙독熟讀해야만 한다. 충실한 독서 습관은 어떤 책을 읽더라도 주제와 내용을 쉽게 파악하고 요약할 수 있는 능력(독해력과 표현력)을 키워 국어 실력을 탄탄하게 다져준다. 그리하여 국어 성적이 한 번 상위권에 오르면 쉽게 무너지지 않는 까닭은 독해력과 사고력의 바탕이 충실하게 다져져 있기 때문이다.

셋째, 모든 과목의 공부는 교과서의 정독이 핵심이다. 따라서 교과서를 충분하게 읽고 공부한 후에 독서의 폭을 넓혀가야 하는데, 다양한 책과 지문을 읽고 핵심내용을 파악하는 꾸준한 노력이 필요하다. 아울러 비문학(사회, 경제, 정치, 과학 등)에도 호기심과 관심을 갖고 그런 책을 읽으면, 즉 교과서 외에 다양한 글을 읽고 습득하면 배경지식의 수준을 한 단계 업그레이드upgrade시킬 수 있다.

:: **만약 네가 그것을 간단히 설명할 수 없다면, 너는 그것을 충분히 이해하지 못한 것이다**
(알베르트 아인슈타인).

❖ **貽厥嘉猷** (군자君子는 자손에게) 그 뛰어난 계책을 끼쳐(물려)주니

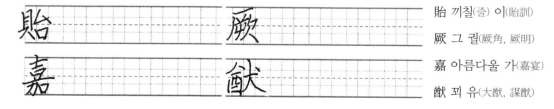

貽 끼칠(줄) 이(貽訓)

厥 그 궐(厥角, 厥明)

嘉 아름다울 가(嘉宴)

猷 꾀 유(大猷, 謀猷)

>> 매일 1쪽씩만 습자習字하여야 하며, 반드시 정신을 집중하여 한 글자씩 천천히 임서臨書한다.

국어 실력을 기르기 위해서는, 첫째, 배경지식과 어

휘력을 길러야 한다. 둘째, 수준에 맞는 독해와 독

해력을 길러 사고력을 넓혀야 한다. 셋째, 모든 공

부는 교과서의 정독이 핵심이니 충분히 읽어야 한다.

❖ **勉其祇植** 그것(도道·계책)을 공경하여 심기에 힘써야 한다.

|勉| |其|
|祇| |植|

勉 힘쓸 면(勉學, 勤勉)

其 그 기(其實, 其他)

祇 공경 지(祇敬, 肅祇)

植 심을 식(植物, 移植)

89 | 영어, 어휘력은 기본이며 듣기 · 말하기 · 쓰기를 반복하고 기본 문법을 익힌다

>> 영어에 왕도는 없다. 언어란 자신의 의사를 표현하고, 서로 소통하는 수단이므로 첫째, 단어 · 숙어 · 문장을 많이 외워서 풍부한 어휘력을 갖춰야 한다. 그리고 많이 듣고, 말하고, 쓰기를 끊임없이 되풀이해야 하며, 더하여 기본적인 문법을 익히면 영어를 잘 할 수 있다.

　영어 공부에 많은 시간과 노력, 돈을 들인 만큼 성과를 거두지 못하는 것은 기본과 과정에 충실하지 않기 때문이다. 영어를 잘하기 위해서는 기초를 다지면서 단계적으로 실력을 쌓아올려야 한다. 특히 유의해야 할 것은 언제까지 영어공부에만 매달릴 수는 없으므로 고교 진학 전에 최상의 실력이 되지 못하면 주기적으로 실시되는 시험성적이 갈수록 떨어질 수밖에 없다는 점이다. 따라서 다른 과목과는 달리 영어 공부를 잘하기 위해서는 보다 일찍 시작하여 한시도 거르지 말고 진득하게 끈기 있게 한 걸음 한 걸음 앞으로 나아가야 한다.

　회화만 능숙하게 잘한다하여 영어를 훌륭하게 잘하는 것은 아니다. 영어 실력의 관건은 작문(composition)이며, 이를 위하여 가장 중요한 것이 풍부한 어휘력이다. 미련스러울 정도로 많은 다양한 단어 · 숙어, 문장을 습득해야하고 그러기 위해서는 국어실력 또한 뒷받침되어야 한다. 동시에 명석하고도 정확한 사고력과 지식을 갖추어야 한다. 단순하게 단어, 문장을 암기하고 문제풀이에만 치중해서는 안 된다. 아울러 '듣기'를 많이 해야 한다. 언어의 인지 능력은 듣기에서부터 시작하고, 그것이 기초가 되기 때문이다. 그렇게 쌓여진 영어 실력을 끊임없는 '읽기'와 '쓰기'를 통하여 더욱 확실하게 다져야 하고, '말하기' 훈련으로써 완성시켜야 한다.

　밥을 먹을 때나 화장실에 갈 때나 이어폰을 꽂고 다녔다. 원어민 목소리로 녹음된 뉴스를 매일 들으면서 받아쓰기도 하고, 앵커의 목소리를 쫓아 섀도잉shadowing을 시도했다. 테이프를 듣는 시간을 제외하고는 거의 하루 종일 (영어) 책을 읽었다. 영어를 배울 때 가장 중요한 것은 '자신감'이다. 외국인에게도 스스럼없이 영어로 말할 수 있다. (기타 등등) 외국인과의 대화, 영어 토론, 발표 등에 용기를 내어 나간다(박원희, '공부9단 오기10단').

> :: 천재가 낳은 것은 모두 '열중'의 산물이다(디즈레일리).
> :: 혼신의 힘을 다해 장애물을 넘는다면, 나머지는 저절로 해결 될 것이다(노먼 빈센트 필).

❖ 省躬譏誡 몸소 살펴서 반성하고 경계하며

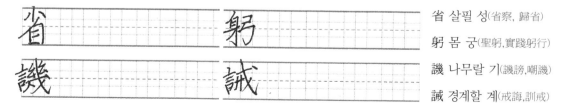

省 살필 성(省察, 歸省)

躬 몸 궁(聖躬, 實踐躬行)

譏 나무랄 기(譏謗, 嘲譏)

誡 경계할 계(戒誨, 訓誡)

>> 매일 1쪽씩만 습자習字하여야 하며, 반드시 정신을 집중하여 한 글자씩 천천히 임서臨書한다.

영어 공격에 왕도가 없다. 단어·숙어·문장을

많이 암기하여 충격한 어휘력을 갖춰야 한다.

아울러 듣고, 말하고, 쓰기를 거듭하여야 하

며, 더하여 기본적인 문법을 익혀야 한다.

❖ **寵增抗極** 영화가 더해지면 극에 달함을 걱정하여야 한다.

寵	增
抗	極

寵 고일(영화) 총(恩寵)

增 더할 증(增大, 漸增)

抗 겨룰 항(抗議, 反抗)

極 다할(극진) 극(至極)

90 | 수학, 개념을 확실히 알고 공식을 외우며 문제풀이를 거듭하여 숙달시킨다

>> 신속·정확, 수학을 잘하는 기본이고 핵심이다. 그런 능력을 쌓기 위해서는 오랜 시간, 공부에 온 힘을 다하고 정신을 집중하여야 한다. 개념을 알고 공식을 외우고, 문제를 풀고 또 풀며 끈질기게 공부에 매달리다보면 보다 더 쉽고 빠르며 정확한 수학 실력이 길러진다.

수학은 원리를 파악하고 공식을 잘 이해한 후 암기하여야 하며, 될 수 있는 대로 문제풀이를 많이 함으로써 다양한 모든 문제에 능숙해져야 한다. 따라서 문제가 어려워서 잘 풀리지 않더라도 해답을 보지 않고 스스로 답을 찾기 위해 노력하여야 한다. 도저히 풀 수가 없다고 생각될 때는 그 과정을 다시 살펴보고 확실하게 이해한 후에 문제풀이를 여러 번 반복하여 숙달 시켜야 한다. 문제를 끝까지 풀었으나 오답인 경우에는 잘못된 점을 찾고 이유를 밝혀내어 반드시 노트에 정리하면서 이해·숙지하도록 한다. 그런 다음 답이 맞을 때까지 되풀이하여 문제를 풀어야만 한다. 이렇게 수학공부에는 많은 노력과 시간을 들여야 한다. 꾸준하게 기본과정의 트레이닝을 거듭하면서 수학적 사고력이 쌓여가고, 그래야 실력이 향상되어 어려운 문제도 풀 수 있다.

일반적으로 수학은 특히, 문제를 많이 풀어보는 것이 최선의 방법이다. 계산이나 응용 능력이 곧 수학 실력이므로 공식만 아는 것으로는 좋은 성적을 얻을 수 없다. 고등 수학 역시 공식의 완전한 이해와 암기는 기본이고, 응용문제를 잘 풀기 위해서는 기본문제에 적용했던 공식을 유효적절하게 응용하는 능력을 길러야 한다. 수학 공부의 순서는 먼저 원리를 정확하게 숙지하고 공식을 이해하고 나서 기본문제, 응용문제를 풀어나가는 것이다. 문제풀이에 있어서 아무리 난이도가 높은 문제라도 결코 피해가서는 안 된다. 성적의 우열을 결정짓는 것은 쉽게 풀 수 없는 어려운 문제들이기 때문이다. 수학은 사고력을 바탕으로 서로 연관된 수많은 공식들을 이어가는 과정이다. 그러므로 여러 가지 각도에서 생각하고, 깊고 폭넓게 생각하면서 인내심을 가지고 공부에 몰입하여야 한다.

:: **나는 똑똑한 것이 아니라 단지 문제를 더 오래 연구할 뿐이다**(알베르트 아인슈타인).
:: **기하에는 왕도가 없다**(유클리드). (기원전 3세기, 톨레미 왕이 기하학의 지름길을 묻자 답한 말이다)

❖ 殆辱近恥 (신하가 부귀하면) 위태롭고 욕되어 치욕에 가까우니

殆 위태할 태(殆半,危殆)
辱 욕될 욕(辱說, 屈辱)
近 가까울 근(近代,遠近)
恥 부끄러울 치(恥辱)

>> 매일 1쪽씩만 습자習字하여야 하며, 반드시 정신을 집중하여 한 글자씩 천천히 임서臨書한다.

수학은 원리와 공식을 정확하게 이해하고

숙지하는 것이 우선되어야 한다. 그리고 문

제를 많이 풀어보아야 한다. 조금 어렵다 하

여 포기해서는 안된다. 그 문제가 시험에 나온다.

❖ 林皐幸卽 숲이 우거진 언덕으로 떠나가야 한다.

林					皐			
幸					卽			

林 수풀 림(山林, 林產)

皐 언덕 고(皐皐, 澤皐)

幸 다행(갈) 행(幸福)

卽 곧(나아갈) 즉(卽時)

'시'詩에 관하여

위대한 철학자 마르틴 하이데거는 그의 저서 '예술작품의 근원'에서 '저녁을 알리는 거대한 저녁 종소리, 그 종위에 떨어지는 싸락눈'이라며 자신의 철학哲學이 프리드리히 휠덜린의 시詩에 비하면 아주 보잘 것 없다는 듯 극히 겸양된 표현을 하였다. 그러면서 '시를 짓는 일은 존재를 여는 것' 곧 진리의 근원·원천라고도 했다. 공자孔子는 '사무사'思無邪(기울고 어긋나며 사특함이 없는 생각)라는 한 구절로 시의 드높은 가치를 나타냈고, 조지훈趙芝薰 시인은 '우주와의 만남, 소통'이라고 했으며, 릴케는 '시는 체험'이라고 말했다.

이렇듯 시를 한마디로 정의할 수는 없지만, 인간의 심오한 정신세계를 함축된 언어로 드러낸 것이라 할 수 있다. 따라서 '금언金言(격언, 속담 등)이란 많은 말을 짧은 말로 끓여 달인 것'이라는 토머스 풀러의 의미심장한 해석을 적용한다면 언어의 진수眞髓, 엑기스라는 점에서는 시가 금언과도 일맥상통한다는 생각이다.

이러한 모든 관점에서, 유안진柳岸津 시인은 오래전에 '우리를 영원케 하는 것은'이라는 제하題下의 저서(에세이)를 통하여 우리들 모두가 시를 사랑하고 늘 가까이하기를 간절히 바라며 '시의 중요성'을 강조하였다.

"옛날에는 시를 애호해야 지성인이었고 일반인들조차도 평소의 대화에서 시구詩句와 성현의 명언을 인용할 줄 알았다. 따라서 인용하는 중에 자신을 살펴 성찰할 수 있기 때문에 아름다운 품위를 지킬 수가 있었다. 이런 장점 때문에 서구의 아동교육에는 아직도 고전의 시를 암송시킨다. 시를 암송하면 리듬과 암기능력이 다른 내용에도 전이轉移된다는 능력심리학에 근거하기 때문이다"

답을 계산하고, ( ) 안에 적합한 숫자를 바른 글씨(정서正書)로 써넣어 식을 완성한 후에 정신을 집중하여 천천히 임서臨書(글씨본 보고 따라서 쓰기)한다.

※ 다음 단원, 260~271쪽의 '읽기·쓰기' 후에는 다른 교재로 5~10분 간 간단한 셈하기를 보충하도록 한다.

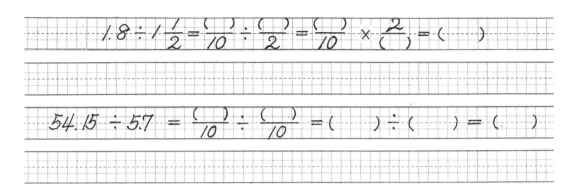

$$1.8 \div 1\frac{1}{2} = \frac{(\ )}{10} \div \frac{(\ )}{2} = \frac{(\ )}{10} \times \frac{2}{(\ )} = (\ \ )$$

$$54.15 \div 5.7 = \frac{(\ )}{10} \div \frac{(\ )}{10} = (\ \ ) \div (\ \ ) = (\ \ )$$

Concentration comes out of combination of confidence and hunger.
집중력은 자신감과 갈망이 합쳐져서 생긴다.

Concentration comes out of combination of confid-

ence and hunger.

91 | 사회·과학, 개념의 이해·숙지와, 세부내용 중에 암기할 것은 빠짐없이 외운다

>> 사회, 과학 등(탐구영역)의 과목은 기본이 '개념·실전'이다. 특히 개념의 이해, 숙지가 중요하며, 교과서 내용을 확실하게 습득해야 한다. 따라서 마인드맵으로 핵심적인 내용들을 머리에 그려 넣은 다음, 세부적인 내용을 확실하게 이해하고 외워야 할 내용은 빠짐없이 암기하여야 한다.

사회, 과학 등의 탐구과목은 학교 수업과 중간고사, 기말고사 등 시험 준비를 하면서 집중적으로 공부하여야 한다. 평소 수업시간에 열심히 듣고 교과서의 핵심 내용을 외우고, 시험 공부할 때 참고서(보충교재) 잘 보는 것이 많은 시간 들지 않고 효율적으로 개념을 이해하는 공부방법이다. 아울러 내용, 설명이 자세하게 수록된 책을 보면서 노트에 나름대로 요약정리를 하는 것이 무엇보다 중요하며, 교과서나 다른 책, 또는 인터넷 강의 내용 등이 노트에 빠져있다면 추가하여 적어 넣어야 한다.

다른 과목들과 마찬가지로 단순하게 암기만 하려들지 말고 반드시 개념을 이해한 후에 외워야 한다. 단순 지식을 테스트하는 경우는 거의 없으므로 개념을 정확하게 이해하지 않으면 안 되기 때문이다. 따라서 교과서의 대단원과 소단원, 중단원 등을 잘 살펴보고 마인드맵으로 핵심내용(개요)을 머릿속에 그려 넣은 다음, 세부적인 내용을 확실하게 이해하고 암기해야 할 것은 꼭 외워야 한다. 특히 과학은 실험(탐구활동) 내용이 각 단원마다 적게는 2가지 많게는 3가지씩 나오는 각 실험의 의도(목적)와 실험 과정, 결과 등을 빠짐없이 필기하여 달달 외워야 한다.

탐구영역의 과목은 그것에 치중하여 공부할 수 없기 때문에 자주 가볍게 복습하도록 한다. 한꺼번에 몰아서하면 그만큼 힘들뿐만 아니라 학습효과도 떨어지기 때문이다. 그리고 모든 과목이 다 그렇듯이 다양한 문제풀이 또한 중요하다. 많은 실전(시험) 연습을 통해서 잊어버렸던 공부 내용을 다시 기억시키고, 놓쳤던 개념이나 팁 등을 문제풀이 과정에서 확실하게 습득할 수 있다.

:: 모든 습관은 노력에 의해 굳어진다. 잘 걷는 습관을 기르기 위해서는 많이 걸어야 한다.

❖ 兩疏見機 두 소씨(한나라 소광疏廣과 조카 소부疏傅)는 기미를 보았으니

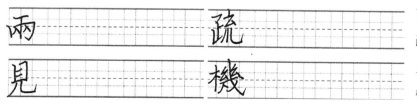

兩 두 량(兩國,兩立,兩者)

疏 성글(성) 소(疏通)

見 볼 견(見聞, 發見)

機틀(기미) 기(機械,好機)

>> 매일 1쪽씩만 습자習字하여야 하며, 반드시 정신을 집중하여 한 글자씩 천천히 임서臨書한다.

사회, 과학은 개념의 이해·숙지가 중요하다. 따

라서 마인드맵으로 핵심적인 내용들을 꺼리네 그

려 넣은 다음 세각적인 사항들을 확실하게 이

해하고, 필기 내용은 빠짐없이 외워야 한다.

✿ **解組誰逼** 끈을 풀고 물러감(조직組織을 떠남)을 누가 핍박하겠는가.

解 풀 해(解決, 解答, 和解)

組 끈 조(組織, 勞組)

誰 누구 수(誰某, 誰何)

逼 핍박할 핍(逼迫, 勢逼)

//////Chapter 14

의기 당당한 태도,
여유 만만한 삶

사심 없는 행동은 힘의 원천이다.

그와 같은 행동은 하느님에 대한 경배이기 때문이다.

마하트마 간디

92 | 유유히 흘러가는 물이 깊다

>> 무조건 경쟁인 세상, 다툼과 강박감으로 인한 자기 혹사가 학교·사회를 휩쓸고 있다. 그럴수록 여유를 가져야 한다. 여유란 그저 노는 게 아니다. 다시 힘차게 출발하기 위하여 자신을 돌아보고, 에너지를 충전하는 것이다. 망중한忙中閑으로 힘들어하는 자신을 추슬러라.

식사를 할 때는 천천히 잘 씹어서 먹어야 맛을 제대로 음미할 수 있고 소화도 잘된다. 식사를 하는 시간과 자리는 그저 먹고 배를 불리는 데 그치는 것이 아니다. 식탁에 함께 함으로써 공동체 의식을 더할 뿐 아니라, 여유 있게 음식의 맛을 즐기며 다정하게 대화를 나누는 가운데 식견을 넓히고 인간관계를 돈독히 할 수 있다. 식사하는 시간의 평균을 100분으로 잡으면, 프랑스인들은 135분, 유럽 국가들과 미국, 캐나다 사람들은 75분정도인데, 우리나라 사람들은 25분에 불과하다. 석유파동(오일쇼크) 때 미국의 서부에서는 며칠 동안 10~15시간을 줄을 서서 기다려야 휘발유 한 통을 살 수 있었다. 그렇게 오랜 시간 줄지어 기름을 사는 사람들 중에 한국인은 거의 눈에 띄지 않았지만, 차량은 가장 많이 다녔던 탓에 신문의 가십거리가 되기도 하였다.

유럽이나 중국을 여행할 때 거리에서 빠른 걸음으로 걷거나 바쁘게 뛰어가는 사람을 본 적이 거의 없을 것이다. 그들의 걸음은 여유 있고 느린 안단테인데 우리나라 사람들은 급하고 빠른 비바체다. 심지어는 두 줄로 서있어야 하는 지하철의 엘리베이터에서 조차 걷거나 뛰어야할 만큼 조급하다. 차분한 마음으로 천천히 겨냥하여 활을 당겨야 화살을 과녁에 명중시킬 수 있다. 아무리 바쁘더라도 '망중한' 忙中閑의 여유를 찾아야 한다.

:: **유유히 흘러가는 물이 깊다.** Still waters ran deep.
:: **천천히 그리고 착실하면 이긴다.** Slow and steady wine the race.
:: **활을 한 번 당기고는 늦추는 것이 궁도다. 학문의 길도 긴장과 이완의 때가 있어야 한다**(잡기雜記). 一張一弛文武之道 일장일이문무지도
:: **속도를 줄이고 인생을 즐겨라. 너무 빨리 가다보면 놓치는 것은 주위 경관뿐만 아니다. 어디로 왜 가는지 모르게 된다**(에디 캔터).

❖ **索居閒處** 한가하게 머물러 살고

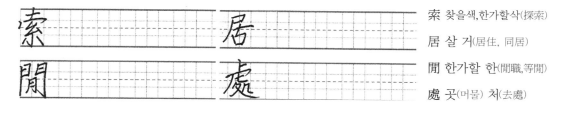

索 찾을색, 한가할삭(探索)

居 살 거(居住, 同居)

閒 한가할 한(閒職, 等閒)

處 곳(머물) 처(去處)

>> 매일 1쪽씩만 습자習字하여야 하며, 반드시 정신을 집중하여 한 글자씩 천천히 임서臨書한다.

욱욱히 흘러가는 물이 길다. 활을 한 번 당기고

늦추는 것이 궁도다. 이처럼 학문의 길에도 긴

장과 이완의 때가 있어야 한다. 너무 빨리

가다보면 어디로 왜 가는지 모르게 된다.

✿ **沈黙寂寥** 침묵하며, 고요하고 평온하게 홀로 지낸다.

沈

寂

默

寥

沈 잠길 침(沈沒, 擊沈)

默 잠잠할 묵(默念,沈默)

寂 고요할 적(寂寞,閑寂)

寥 쓸쓸할 요(寂寥)

93 | 과욕과 조급증을 버려라

>> 어떤 일이든지 온 마음, 온힘을 다하여야 한다. 그렇다고 과욕과 조급함으로 힘을 남김없이 다 쏟아 부어야 한다는 뜻은 아니다. 게으름피우지 말고, 쓸데없는 생각, 딴 짓하지 말고 할 일에 성실하라는 것이다. 무리하여 '소중한 몸과 마음'을 지치고 상하게 해서는 안 된다.

아이엠에프IMF가 왜 터졌는가? 온 국민이 너무 열심히 살았기 때문이다. 온 국민이 죽으라고 열심히 달러를 벌고, 또 죽으라고 열심히 남김없이 달러를 썼기 때문이다. 더 빨리, 더 높게, 더 세게 달리기만 했기 때문이다. 우리는 이제 온힘을 다하여 살아서는 아니 된다. 이제 죽으라고 열심히 살아서는 안 된다(도올 김용옥, '노자와 21세기'). 그런데도, 여전히 숨 돌릴 틈도 없이 공부에 쫓기고 일에 치여 과로, 스트레스에 시달리면서 부지불식간不知不識間에 자신을 죽이고 있다. '바쁘다 · 조급하다'는 뜻을 가진 망忙이라는 한자를 풀어서 보면 바로 '마음 죽이기'(心심 · 마음, 亡망 · 망하다 · 죽다)가 된다. 그런데 우리가 잘 살고자 하는 것은 바로 그 '소중한 몸과 마음' 때문이 아닌가. 과욕과 조급함으로 몸을 지치게 하고 마음을 죽이는 어리석은 짓은 하지 말자.

세상살이는 단숨에 끝장내는 단거리 경주가 아니라, 먼 거리를 숨 가쁜 고통을 참아 견디며 꾸준하게 달려가야 하는 마라톤이다. 죽기 살기 식이 되어서는 도저히 길게, 멀리 갈 수 없다. 그렇다고 쓸데없는 생각에 정신을 빼앗기고, 딴 짓거리하고, 게을러서는 절대 안 된다. 정신을 가다듬어 천천히, 그리고 끊임없이 앞으로 나아가야 한다.

:: **노력하여 공부하기를 늦춰서도 안 되고 조급해서도 안 되며 죽은 뒤에야 그만둘 따름이다. 만약 공부의 효과를 급하게 구한다면 그 또한 이익을 욕심내는 것이다. 만약 이와 같이** (공부를 늦추지도 않고 서두르지도 않으면서, 평생 동안 꾸준히) **하지 않고 어버이가 물려준 몸을 욕되게 하면, 이는 곧 사람의 자식이 아닌 것이다**(율곡 이이, '자경문' 自警文).
用功不緩不急 死而後已 용공불완불급 사이후이 若求速其效 則此亦利心 약구속기효 칙차역리심/ 若不如此 戮辱遺體 便非人子 약불여차 육욕유체 변비인자
:: **밥을 급작스레 먹으면 체하는 것은 정한 이치다. 그리고 조금씩 먹지 않고 과식을 해도 반드시 부작용이 뒤따른다**(도올 김용옥, '노자와 21세기1').
:: **지나침은 미치지 못함과 같다**(중용中庸). 過猶不及 과유불급

❖ 求古尋論 옛것을 구하여 찾고 의논하며

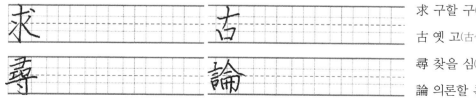

求 구할 구(求人, 要求)

古 옛 고(古今,古物,中古)

尋 찾을 심(尋訪, 推尋)

論 의론할 론(論罪,議論)

>> 매일 1쪽씩만 습자習字하여야 하며, 반드시 정신을 집중하여 한 글자씩 천천히 임서臨書한다.

세상살이란 단숨에 끝장내는 단거리 경주가

아닌 마라톤이다. 한발 한발 집중하게 호흡을

조절하며 앞으로 나아가야 한다. 과욕과 조급

함으로 몸과 마음을 상하게 해서는 안 된다.

❖ **散慮逍遙** 근심걱정은 흩어 버리고 슬슬 거닐며 노닌다.

散 흩을 산(散文, 解散)

慮 생각 려(考慮, 念慮)

逍 거닐 소(逍遙)

遙 노닐 요(遙拜, 遙遠)

94 | 지치고 상한 몸과 마음을 추스르고 쉬게 하여라

>> 아무리 공부를 즐기려 해도 오랜 시간 동안 쉴 틈도 없이 공부에 짓눌리다 보면 힘이 빠지고 스트레스가 쌓일 수밖에 없다. 경쟁이 치열할수록 여유를 찾아라. 일정하게 쉴 수 있는 시간을 만들어 휴식을 취하여 스트레스를 풀고 에너지를 보충해야 한다.

성적 만능주의, 그에 대한 맹신盲信과 허욕虛慾에 빠져 점수 따기 경쟁은 갈수록 심해지고 조급증, 강박감만 팽배해 있다. 그래서 도무지 여유가 없고, 그렇게 혹사당한 심신心身은 지칠 대로 지쳐만 간다. 이래서는 무엇 하나 제대로 될 까닭이 만무萬無하여 마음의 여유를 찾는 것이 중요하다. 확고한 '목적의식'은 마음의 여유를 갖게 한다. 희망을 품고 그것을 향해 전진하고 있다면, 순간순간(그 시간)이 즐겁기만 하다면 마음이 조급할 리가 없다. 특히 학교성적이 성공의 보증수표가 아니며, (무엇이든) 다른 사람과 비교하고 남의 인정을 받으려는 생각이 절망과 실패를 자초하는 어리석음임을 똑바로 알아야 한다. 마음 편하게, 여유로운 마음으로 시야를 넓혀 멀리 앞을 내다보며 '바른 공부'(正學정학), '바른 길'(正道정도)로 방향을 잡아가야 성공할 수 있다.

그러므로 누구든 앞서야만 한다는 과욕·이기심을 버리고(자신을 이기고 자기를 앞서가야 한다), 서로서로 믿고 도와서 각자의 시간을 줄여 주도록 한다. 계획성 있는 생활로 시간을 절약하고, 인터넷, 게임, 특히 게으름 등, 쓸데없는 데 시간을 뺏기지 말아야 한다. 그리하여 '망중한'忙中閑의 여유'를 찾아 명상에 잠기거나 독서, 음악 감상, 취미활동, 아니면 수면 등으로 지치고 상한 마음과 몸을 추스르고 쉬게 하여 힘을 충전하면서 일하고 공부해야 한다.

> :: **한가로운 시간은 무엇과도 바꿀 수 없는 재산이다**(소크라테스).
> :: **옛사람이 이르기를 '당장 쉬면 쉴 수 있으나 만일 끝날 때를 찾는다면 끝이 날 때가 없으리라'고 했는데 진실로 탁견이로다**(채근담菜根譚).
> 前人云 如今休去便休去 전인운 여금휴거변휴거 若覓了時無了時 약멱료시무료시 見之卓矣 견지탁의
> :: **적당하게 일하고 좀 더 느긋하게 쉬어라. 현명한 사람은 여유 있게 인생을 보냄으로써 진정한 행복을 누리는 것이다**(그라시안).

❖ **欣奏累遣** 기쁜 일은 아뢰고 얽매인 것은 보내며

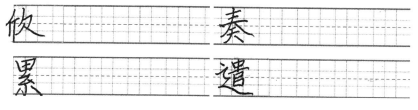

欣 기쁠 흔(欣然, 欣快)

奏 아뢸 주(奏樂, 奏效)

累 묶을 루(누)(累積, 連累)

遣 보낼 견(遣懷, 派遣)

>> 매일 1쪽씩만 습자習字하여야 하며, 반드시 정신을 집중하여 한 글자씩 천천히 임서臨書한다.

지치고 장한 품과 마음을 쉬게 하고 추슬러

힘을 충전하면서 공격하고 일해야 한다. 마음

편하게 여유를 갖고 시야를 넓혀 멀리 앞을

내다보며 바른 공격의 길로 방향을 잡아야 한다.

❖ **感謝歡招** 근심은 물러나고 기쁨을 불러온다.

感		謝	
歡		招	

感 근심할 척(慼憂)

謝 물러날 사(謝絕, 感謝)

歡 기쁠 환(歡迎, 哀歡)

招 부를 초(招請, 自招)

95 | 젊은이여, 호연지기浩然之氣를 품어라

>> 강박감, 조급증에 빠지고 소심해져서는 안 된다. 공부를 일 · 이등한들 무슨 소용인가. 늘 불안하고, 온힘을 다쏟아부어 심신心身이 망가지면 사상누각砂上樓閣이다. 마음을 크게, 넓게 펴서 호연지기浩然之氣를 품자. 패기 있게, 당당하게 희망을 향해 앞으로 나아가라.

기氣를 키우자. 공부를 잘할 수도 있고 못할 수도 있다. 진학 · 취업이 늦어질 수도 있고 일이 실패할 때도 있으며, 그 반대가 될 때도 있다. 그런 좋고 나쁜 상황에 따라 기가 죽기도 하고 살기도 하는 것 같지만, 그건 끊임없이 변하고 흔들리는 마음, 일시적인 심리작용일 뿐이다. 진정한 '기'란 죽고 살고 하는 게 결코 아니다. 큰 꿈을 이루기 위해서는 일희일비一喜一悲하지 않고 고난과 역경을 헤쳐 나갈 수 있는 기氣, '용기'勇氣를 키워야 한다.

맹자孟子는 용기를 '호연지기'浩然之氣라 하고, 호연지기가 길러지면 추호도 흔들림이 없는 마음, 부동심不動心이 생긴다하였다. 호연지기, 곧 용기는 도덕적 양심良心, 크고 바른 '마음가짐'에서 솟아난다. 그래서 맹자가 중시한 것은 '정신수양'情神修養이다(본문 206쪽 참조). 즉 마음공부를 통하여 기를 키우는데, 반드시 기의 기름(養氣양기)과 기의 올바름(正氣정기)이 함께해야 하며 절대로 서둘러서는 안 된다. 꾸준히 노력하고 정진할 뿐, 결과에 집착하지 말아야 하고 마음에서 잊어져서도 안 되며, 억지로 자라게 도우려 해서도(拔苗助長발묘조장) 안 된다는 것이다.

결코 쉽지는 않지만, 마음만 다잡으면 얼마든지 해낼 수 있다. (一切唯心造일체유심조) '기 · 용기'는 정의감이고, 자신감이다. 작은 일에 얽매여 휘둘리는 소심증 · 조급증을 떨쳐버리고, 마음을 곧게, 넓게 펴라. 그런 바르고 큰 '마음가짐'으로 생각하고 말하고 행동하고자 끊임없이 노력하면, 그것이 바로 호연지기, 대장부大丈夫의 기개氣槪다. 그렇게 호연지기를 품자. 그리하여 부동심의 용기로 의기당당하고 패기만만하게 멀리 '희망'을 내다보며 전진하여라.

:: 맑게 게인 하늘은 번개를 두려워하지 않는다. 걱정 없는 삶을 기대하지 말고, 걱정에 물들지 않는 연습을 하여라(알랭).

:: 있는 그대로 보고 있는 그대로 행동할 수 있는 사람을 용기 있는 사람이라고 부른다(에베렛).

❖ 渠荷的歷 개천의 연꽃은 또렷하여 분명(적력的歷)하며

渠	荷
的	歷

渠 도랑(개천) 거(暗渠)

荷 연꽃 하(荷葉, 入荷)

的과녁(분명할) 적(的實)

歷 지날 력(歷史, 經力)

>> 매일 1쪽씩만 습자習字하여야 하며, 반드시 정신을 집중하여 한 글자씩 천천히 임서臨書한다.

강박감 조급증에 빠져서 조심하지면 안 된다

맑게 게인 하늘은 변개를 두려워하지 않는다.

마음을 바르고 크게 가져 호연지기를 품자. 그

라하여 패기 있게 희망을 향하여 전진하자.

※ 천자문 四字一句사자일구 250구 가운데 190구, 760자를 정자正字로 쓰면서 익혔다. 나머지 60구, 240자는 부록(천자문 추록, 281쪽)에 실었으니 계속 공부하도록 한다.

❖ **園莽抽條** 근심은 물러나고 기쁨을 불러온다.

園	莽
抽	條

園 동산 원(園藝,植物園)

莽 풀(우거질) 망(草莽)

抽 뺄 추(抽象,抽利,抽出)

條 가지조(條件,金科玉條)

휴 식

어느 깊은 산속에서 쉰 살이 넘은 지긋한 나이의 한 사람과 스물너덧 살밖에 안 된 젊은 청년 한 사람이 벌목꾼으로 함께 일을 하고 있었다. 이른 아침부터 나무 베기가 시작되었는데, 나이 많은 사람은 경험이 많기도 했지만 큰 나무를 잘라내는 것이 아주 힘들었기 때문에 천천히 일하였다. 그는 여느 때와 다름없이 한 시간 동안 일하고 십여 분간은 반드시 휴식을 취하였다. 그러나 젊은 사람은 혈기왕성하여 거의 쉬지 않고 땀을 뻘뻘 흘리며 온힘을 다해 열심히 나무를 잘랐다.

저녁이 되어 일을 마친 두 사람은 자기가 벌목한 나무의 숫자를 헤아려 보았다. 그런데, 뜻밖에도 쉬지도 않고 일한 젊은 사람의 나무보다 쉬엄쉬엄 일한 나이 많은 사람의 것이 훨씬 더 많았다. 젊은 청년이 몹시 의아疑訝해 하며 대체 어찌된 까닭인지를 묻자, 나이 많은 사람은 빙그레 웃으며 대답하였다. "여보게, 나는 죽으라고 일만 하지 않고 틈틈이 쉬면서 힘을 비축하고, 무디어진 도끼와 톱날을 갈았다네."

답을 계산하고, ( ) 안에 적합한 숫자를 바른 글씨(정서正書)로 써넣어 식을 완성
한 후에 정신을 집중하여 천천히 임서臨書(글씨본 보고 따라서 쓰기)한다.

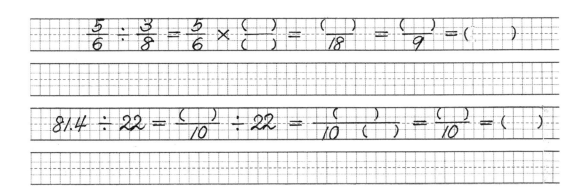

$$\frac{5}{6} \div \frac{3}{8} = \frac{5}{6} \times \frac{(\ )}{(\ )} = \frac{(\ )}{18} = \frac{(\ )}{9} = (\ \ )$$

$$81.4 \div 22 = \frac{(\ )}{10} \div 22 = \frac{(\ )}{10}(\ ) = \frac{(\ )}{10} = (\ \ )$$

Still waters ran deep. 유유히 흘러가는 물이 깊다.
Slow and steady wine the race. 천천히 그리고 착실히 하면 이긴다.
Follow the river and you'll get to the sea.
강물을 따라가라. 그러면 바다에 이를 것이다.

Still waters ran deep. Slow and steady wine the ra-

ce. Follow the river and you'll get to the sea.

///// Supplement

부록

지력과 인성을 기르는 힘

파워 독 · 서 · 산
– 읽기 · 쓰기 · 셈하기
Reading·hand writhing·mental arithmetic power

한문 입문서이며, 동양 인문학의 다이제스트

'천자문'千字文은 사언고시四言古詩 250구句가 한 글자도 겹침이 없는 1천자의 한자로 이루어졌으며, 그래서 천자문 또는 천자라 이름 하였다. 한문초독서初讀書인 이 책은 여러 가지가 있으나 주흥사周興嗣의 것이 가장 널리 읽혀져 왔다. 남북조南北朝시대 서기 535년, 양무제梁武帝의 명을 받은 주흥사가 단 하루 만에 심혈을 쏟아 지어내느라 머리가 하얗게 새었다 해서 '백수문'白首文이라고도 불린다.

천자문의 첫 구절 '天地玄黃천지현황, 하늘은 (아득히 멀어서) 검었고 땅은 누르며'는 역경易經에서 '태초'太初를 나타낸 말로 시작부터가 웅혼하기 그지없다(구약성서 '창세기'의 첫 장을 연상케 한다). 책의 마지막 장, 끝에서 두 번째 구절 '孤陋寡聞고루과문, 홀로여서 마음이 좁고 배움(견문見聞)이 적으면 愚蒙等誚우몽등초, 어리석고 둔한 자와 똑같이 꾸짖는다'는 경구는 예기禮記에서 원용한 것이다. 이는 '사람 삶(人生인생)의 기본'인 인간관계와 면학의 모자람을 경계하는, 그야말로 뼈저리게 알아들어야 할 말이다.

천자문은 이렇게 '세상의 처음'으로부터 시작하여 '사람의 어울림과 배움'을 주지시키면서 마무리한다. 따라서 한문 입문서로만 생각하여 한자 학습이나 하면 되는 그저 그런 단순한 책이 결코 아니다. 비록 천자밖에 안 되는 작은 서책이지만, 시경詩經, 서경書經, 역경, 예기, 춘추春秋, 논어論語, 사기史記 등, 시와 사상과 역사가 실린 아름다운 시문학서이고, 심오한 철학서이며, 장엄한 역사서이기도 하다. 만물의 생성원리로부터 기나긴 역사, 사람 사는 도리에 이르기까지 한 구절 한 구절마다 사물의 이치를 밝히는 선현들의 경륜과 지혜가 담긴 최고의 고전古典인 것이다.

더욱이 학문의 크기를 가름 하는 '문·사·철'文史哲. 곧 (동양東洋) 인문학의 거의 유일한 다이제스트로 더없이 귀중한 책이 바로 천자문이다. 그러므로 (되도록 어려서부터) 천자문을 열심히 제대로 공부하여 한자·한문을 익힐 뿐 아니라, 반드시 그 넓고 깊은 뜻을 헤아리고 마음에 새겨 학문과 사상의 지평地平을 여는 발판으로 삼아야 할 것이다.

1. 한자의 3요소

한자는 자형字形; 글자의 모양, 자음字音; 글자의 소리, 자의字意(자훈字訓); 글자의 새김·뜻 등, 3가지 요소를 지녔다. 이는 한자가 뜻글자(표의表意 문자)이기에 갖는 특징이며, 이것을 잘 익히는 것이 한자공부이다.

자 형	天	地	玄	黃
자 음	천	지	현	황
자 의	하늘	땅	검다	누렇다

2. 육서六書; 한자 구성의 원리

▷ '짜임새'의 4가지 원리

1) **상형**象形 ; 사물의 모양을 본떠서 만드는 것이다.

日, 月, 山, 川, 兩, 人, 肉, 火, 田, 木, 竹 등

2) **지사**指事 ; 부호, 도형 등으로 사물을 가리킨다.

一, 上, 中, 下, 父, 兄, 生, 直 등

3) **회의**會意 ; 두 가지 이상의 뜻(글자)을 모아서 다른 뜻을 나타낸다.

日(날 일)·月(달 월); 明(밝을 명), 人(사람 인)·木(나무 목); 休(쉴 휴), 木(나무 목)·木; 林(수풀 림), 女(계집 녀)·子(아들 자); 好(좋을 호)

4) **형성**形聲 ; 글자의 소리(음)와 뜻을 합쳐서 만든다('형상자'는 전체 한자의 90퍼센트에 이른다).

門(문 문/음)·口(입 구/뜻); 問(물을 문), 工(장인 공/음)·力(힘 력/뜻); 功(공 공), 豆(콩 두/음)·頁(머리 혈/뜻); 頭(머리 두), 人(사람 인/뜻)·主(주인 주/음); 住(살 주), 材, 江, 仙, 味, 信, 霜 등

▷ '쓰임새'의 2가지 원리

5) **전주**轉注 ; 글자의 뜻을 (같은 부류部類 안에서) 확대·발전시켜 다른 뜻으로 바꾸어 쓰는 방법이다.

降(내릴 강) ; 항복할 항, 樂(즐거울 락); 노래 악 · 좋아할 요, 北(북녘 북) ; 저버릴 배, 龜(구·귀·균), 宅(택·댁), 洞(동·통), 便(변·편) 등

6) **가차**假借 ; 어떤 말을 나타내기 위해 뜻은 다르지만 음이나 모양이 비슷하면 빌려서 적는 방법이다(주로 외래어 표기에 쓰인다).

佛陀불타 ; 붓다Buddha, 達磨달마 ; 다르마dharma, 颱風태풍 ; 타이푼typhoon, 亞細亞아세아, 佛蘭西불란서, 伊太利이태리, 印度인도 / 丁丁, 關關(의성어) / 急急, 堂堂(의태어) 등

3. 한자의 필순筆順(획순畫順)

한자를 쉽고 바르게 잘 쓰기 위해서는 글자를 이루는 '획'과, 쓰기의 순서인 '필순'을 확실하게 알아야 한다.

1) 위에서부터 아래로 쓴다.

2) 왼쪽에서 오른쪽으로 쓴다.

3) 가로획과 세로획이 겹치면 가로획을 먼저 긋는다. (十, 古, 木, 下, 井 등) 그러나, 마무리 가로획은 마지막에 그어야 한다. (土, 王, 重 등)

4) 좌우로 나뉜 글자는 먼저 가운데 획부터 쓴다. (小, 山, 水, 出 등)

5) 가운데를 꿰뚫는 획은 마지막으로 긋는다. (中, 牛, 甲, 車, 事 / 女, 子, 母, 冊, 丹 등)

6) 위로 두른 글자는 둘레를 먼저 쓰고, (日, 內, 田, 用, 同, 風, 國 / 刀, 力, 勿, 菊, 등) 아래로 두른 획은 나중에 쓴다. (北, 世, 也, 區, 色 등)

7) 삐침(특히 파임과 겹치면)을 먼저 쓴다. (人, 又, 父, 夫, 入 / 九, 右, 成, 有 등) 단, '左'자는 처음에 가로획을 그은 다음 삐침을 써야 한다.

8) 오른쪽 위의 점획은 마지막에 찍는다.(成, 犬, 代, 識 등)

9) 받침은 마지막에 쓰는 것이 원칙이나, (建, 近, 道, 延, 廻, 遠, 通 등) 趙, 起, 題자와 같이 획수가 많으면 받침을 먼저 쓴다.

※ 한자의 정자 ; 여러 서체들(전서篆書, 예서隷書, 초서草書 등) 가운데서 가장 근본이 된다 하여 정서正書, 해서楷書, 진서眞書, 정자正字라고 한다. 서예書藝(붓글씨)에서는 흔히 해서라 불리며, 진晋나라의 왕차중王次中이 만든 것으로 전해지고 있다. 예서에서 발전·변화된 서체로 글꼴(자형字形)이 방정한 것이 특징이며, 마찬가지로 한글의 정자도 이러한 특성을 갖고 있다.

한자의 점과 선을 '획'이라 한다. 펜을 한 번 대었다가 떼기까지의 그은 선, 또는 찍은 점 하나가 1획이다. 한자를 이루는 모든 획의 숫자, 즉 '획수'는 한자 학습(쓰기, 익히기, 자전字典 찾기 등)에 중요한 역할을 한다.

획은 그 생김새에 따라 여러 가지 종류로 분류되며, 크게는 ▷점획; 왼 점, 오른 점, 오른 점 치킴, 오른 점 삐침, ▷직선 획; 가로 긋기, 내려 긋기, 왼 갈고리, 오른 갈고리, 평갈 고리, 오른 갈고리, ▷곡선 획; 삐침, 파임, 지겟다리, 누운 지겟다리, 치킴, 받침, 새가슴, 굽은 갈고리, 좌우 꺾임, 새을 등으로 나누어진다.

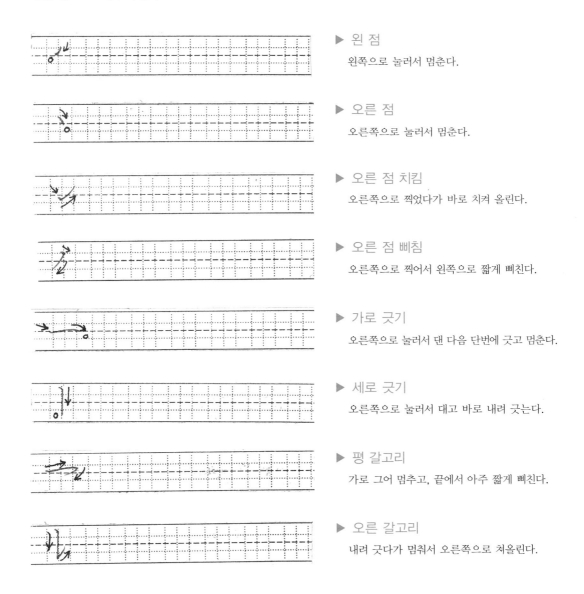

▶ 왼 점
왼쪽으로 눌러서 멈춘다.

▶ 오른 점
오른쪽으로 눌러서 멈춘다.

▶ 오른 점 치킴
오른쪽으로 찍었다가 바로 치켜 올린다.

▶ 오른 점 삐침
오른쪽으로 찍어서 왼쪽으로 짧게 삐친다.

▶ 가로 긋기
오른쪽으로 눌러서 댄 다음 단번에 긋고 멈춘다.

▶ 세로 긋기
오른쪽으로 눌러서 대고 바로 내려 긋는다.

▶ 평 갈고리
가로 그어 멈추고, 끝에서 아주 짧게 삐친다.

▶ 오른 갈고리
내려 긋다가 멈춰서 오른쪽으로 쳐올린다.

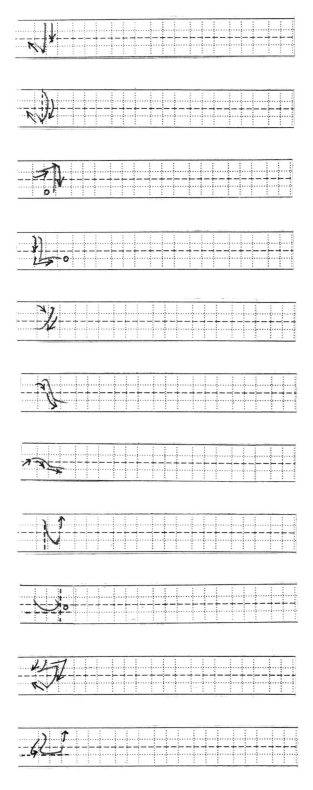

▶ 왼 갈고리

내려 그어 멈추고 왼쪽으로 치켜 올린다.

▶ 굽은 갈고리

조금 휘게 내려 긋다가 멈춰서 왼쪽으로 치켜 올린다.

▶ 오른 꺾음

가로 긋기와 세로 긋기를 연속하며, 끝에서 눌러서 멈춘다.

▶ 왼 꺾음

세로 긋기와 가로 긋기를 연속하며, 끝에서 하향하여 멈춘다.

▶ 삐침

왼쪽으로 완만한 곡선을 그으며 삐치고, '세운 삐침'은 직선으로 긋다가 삐친다.

▶ 파임

가볍게 대고 오른쪽으로 비스듬히 누르면서 아래쪽으로 천천히 빼낸다.

▶ 받침

파임과 같으나, 끝에서 멈췄다가 거의 수평으로 뺀다.

▶ 지겟다리

오른쪽으로 눌러 대어 안쪽으로 휘게 긋고, 끝에서 오른쪽으로 쳐올린다.

▶ 누운 지겟다리

오른쪽으로 비스듬히 긋다가 멈추고, 단번에 안쪽으로 치켜 올린다.

▶ 좌우 꺾음

왼쪽으로 짧게 삐친 다음, 오른쪽으로 긋고, 다시 왼쪽으로 삐치면서 쳐올린다.

▶ 새가슴

새가슴 모양의 곡선을 긋고, 수평으로 긋다가 끝에서 (직각으로) 치켜 올린다.

❀ 枇杷晚翠 비파나무는 (추운 때가 되어야 꽃이 피기 때문에) 늦도록 푸르고

枇 비파나무 비(枇杷)

杷 비파나무 파(枇杷)

晚 늦을 만(晚學,早晚間)

翠 푸를 취(翠玉, 翡翠)

❀ 梧桐早凋 오동나무 잎은 일찍이 시든다.

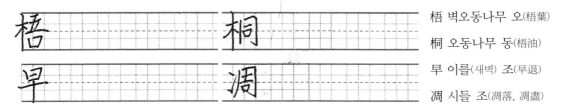

梧 벽오동나무 오(梧葉)

桐 오동나무 동(梧油)

早 이를(새벽) 조(早退)

凋 시들 조(凋落, 凋盡)

❀ 陳根委翳 묵은 뿌리가 깔린 땅에 (온갖 풀이 말라 떨어져) 쌓여서 덮이며

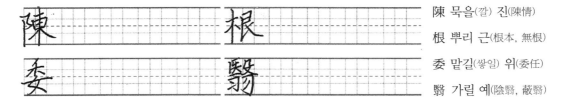

陳 묵을(깔) 진(陳情)

根 뿌리 근(根本, 無根)

委 맡길(쌓일) 위(委任)

翳 가릴 예(陰翳, 蔽翳)

❀ 落葉飄颻 떨어지는 낙엽은 부는 바람에 나부낀다.

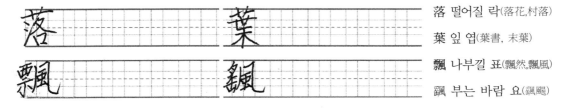

落 떨어질 락(落花,村落)

葉 잎 엽(葉書, 末葉)

飄 나부낄 표(飄然,飄風)

颻 부는 바람 요(飇颻)

❀ 遊鯤獨運 (푸른 바다에서) 노니는 곤鯤(북해北海의 고기)은 홀로 살며 돌아다니다

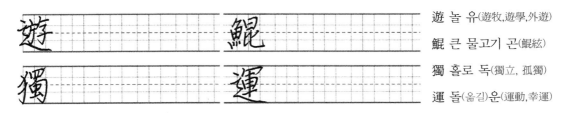

遊 놀 유(遊牧,遊學,外遊)

鯤 큰 물고기 곤(鯤絃)

獨 홀로 독(獨立, 孤獨)

運 돌(옮길)운(運動,幸運)

❖ 凌摩絳霄 (봉새鵬로 변해서) 붉은 하늘을 범하여 어루만진다. (장자莊子)

凌 범(능가)할 능(凌駕)
摩 만질(갈) 마(摩擦)
絳 붉을(진홍) 강(絳裳)
霄 하늘 소(霄壤, 淸宵)

❖ 耽讀翫市 (한漢나라 왕충王充이 가난했으나) 글 읽기를 즐겨 저자에서 책을 보니

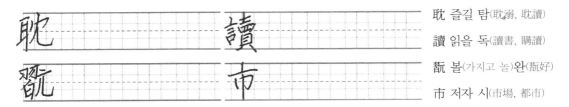

耽 즐길 탐(耽溺, 耽讀)
讀 읽을 독(讀書, 購讀)
翫 볼(가지고 놀)완(翫好)
市 저자 시(市場, 都市)

❖ 寓目囊箱 (책에) 눈을 붙이면 주머니와 상자에 그 책을 넣어둔 것과 같았다.

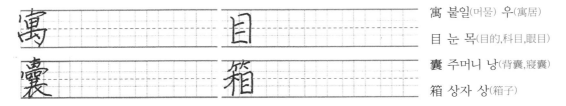

寓 붙일(머물) 우(寓居)
目 눈 목(目的,科目,眼目)
囊 주머니 낭(背囊,寢囊)
箱 상자 상(箱子)

❖ 易輶攸畏 (군자君子는) 말을 쉽게 가벼이 함을 두려워할 바이니

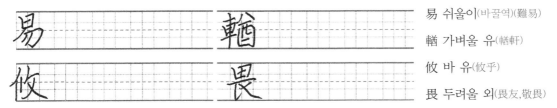

易 쉬울이(바꿀역)(難易)
輶 가벼울 유(輶軒)
攸 바 유(攸乎)
畏 두려울 외(畏友,敬畏)

❖ 屬耳垣牆 (사람들의) 귀가 담장에 붙어 있어서다. (시경詩經 원용)

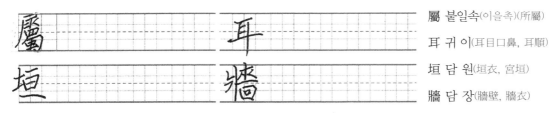

屬 붙일속(이을촉)(所屬)
耳 귀 이(耳目口鼻, 耳順)
垣 담 원(垣衣, 宮垣)
牆 담 장(牆壁, 牆衣)

❖ **具膳飱飯** 반찬을 갖추어 저녁밥을 먹으니

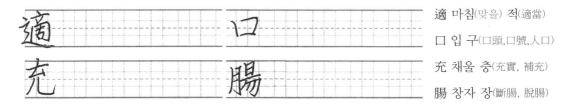

具 갖출 구(具備, 家具)

膳 반찬 선(膳物)

飱 저녁밥 손(朝飱)

飯 밥 반(飯店, 白飯)

❖ **適口充腸** 입에 맞게 하여 창자를 채운다.(굶주림을 면할 뿐, 과분치 말아야 한다)

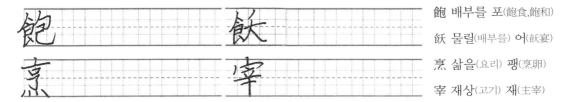

適 마침(맞을) 적(適當)

口 입 구(口頭, 口號, 人口)

充 채울 충(充實, 補充)

腸 창자 장(斷腸, 脫腸)

❖ **飽飫烹宰** 요리한 고기도 배부르면 물리어 싫어지고

飽 배부를 포(飽食, 飽和)

飫 물릴(배부를) 어(飫宴)

烹 삶을(요리) 팽(烹卵)

宰 재상(고기) 재(主宰)

❖ **飢厭糟糠** 굶주리면 지게미와 겨라도 만족한다.

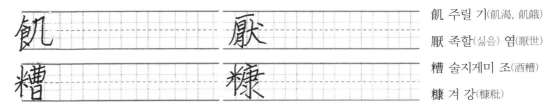

飢 주릴 기(飢渴, 飢餓)

厭 족할(싫을) 염(厭世)

糟 술지게미 조(酒糟)

糠 겨 강(糠粃)

❖ **親戚故舊** 친척親戚(친족과 외척, 성이 다른 일가)과 고구故舊(오래 사귄 벗)는

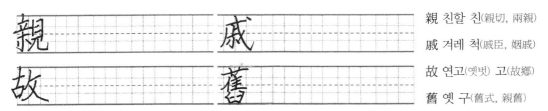

親 친할 친(親切, 兩親)

戚 겨레 척(戚臣, 姻戚)

故 연고(옛벗) 고(故鄕)

舊 옛 구(舊式, 親舊)

❖ **老少異糧** (15세 이상은) 늙고 젊음에 따라서 음식을 다르게 한다. (예기禮記)

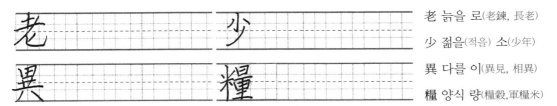

老 늙을 로(老鍊, 長老)
少 젊을(적을) 소(少年)
異 다를 이(異見, 相異)
糧 양식 량(糧穀, 軍糧米)

❖ **妾御績紡** 여종(첩)이든 (임금을) 모시든 (왕비로부터 모든 아녀자까지) 길쌈을 하고

妾 첩(계집종) 첩(愛妾)
御 모실(다스릴)어(御命)
績 길쌈 적(紡績, 成績)
紡 자을 방(紡織, 紡車)

❖ **侍巾帷房** (책에) 휘장 친 방에서 수건 등 시중을 들어 모신다.

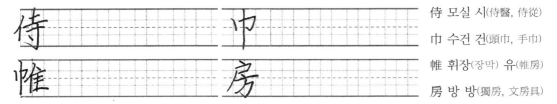

侍 모실 시(侍醫, 侍從)
巾 수건 건(頭巾, 手巾)
帷 휘장(장막) 유(帷房)
房 방 방(獨房, 文房具)

❖ **紈扇圓潔** 하얀 비단 부채는 둥글고 깨끗하며

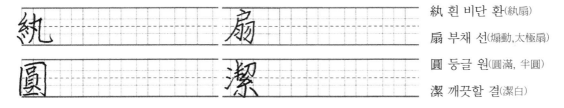

紈 흰 비단 환(紈扇)
扇 부채 선(煽動, 太極扇)
圓 둥글 원(圓滿, 半圓)
潔 깨끗할 결(潔白)

❖ **銀燭煒煌** 은빛 촛불이 밝게 빛난다.

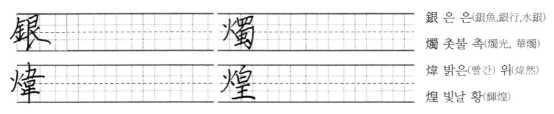

銀 은 은(銀魚, 銀行, 水銀)
燭 촛불 촉(燭光, 華燭)
煒 밝은(빨간) 위(煒然)
煌 빛날 황(輝煌)

❖ 晝眠夕寐 낮에는 졸고 저녁이면 잠자니

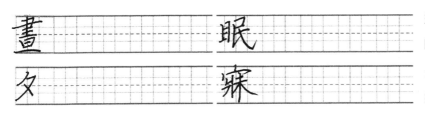

晝 낮 주(晝間, 晝耕夜讀)

眠 잘(졸) 면(冬眠, 安眠)

夕 저녁 석(夕刊, 夕陽)

寐 잘 매(夢寐, 寤寐不忘)

❖ 籃筍象牀 푸른 대와 상아象牙로 된 침상이다.

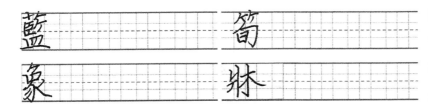

籃 쪽 람(藍色, 靑出於藍)

筍 죽(대)순 순(竹筍)

象 코끼리 상(象牙塔)

牀 침상 상(牀子, 病牀)

❖ 絃歌酒讌 현絃(거문고, 비파 등 현악기)으로 노래하고 술로 찬치 하며

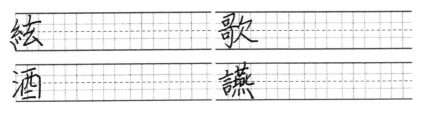

絃 줄 현(絃琴, 管絃樂)

歌 노래 가(歌手, 詩歌)

酒 술 주(酒席, 酒店, 飮酒)

讌 잔치 연(讌席, 讌會)

❖ 接杯擧觴 잔을 잡고 술잔을 든다(권한다).

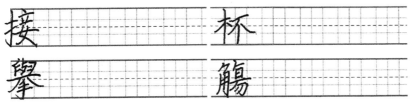

接 접할(사귈) 접(接木)

杯 잔 배(乾杯, 金杯)

擧 들 거(擧事, 擧手, 選擧)

觴 잔 상(觴詠, 交觴)

❖ 矯手頓足 손을 들고 발은 두드리니(춤추고 뛰어노니)

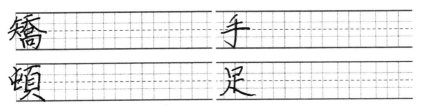

矯 들(바로잡을) 교(矯正)

手 손 수(手段, 手票, 擧手)

頓 두드(조아)릴 돈(整頓)

足 발 족(不足, 手足)

❖ 悅豫且康 기뻐 즐거우며 또한 평강平康하다.

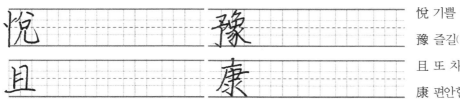

悅 기쁠 열(悅樂, 喜悅)

豫 즐길(미리) 예(豫告)

且 또 차(且置, 重且大)

康 편안할 강(康寧, 健康)

❖ 嫡後嗣續 적장자嫡長子가 뒤로 대를 이어서(嗣續사속)

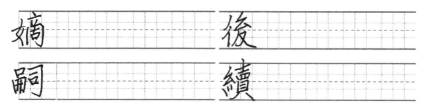

嫡 맏(정실) 적(嫡子,嫡統)

後 뒤 후(後尾,後事,後日)

嗣 이을 사(後嗣, 嗣續)

續 이을 속(續刊, 連續)

❖ 祭祀蒸嘗 제사祭祀에는 (겨울의) 증제蒸祭와 (가을의) 상제嘗祭가 있다.

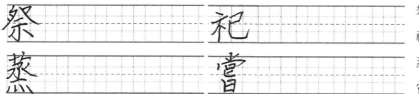

祭 제사 제(祭禮, 忌祭)

祀 제사 사(祀典, 時祭)

蒸 제사(찔) 증(蒸氣,蒸發)

嘗 제사(맛볼) 상(嘗試)

❖ 稽顙再拜 머리를 조아려 (이마가 땅에 닿도록) 두 번 절하고

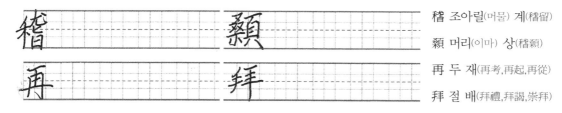

稽 조아릴(머물) 계(稽留)

顙 머리(이마) 상(稽顙)

再 두 재(再考,再起,再從)

拜 절 배(拜禮,拜謁,崇拜)

❖ 悚懼恐惶 (지극히) 두려워하며 공경한다.

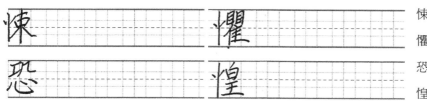

悚 두려울 송(悚懼,惶悚)

懼 두려울 구(勇者不懼)

恐 두려울 공(恐喝,恐慌)

惶 두려울 황(惶恐,驚惶)

❖ 牋牒簡要 편지·서신은 간단하고 절요切要(매우 긴요)해야 하며

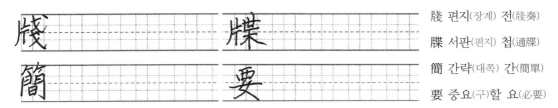

牋 편지(장계) 전(牋奏)

牒 서판(편지) 첩(通牒)

簡 간략(대쪽) 간(簡單)

要 중요(구)할 요(必要)

❖ 顧答審詳 안부를 전하고(顧) 회답(答)하는 것은 잘 살펴서 상세해야 한다.

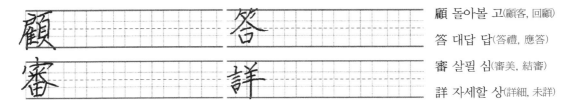

顧 돌아볼 고(顧客, 回顧)

答 대답 답(答禮, 應答)

審 살필 심(審美, 結審)

詳 자세할 상(詳細, 未詳)

❖ 骸垢想浴 몸에 때가 끼면 목욕할 것을 생각하고

骸 뼈 해(骸骨, 殘骸, 形骸)

垢 때 구(純眞無垢)

想 생각 상(想起, 想像)

浴 목욕 욕(浴室, 日光浴)

❖ 執熱願涼 뜨거운 것을 잡으면 서늘해지기를 원한다.

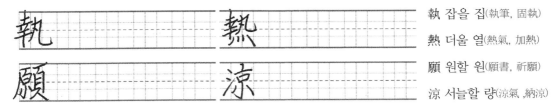

執 잡을 집(執筆, 固執)

熱 더울 열(熱氣, 加熱)

願 원할 원(願書, 祈願)

涼 서늘할 량(涼氣, 納涼)

❖ 驢騾犢特 나귀, 노새와 송아지 수컷이(평화와 부유함 속에 가축의 번성을 뜻한다)

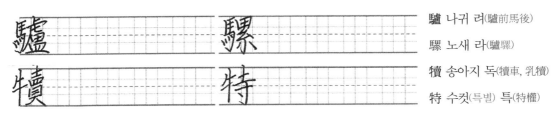

驢 나귀 려(驢前馬後)

騾 노새 라(驢騾)

犢 송아지 독(犢車, 乳犢)

特 수컷(특별) 특(特權)

❖ 駭躍超驤 놀라서 뛰어넘고 달린다.

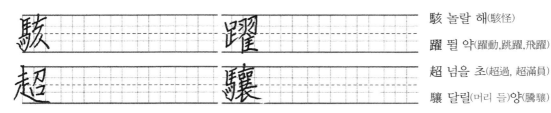

駭 놀랄 해(駭怪)

躍 뛸 약(躍動,跳躍,飛躍)

超 넘을 초(超過, 超滿員)

驤 달릴(머리 들)양(騰驤)

❖ 誅斬賊盜 (사람을) 해치고, 훔치는 죄인(盜賊도적)을 베어 죽이며

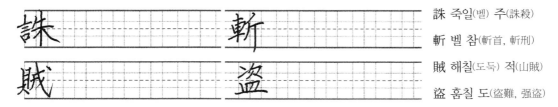

誅 죽일(벨) 주(誅殺)

斬 벨 참(斬首, 斬刑)

賊 해칠(도둑) 적(山賊)

盜 훔칠 도(盜難, 强盜)

❖ 捕獲叛亡 배반하고 도망친 자를 찾아내고 사로잡는다(법·기강을 바로 세운다).

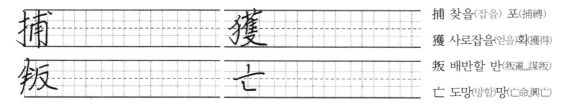

捕 찾을(잡을) 포(捕縛)

獲 사로잡을(얻을)획(獲得)

叛 배반할 반(叛亂,謀叛)

亡 도망(망할)망(亡命,興亡)

❖ 布射僚丸 여포呂布는 활을 잘 쐈고 웅의료熊宜僚(초楚의 장수)는 탄환을 잘 다뤘으며

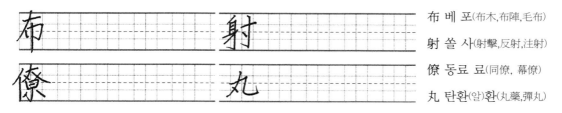

布 베 포(布木,布陣,毛布)

射 쏠 사(射擊,反射,注射)

僚 동료 료(同僚, 幕僚)

丸 탄환(알)환(丸藥,彈丸)

❖ 嵇琴阮嘯 (위魏의) 혜강嵇康은 거문고를 잘 타고 완적阮籍은 휘파람을 잘 불었다.

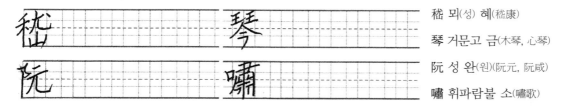

嵇 뫼(성) 혜(嵇康)

琴 거문고 금(木琴, 心琴)

阮 성 완(원)(阮元, 阮咸)

嘯 휘파람불 소(嘯歌)

❖ **恬筆倫紙** (진진秦의) 몽염蒙恬은 붓을 만들고 (후한後漢의) 채륜蔡倫은 종이를 만들었고

恬 편안할 염 (념)(恬虛)

筆 붓 필(筆記, 硬筆, 名筆)

倫 인륜 륜(倫理, 五倫)

紙 종이 지(紙物, 用紙)

❖ **鈞巧任釣** (위위魏의) 마균馬鈞은 기교가 있었고, 임任의 공자公子는 낚시를 만들었다.

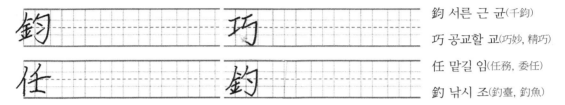

鈞 서른 근 균(千鈞)

巧 공교할 교(巧妙, 精巧)

任 맡길 임(任務, 委任)

釣 낚시 조(釣臺, 釣魚)

❖ **釋紛利俗** (여포, 혜강 등 여덟 사람은) 어지러움을 풀고 세속을 이롭게 하며

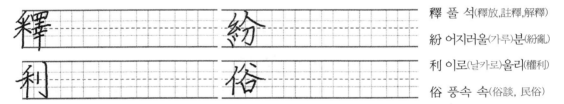

釋 풀 석(釋放, 註釋, 解釋)

紛 어지러울 (가루)분(紛亂)

利 이로(날카로)울리(權利)

俗 풍속 속(俗談, 民俗)

❖ **並皆佳妙** 아울러 그 모두(기예技藝)가 아름답고 절묘絶妙하였다.

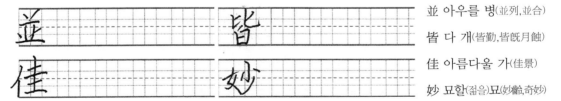

並 아우를 병(並列, 並合)

皆 다 개(皆勤, 皆旣月蝕)

佳 아름다울 가(佳景)

妙 묘할(젊을)묘(妙齡, 奇妙)

❖ **毛施淑姿** 모장嬙長과 서시西施는 자태姿態가 아름다웠으니

毛 털 모(毛孔, 毛皮, 毛筆)

施 베풀 시(施惠, 實施)

淑 맑을 숙(淑女, 賢淑)

姿 자태(맵시)자(姿勢, 雄姿)

❖ **工嚬妍笑** 예쁘게(공교工巧히) 찡그리며 곱게 웃었다.

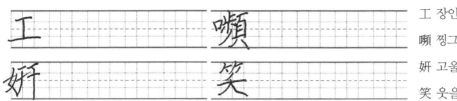

工 장인 공(工夫, 職工)

嚬 찡그릴 빈(嚬呻, 嚬蹙)

妍 고울 연(妍麗, 妍醜)

笑 웃을 소(微笑, 失笑)

❖ **年矢每催** 해는 화살과 같이 (빨라서) 언제나 재촉하며

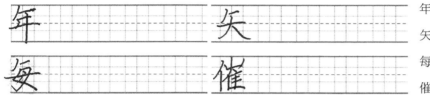

年 해 년(年度, 年齡, 數年)

矢 화살 시(矢言, 弓矢)

每 매양 매(每日, 每事)

催 재촉할 최(催告, 開催)

❖ **羲暉朗曜** 해(羲暉, 요순堯舜시대 책력을 맡은 관직 희화羲和에서 온 말)는 밝게 빛난다.

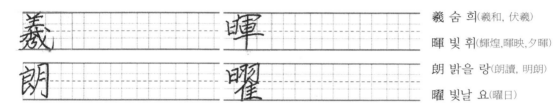

羲 숨 희(羲和, 伏羲)

暉 빛 휘(輝煌, 暉映, 夕暉)

朗 밝을 랑(朗讀, 明朗)

曜 빛날 요(曜日)

❖ **璇璣懸斡** 아름다운 옥구슬을 매달아 돌게 하고(회전하는 천체天體의 상징)

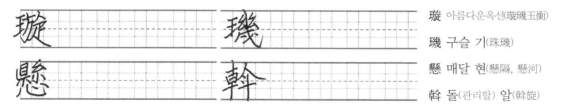

璇 아름다운옥선(璇璣玉衡)

璣 구슬 기(珠璣)

懸 매달 현(懸隔, 懸河)

斡 돌(관리할) 알(斡旋)

❖ **晦魄環照** 어두워졌다 밝아졌다 하며 돌아가며 비춘다.

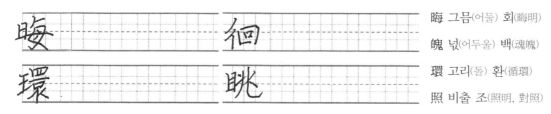

晦 그믐(어둘) 회(晦明)

魄 넋(어두울) 백(魂魄)

環 고리(돌) 환(循環)

照 비출 조(照明, 對照)

❖ **指薪修祐** 섶나무(의 불씨, 영원히 이어진다는 뜻)를 가리켜 (선善으로) 복을 닦으니

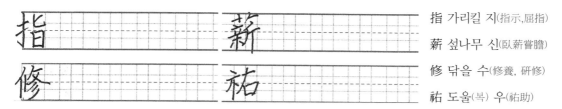

指 가리킬 지(指示, 屈指)

薪 섶나무 신(臥薪嘗膽)

修 닦을 수(修養, 研修)

祐 도울 (복) 우(祐助)

❖ **永綏吉邵** 길이(오래도록) 편안하고 길함(상서祥瑞로움)이 높아진다.

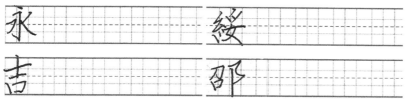

永 길 영(永生, 永遠, 永住)

綏 편안할 유(수)(綏綏)

吉 길할 길(吉日, 不吉)

邵 높을 소(年高德邵)

❖ **矩步引領** 걸음걸이를 바르게 하고 옷깃을 여미며

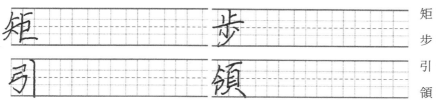

矩 법(곱자) 구(矩度, 規矩)

步 걸음 보(獨步, 步行)

引 끌 인(引導, 引用, 拘引)

領 거느릴(옷깃) 령(綱領)

❖ **俯仰廊廟** 낭묘廊廟(종묘宗廟 · 조정朝廷)에서는 몸을 굽히고 우러러본다.

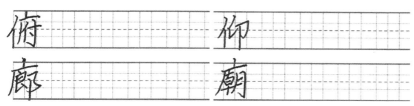

俯 구푸릴 부(俯伏)

仰 우러를 앙(仰望, 信仰)

廊 복도 낭(랑)(廊下, 行廊)

廟 사당 묘(廟祠, 廟堂)

❖ **束帶矜莊** 띠를 두르고 묶으니 자랑스럽고 씩씩하며

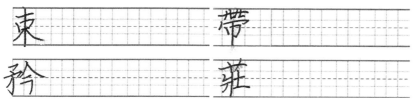

束 묶을 속(束縛, 約束)

帶 띠 대(帶同, 冠帶, 溫帶)

矜 자랑 긍(矜持, 自矜)

莊 씩씩할 장(莊嚴, 老莊)

❖ 徘徊瞻眺 이리저리 거닐면(배회) (사람들이) 우러러 바라본다. (시경詩經 원용)

徘 노닐 배(徘徊)

徊 배회할 배(徘徊)

瞻 볼 첨(瞻仰, 視瞻)

眺 바라볼 조(眺望)

❖ 孤陋寡聞 홀로여서 마음이 좁고 배움(견문見聞)이 적으면

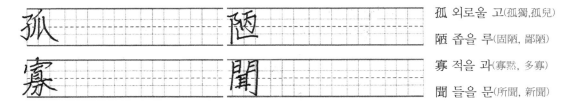

孤 외로울 고(孤獨,孤兒)

陋 좁을 루(固陋, 鄙陋)

寡 적을 과(寡黙, 多寡)

聞 들을 문(所聞, 新聞)

❖ 愚蒙等誚 어리석고 둔한 자와 똑같이 꾸짖는다.

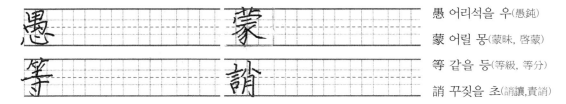

愚 어리석을 우(愚鈍)

蒙 어릴 몽(蒙昧, 啓蒙)

等 같을 등(等級, 等分)

誚 꾸짖을 초(誚讓,責誚)

❖ 謂語助者 어조사語助辭(실질적인 뜻은 없이 다른 글자를 돕는 조어)라 이르는 것은

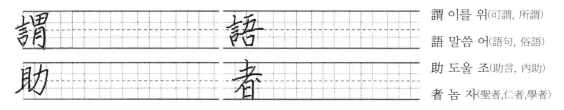

謂 이를 위(可謂, 所謂)

語 말씀 어(語句, 俗語)

助 도울 조(助言, 內助)

者 놈 자(聖者,仁者,學者)

❖ 焉哉乎也 언焉, 재哉, 호乎, 야也이다. (而이·耶야·歟여·矣의 따위도 어조사이다)

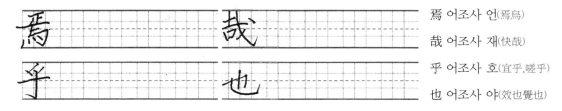

焉 어조사 언(焉烏)

哉 어조사 재(快哉)

乎 어조사 호(宜乎,嗟乎)

也 어조사 야(效也覺也)